田崎久也

旅の回想録

東京図書出版

旅の回想録◇目次

旅の回想録　2月12日㈫ …… 5
旅の回想録　2月13日㈬ …… 60
旅の回想録　2月14日㈭ …… 79
旅の回想録　2月15日㈮ …… 93
旅の回想録　2月16日㈯ …… 120
旅の回想録　2月17日㈰ …… 153
旅の回想録　2月18日㈪ …… 174

旅の回想録　2月18日・19日㈫……181
旅の回想録　2月20日㈬……202
旅の回想録　2月21日㈭……218
旅の回想録　2月22日㈮……224
旅の回想録　2月22日・23日㈯……231
旅の回想録　2月23日㈯……261
旅の回想録　2月23日・24日㈰……269

旅の回想録　２月12日㈫

ＡＭ　３：00　出発

出発と同時に、雨が降り始めた。暗闇の先に、電灯が、ぽつぽつと道を照らしている。約束の時間への焦りと緊張からか、急いで少し先に行ったところにある、大きな木の下で、レインコートを着た。防水スプレーがあることを思い出し、少しの苛立ちと一緒に、濃い青色のレインコートを慌てて脱ぎ、地面に広げた。無造作に防水スプレーを吹きかけながら、急かす言葉と落ち着かせる言葉が、絡み合っている。雨の中の古びた電灯とその明かりは、自分の現実に対する認識のようだ。再びレインコートを着て、リュックをレインカバーで覆った。これから長い時間がかかることを考えると、早めに手を打っておくことが正解だと思った。

「ちっきしょう」小さく声が漏れる。

これから自転車で石岡駅まで行き、りゅう君と合流する。それから東京のフェリー乗り場まで行って、フェリーに自転車をのせて、二日かけてフェリーで九州まで行く。それからは適当に九州を自転車で旅して、フェリーで東京に帰ってくる。

どうなるか予測不能の旅だぜ。まあ、俺としてはりゅう君をリーダーとしてほとんどまかせっきりだから楽なものだ。と思う側面もあれば、どれほどの肉体的、精神的な苦痛が待ち受けているのだろう、と思う用心と警戒が、ギリギリと薔薇の鞭で締め付けるように、心身を切りつける。

リュックを背負い、自転車のハンドルを両手でしっかりと握り、ペダルを勢いよくこぐ。数十メートルの軽い傾斜の坂に来ると、すぐに自転車を降りた。自転車を押しながら、背中のリュックの重さを感じ、後ろに引っ張られないように、少し前屈みになって調節した。この重さにはまだ慣れない。いや、これから先も慣れることなどないのかもしれない。ごちゃごちゃと色々な荷物が入り込んでいる、このリュック。一応最悪の事態を想定して、この冬の夜に野宿をすることとなったときのために、寝袋二つとキャンプ用の小さなガスとコンロ、鍋に包丁がある。テントはリュックに入りきらないし、それに重いので諦めた。他にも着替えやワンダーフォーゲル部の部室にあった防水スプレーやコールドスプレー、エアーサロンパスなんかもある。一応手持ちの装備と考えられる事態から、必要と思われる物は持ってきたつもりだ。できるだけ荷物は軽くしたいので、必要がないと判断すれば、旅の途中でどこかのゴミ箱にでも捨てて行けばいい。

坂を上り切りペダルをこぐ。自転車のライトが夜道を照らす。雨がライトに照らされて、降っていることはわかるが、あまり気にならない。そのうち止むだろう、全て上手くいく、と、そんな気がする。道端の闇夜に包まれた墓の集落にどきりとする。先祖に旅の何かを願うこともせず、ただ一礼して過ぎ去る。地理的にしばらく畑が続いていて、時間的にも車を気にすることは、ほとんど必要ない。十字路を真っ直ぐに進み、国道に出るまでの道運を願うしかない。なにせ今回の旅の、もしかしたら一番の難所がこの、りゅう君との合流までの道のりなのではないかとも、俺は思う。国道に出てしまえば、あとはそれに沿って行けば、石岡駅に着く。ただそれまでの村道が、とても心配なのだ。俺は過去に何度か村道を自転車で通って国道まで行ったことがあるが、その度通った道は、異なるものだった。

どの道を通るのかわからない……。

これは自分一人の場合は、何も問題はないのだが、今回は違う。もし迷ったら、もし遅れたら、東京までの道のりと時間、フェリーの出発時間、一応予定されたプランと責任がのしかかる。別にりゅう君はもしプランが失敗してもそんなに気にしないだろうし、俺に責任を追及することもないだろう。でも、俺はいやなのだ。なんとしても成功させたいし、俺が原因で失敗したくもない。

俺は何に頼るでもなく、道を進んだ。わかっているのは、道はごちゃごちゃしていることと、どこをどう通れば確実に着くかを知らないことだ。出発の何日か前にGoogleの衛星から見れる地図を、りゅう君が見せてくれたが、わかったのはそのことだ。あまりにも曲がったり進んだり戻ったりしているような道なので、地図を見ても全く意味がなかった。直線距離としては俺とりゅう君の家から石岡駅までは同じくらいなのだが、実際の距離は俺の方は倍以上あるだろう。予定集合時刻はＡＭ６：30なのだが、俺がこんなに早く真夜中に出発したのはそのためだ。

道はあっという間に知らない林道に入った。知っているのかもしれないが、こんな真夜中に通ることははじめてだ。俺はよく迷子になる経験から知っているが、夜の道と昼の道は全くの別物だということだ。昼間通って知った道だと思って、夜になって通ると、悲しいほどに違う道だったりするのだ。そして実際悲しくなる。俺はもう迷ったと思った。知らない道。どこをどう通っているのかわからない。突然暗闇の中の道を灰色っぽい生き物が素早く通り過ぎる。ドキッとして警戒心が高まり冷静さが増した。タヌキかイタチか、それとも野ウサギ？　なんでもいい。とにかく知っている道に出たい。少し進むと道はよく知っている、開けた道路に出た。小学校のマラソン大会で使った道だ。この道を通るといつも思い出す。下り坂を一気に下って、田んぼに挟まれた道を過ぎると、交差点に出た。迷う。どっちがいい？　とにかく西に向かえばいいのだ、との言葉を思い出す。太陽が出てくる方向の逆の方向だ。俺は右の道を選ぶ。こっちの道は次の道を左に曲がれば、それは西の方に向かっている道だからだ。涸沼を通り過ぎる。暗闇の中よく見えない。見えたとしても、でかい湖だ、くらいにしか思わないだろう。しばらく、真っ直ぐ自転車を進める。西へ、西へ、くらいしか思うことは、ない。時々は車が通り過ぎていくのを見ては、とても珍しい物を見ているような、暗闇の中の提灯を見ているような、うっとりと、そしてなつかしいような気持ちになった。

とても、あつくなってきた。冬だし、用心をして厚着をしてきているのだが、さすがにこの厚着でずっと自転車をこいでいると、あつくなってくる。服装は軽く適当なものを選んだ。パジャマではいているズボンに、スポーツ用の伸縮しやすく、汗を吸い込みやすい服。上着にはさつま色のパーカーを着て、スキー用のズボンをはいて、一番上の上着に、軽くて細身に見える、紫のダウンジャケット。靴は山歩き用の靴だ。それに、うすい紫色のニット帽に、モスグリーン色の襟巻き、黒に白色の模様が入った手袋。

ガソリンスタンドがあったので、近くの電灯の下で、いったん自転車を止めた。そこでいったんリュックを下ろした。そして帽子と襟巻きをとって、自転車のカゴに入れた。少し迷ったが、手袋も外して入れた。寒くなったら、またすぐ着用すればいい。そう思って一歩踏み出したとき、右膝に痛みが走る。なぜ？　やばいな……。俺は、予想以上に焦っていたのかも、しれない。体を気をつけなくてはいけないのに、目的地までのことばかりを考えて、焦って自転車をこいでしまったのか。準備運動もせずに、長時間休み無しに自転車をこぎ続ければ、体に無理が出るのは当然な気がした。ゆっくり行こう。無理な気がしたら、すぐ休も。そう思うと、少し楽になった気がした。ガソリンスタンドの中は青白く電灯が輝き、中では中年の、もしくは老年の男性が、なにやら動いている。早いところではそろそろ人が動き始めているのだ。俺はリュックを背負い、メガネについている少量の水滴をハンカチで拭いた。雨はさらに小降りになっていて、もうすぐ止むと思った。自転車にまたがりペダルをこぐと、こぐ力みが減り、緩やかになって道を進んだ。

道は、知っている道から、全く知らない道まで様々だが、ほとんどが知らない道だ。もう出発してから1時間が経つ。俺は西に進んでいると信じているから、確実に目的地に着くための、達成への道のりを縮めているはず。ここまでは順調に来ている、はず。ここまでは広い道路を、ほとんどまっすぐだったのだが、これ以上まっすぐ行くと、おそらくこの道は、北西の方に行くだろう。西といっても、俺の目指している石岡駅は南西なのだから、まっすぐ北西に行くことは迷う確率が高い。または遠ざかってしまう。予定では、西にまっすぐ向かって国道に出て、そこからまっすぐ南に向かって目的地に着く予定だ。しかし今いる道は、北西に向かう広い道か、南に向かう狭く電灯もない坂道に繋がる分かれ道だ。俺は南に向かう道なら目的地から遠ざかることはないだろう、と決断して、暗い坂道を自転車を押して歩き始めた。坂の途中で、道沿いの杉林の木の下で、自転車を止めて、疲れてリュックを下ろした。時計は4時15分を指していて、俺は不安になる。出発から1時間15分も経ったのに、自分がどこにいるのかもわからない。あと1時間45分以内に目的地に着くだろうか。いや、着くだろ。まだ手持ちの時間の3分の1にすぎない。国道に出れば着いたようなものだろ。しかし、この道は本当に繋がっているのだろうか。それは全くわからない。寒くなってきたので、再び手袋と帽子と襟巻きを身につける。雨はまた降り始めていて、ガソリンスタンドにいた時よりも、少し強いようだ。杉の木の葉の先端から、滴が落ちてくる。坂を上がり切ると、ビニールハウスが見えた。暗がりの中に民家が建ち並んでいるのがわかる。戻るか、進むか。標識のようなものがあるとも思えない。この集落のために作られたような道だ。

「くっそー。どこに繋がってんだよ」暗闇の中、独り言を火を付けるように言った。

せっかく坂を登り切ったのだからと、自分に言い聞かせて、振り出しに戻ったような気持ちで、再びペダルをこぎ始めた。真っ暗で一昔前のような道を進んでいると、家々が庭への入口を開けて、待っているように立ち並んでいる。庭の無い集合住宅地とは違い、ここの家々はどれも立派な玄関を持ち、和風の家に相応の庭の広さを持っている。とにかく南か西に向かう道を進んで行った。そろそろ東の空はちょっとずつ明るくなってもいいと思ったが、この雲ではあまり意味がないことだ。辺りは相変わらず暗闇で、暗闇に目が慣れた分だけを見ているようなものだった。

しばらく南に向かう道を進んでいると、先ほどまでの道とは異なり、車線とガードレールのある広い道路に出た。先の道を照らす明るい電灯もある。少しの明るい兆しを持って、ゆるい坂道の上ペダルを強くこいだ。油断はできない。この道は少し南東に曲がっているし、しかし、先の方は再び曲がって、南西の方に曲がって蛇行しているのが見える。この道が繋がっていなかったらどうしよう。と思ったが、そのことを考えることが面倒だし、意味があるとは思えない。ゆるい坂の途中で、矢印がまっすぐを向いて、その下に石岡町、と書かれた標識があった。

俺は意識的にも表面的にもそれほどの変化はなかったが、心の奥底で深い安堵があったのを感じる。小さな標識だけど、出発してから今までの中で、最も確実性の高い地図だ。そのまままっすぐ進むと、南西と南東に大きく二つに分かれた道路になっていて、頭上の大きな標識に、南西方向の道に石岡町と表示されていて、国道6号の印があった。俺は今度こそ深い安堵をした。この国道に間違いなかった。

標識に従って、南西へのゆるい坂道を真っ直ぐ進むと、車がビュンビュンと唸りをあげている国道に出た。今までの道の静けさとのギャップからか、世界が変わったようだった。時刻はもうすぐ5時になる。まだ暗いというのに、この車の量には驚かされる。時間帯もあるのだろうけど、ダンプカーのような大型車が目立つ。勢いを弱めていた雨はついに止み、道は平坦になり、国道沿いに歩道をチャリで軽快に走る。空色の水色に銀を混ぜたような輝く水色をした愛チャリ。カゴが付いているだけの、いわゆるママチャリだ。そんなママチャリにまたがり、防寒して大きなリュックを背負って走る俺は、車の中にいる人にはどう映るのだろう。まだこの暗い時間帯では、目に入っても気にする余裕はないのかもしれないが。むしろでかい荷物に自転車、というバランスの悪そうなことから、この暗い中では危険なものとして、気を使われたりするのかも。

再びあつくなってきた。自転車を止め、レインコートとジャケットを脱いで、腹くらいの高さにある、石段の上に置いた。そしてパーカーを脱いで、それをリュックの中に丸めて詰めた。肌の上に着ている服は汗を吸っていて湿っている。湿ったワカメのような色だ。タオルで拭きたかったが、取るのが面倒だし、そのうち冷えて乾くのを待とうと思う。数分休んだ。それとも、結構時間が経ったのかもしれない。約束の時間まであと、1時間半あるから、かなり余裕に目的地に着くはずだ。明け方近い夜を、道路の電灯と、車のバックライトが色鮮やかに混ざり合い、照らしている。その道路の歩道に立ち、上を見上げると、空が白んできたのがわかった。

それからはただひたすら、自転車をこいでいた。途中にコンビニによってトイレを借りた。コンビニはけたたましい明るさを放っていて、大型のトラックが2台駐車場に停まっていた。それらは暗がりの中、とても大きく感じられる。一人の運転手が降りてタバコを吸っていて、お互い変な警戒心を持った気がした。俺は何か食べたい気がしたが、何かを買うでもなく、さっさと用を足して店を出た。それから再び走り出した。

途中の交差点で、道路沿いのコンビニが以前とは違うコンビニに変わっており、以前国道に出てきた道が、どれなのかわからなくなった。違うコンビニとの場所がごっちゃになって、道はすっかりわからなくなった。そんなに大した時間は走っていないと思うが、車の走る同じような景色を見て、ずっと真っ直ぐ走っていると、退屈さの苦痛とでも言うのだろうか、苦痛の時間は長く感じるというように、すごい時間が経っているような気がする。それとも、すごい数の車が横を通り過ぎて行っているのを見ていて、知らずに時間は経っているのだと、思ってしまうのかもしれない。実際はそんなには経っていないのだが。

こういう同じ景色、同じ動く物を見ていると、大体の人は、ぼうっとしてくるんじゃないかな。段々と警戒心がうすれ、思考が低下してきて、催眠状態に近い状態になってくる。苦痛が麻痺を引き起こすのかもしれない。俺はいつの間にか夢の世界にでも行っていたようになっていた。夢というよりは、幻に近い。この旅のことが色々浮かんできたが、ほとんど考えることもせずに、どこかにいってしまった。心配なことはきっと山ほどあるのだろうが、ほとんど考えもせずに、俺は神に守られているのだ、俺が死ぬわけはない、のようなことで終わりにしていた。それから道路の左側、ゆるい下りの歩道を走っていて、俺は、前から人が歩いて来るのが見えて、道が人で狭くなって、スピードをゆるめて歩道を走るのを嫌がったのだろう、走っていた歩道を右に斜線を描くようにおりて、車線のすぐそばに寄って走った。その時すぐ横から、ピッチャーが顔面に思いっきりストレートのボールを投げつけてきたような恐怖を全身に感じた。大型のダンプカーが触れそうなくらい近くの横を通り過ぎて来た。視界は無機質な緑に濃い黒を混ぜたような金属色にふさがれて、ゴオッという音と共に運転席が通り過ぎ、右肩にバシッと音と衝撃が響き、俺は肩が弾けたのではないかと心配した。俺は引き込まれないようにハンドルを道路とは逆に切った。切り終わるか終わらないかのうちに、自転車に乗った俺の腹くらいまでの高さのある、トラックのばかでかい後輪が、俺の目の前を回転して過ぎていった。

　俺は嵐の去った後のような静けさを感じた。心臓の鼓動が高鳴っていたが、それすらも静かな等間隔で、感じられた。生きてる、と呟くように思った。俺はすぐに歩道に自転車を戻し、右肩を見て、それから触ってみたが無事だった。トラックの荷物をくくりつけるゴム状の紐が、速いスピードでたなびいていたのが当たったのだろう。この経験は、この旅への恐怖を感じさせたが、逆に、俺の寝ぼけていた考えの、目を覚まさしてくれた。これから先、この経験と恐怖が、俺が自転車を走らせる上での警戒心を呼び起こさせ、安全を備えさせてくれるだろうと思った。


　それからしばらく走っていると、真っ直ぐを指す矢印に、右を指す矢印があり、そこに石岡駅、と書かれた標識があった。真っ直ぐ行って右だ。それで俺は道路の左側を走っていたが、横断歩道のあるところで止まって、右側に渡った。早く着きたい焦りがあった。この延々と続く国道に、いささか恐怖もあった。

　いったいいつまで続いているのか？　どこまで走れば着くのか？

　といったような想いがぐるぐると頭の中を回っていた。石岡駅に一度行ったことがあるのなら、これほどまで迷いはしなかっただろう。しかし、一度も行ったことのない場所に向かっている、という未知への恐怖に対して、全く安心できなかった。

少し走ると、ジャスコという店があって、そこでトラックから品出しをしている人を見かけた。俺はあまりの不安に駆られていて、その人に近づいて行って、すいません、と声をかけた。男の人は忙しそうにしていて、その声に気が付かなかった。俺は少し申し訳ない気持ちになったが、俺の焦りがそれを押し返して、もう一度、声を大きくして「すいません」と声をかけた。男の人がこちらを向いた。

「すいません、ここから石岡駅までどのくらいあるかわかりますか？」

俺は必死で、相手に質問の意味が伝わるよう、精一杯、といった様子だった。

あーそうだなぁ、と男の人は忙しそうな様子を緩めずに、少し悩んだ様子で言ってから、

「ここからまーっすぐ、まーっすぐ行くと宝島があるから、宝島わかる？　そこを右に曲がれば着くよ。まーっすぐだよ。まーっすぐ」

俺は頷きながら、行ったことはないが焼き肉屋だというのを思いだし、わかります、とこたえて、礼を言った。男の人は笑ってトラックに乗ってドアを閉めた。走らせたチャリがジャスコを出るときに、エンジンの発進音が聞こえた。

それからは前より安心して、まっすぐ進んだ。時計はもうすぐ6時になる。俺はやっと、宝島、とでかい看板を出した店を見つけ、そこの交差点の上にある、右を指す矢印に、石岡駅、

と書かれた標識を見つけた。時刻は6時5分。約束の時間まであと25分ある。俺は道路を右に曲がり、ゆるい坂になっている道をまっすぐ下った。そして、ついに石岡駅に着いた。長かった。これで、俺の旅は終わった、気がした。

茫然と、灰がかった雲に覆われた空を眺めた。視線を駅に戻すと、でかく掲げられた駅名の看板と、駅の中にある電灯の明かりが見える。電車が到着して、何人かのスーツ姿の人達が駅から出てきた。俺は邪魔にならないように歩道の端によった。りゅう君はまだ来ていない。俺は携帯電話を取り出して見ると、メールが1件あった。

〝AM３：09　おはよぉ　気を付けていってらっしゃ〜ぃ〟

彼女からだ。よくこんな時間まで起きてるな。俺は母親に駅に着いたことをメールした。面倒なことだが、着いたら連絡しろと言われていたのだ。りゅう君に着いたことをメールしようかと迷ったが、まだする必要もないだろう。トイレで用を足して、自販機でコーンスープを買った。ひとまず休みたかった。駅の隣のバスステーションに移動して、そこで円になっているベンチに座った。駐輪禁止と書かれた看板があり、長時間放置しとくと撤去すると書かれてある。今は誰もいないし、大丈夫だろう。時刻は、６時10分。

着いてみると、少し暇になるもので、暇つぶしに、リュックの中身を出してみたりしてみた。ぼんやりしていると、自然と寒くなってくる。気温は氷点下とまではいってないだろうが、かなり寒い。衣類をしっかり装備し直した。ぼんやりと看板や、バスから降りる人達や、行き交う少数の人達を見ていた。駐輪禁止という看板が所々に見える。自転車が1台、それを無視するように駐まっている。しかし、小ぎれいなものだな。東京のようにごちゃごちゃしすぎるのも嫌だが、このように決まり事ばかりが厳しいと、人は去っていくのではないだろうか。いっそのこと駐輪くらい好きにさせてやって、少しくらいごちゃごちゃしているほうが、人は気が楽になるのではないだろうか。東京のごちゃごちゃ具合は異常だが、そこに惹かれる要素はあるのではないだろうか。そこに自由や、何かしら大きくなれるような幻想に惹きつけられるのも大きいのだろうが。

時刻が6時30分になった。5分前から駅前にいるが、りゅう君は現れない。俺はこれからの旅にかなりの不安があって、りゅう君もそのような不安を感じて、この旅を諦めたのかもしれない。これは俺の願望でもある。正直、これから何週間か、予想では2週間くらい、自転車片手に九州まで行って、旅をするなど、楽しみでもあるが、かなり辛そうなことだ。ここでこの旅が終わったとすれば、その辛さを味わわなくてすむ。自分にとってこの旅は、かなりどっちつかずの旅だ。これといった目的もない。ただ、なんとなくおもしろそうな気がするだけ。この旅の企画者でもあるりゅう君も、そんな感じなのかもしれないが。俺はバスステーションのベンチに戻って、座った。

6時40分くらいだと思う。電話が振動して、りゅう君からの着信があった。今どこにいるのか？　とのことで、今バスステーションのような所にいるから、すぐ駅前に向かう、と言って俺はリュックを背負ってチャリを押した。すぐ着くから、と言って電話を耳に当てながら、急いで歩いて駅を見るが、誰もいない。西口東口でお互い別の所にいるのだということで、俺は目の前の歩道橋を渡って行くから、と言って電話を切った。歩道橋にはチャリを押して上がれるとこはなく、仕方なくチャリを担いで上がった。俺は良い意味で期待が裏切られて、少し興奮した。テンションが上がってきて、それと一緒にチャリを担いで階段を上がった。部活の筋トレのようだ。階段を上りきり、自転車を押していると再び電話が震えた。今階段上がっていったのがそう？　と聞かれて、そうだ、とこたえる。心臓が高鳴っている。ってことはさっき俺が上った方にいるわけ？　りゅう君は、さっき自転車を担いで上るのが見えた、と言う。

「じゃあ戻るから、ちょっとそのままでいて」

なんだか、ちぐはぐな始まりだな。

そう思って階段の上ったところまで戻ると、片方の手で自転車を押して、もう片方の手で耳に電話を当てている、目を見開いたりゅう君と、目があった。

りゅう君

りゅう君とは大学の同級生。最初に会ったのは、大学1年が始まって間もない頃、同じ学科の人達で行く遠足のような時だ。俺から声をかけて、それから気が合うようで、今にいたる。りゅう君は、この旅の企画者でありリーダーだ。といっても、リーダーと言っているのは俺だけなのだが。本人はあまり引っ張っていくタイプではないのだろう。

この旅の企画が出たのは、二人で安居酒屋で飲んでいたとき。あれは、たぶん10月くらいだったと思う。居酒屋に貼ってあるポスターで、「ボランティアで世界旅行」といった宣伝文句で大きなフェリーの写真が載っていた。しかし、よく見ると50万くらいの費用がかかるようで、お互い現実を理解して、実際に世界旅行にかかる費用よりはかなり安いのだろう、のようなことを言っていた気がする。そんな中、卒業後どうする？か、春休みどうする？のどちらかの話になったのだと思う。あまり覚えていないが、りゅう君が九州にチャリで行きたい、と言った。俺は一瞬冗談だと思った。あまりにも、無謀すぎる。

「チャリで？」

少しの驚きとおもしろさが言葉に表れていた。

俺は「はぁ〜」とりゅう君を見ながら言って、「おもしろそうだね」と言った。

はじめは付いていく気はなく他人事でいたが、りゅう君が今までも外国や遠いところに行こうと思ったことはあるが、一度も達成していなかったことや、最近の学校のゼミでみんなの発表を聞いたりしていて、みんなも色々悩んだり考えがあったりして、自分も影響を受けた、のようなことを言って、俺はけっこう本気なのだな、と感じた。

「じゃあ行くときは、もしよければ俺も誘ってよ」

微塵の不安もなかったし、本気で言った。

俺は少しは旅慣れているので、少しアドバイス、というよりは荷物や寒さのことなどについて、少し話をした。俺は旅は好きなのだが、ここ2年くらい行っていない。どこかに行きたい気持ちは常々あった。しかし、関東から九州って、それをチャリで行くなんて、どれだけの日数がかかって、どれだけの疲労と危険があるのだろう。俺一人だったら絶対やらない。りゅう君とだからこそ、とてもわくわくした。それでも、話の終わりに、

「でも一人で行きたいのだったら、俺は遠慮しとくよ」

と謙遜をまぜて言うと、りゅう君は「いや、来てくれるとありがたい」と少し申し訳なさそうに言った。その後りゅう君と俺は、店員のユカちゃんを呼んで、ビールを追加で頼んだ。


その後、俺の事態は急変した。というよりも、俺が物事を甘く見すぎていた。1月の後半に学校のテストが終わって、大学院の入試のための論文を書いて、その後彼女とディズニーランドに行った。ひどいケンカがあったが、まあそれはいいとして、2月4日に、りゅう君からメールが来た。2月7日か9日に出発したいが、ワンダーフォーゲル部のリュックを借りたいし、事前に打ち合わせもしたいから、明日会えないか、とのことだ。安居酒屋で話が出てから、

フェリーを使うと言ってたことを聞いたが、大した話もしていなかったので、これは結構突然なことだ。しかし俺は大して気にもせず、9日にはけっこう前から親とスキーに行くと決めてあったので、それ以降にしてくれとメールで伝えて、明日会うことにした。

次の日りゅう君と部室で会って、りゅう君はリュックやレインコートや寝袋を、無邪気そうにいじったり着たりしていた。いつもは表情の薄い顔が、いつもとは少し違って、楽しそうに目を輝かせている。一緒について来たりゅう君の彼女が、一般に見られるような心配をしていて、俺は変に安心した。たしかに、俺とりゅう君はどこか変なのかもしれない。2月12日に出発しようと決めて、家に帰った。

この夜この旅のことを親に伝えた。この旅のこととして、どこに行く明確な予定も宿も決めてないし、それは東京からフェリーで九州に行って、自転車で帰ってくるのだから明確に決めようもない、とのことを伝えると、当然なのかもしれないが、反対された。俺の伝え方もまずかったのだろう。それに、俺ははじめて冷静にこの旅のことを考えると、血の気が引いた。3月1日には大学院の試験があるのだ。約2週間で、関東と九州を自転車で縦断できるだろうか？　かなりきついと思われる。それに勉強はしてあるとはいえ、試験前に余裕を持って勉強の確認作業はしておきたい。俺は親にリーダーはりゅう君だということを伝えると、その人に考えてることを聞いてきなさい、と言われて、俺も気になった。

俺は電話をする前に、自分なりにどのようなプランなら上手くいくかを考えてみた。それでとりあえず考えたのは、九州からの帰りもフェリーを使うということだ。一応目的は九州なわけだし、それに必要に応じて全ての交通手段の使用は考慮にいれている。最悪自転車で試験日までに戻れそうになかったら、自転車を置いて新幹線やフェリーで帰ってくると言ったが、そんな説明では親は納得しなかった。日本地図を見ながら、目測で1日100キロ走ったとしても、2週間で関東と九州を縦断することは厳しそうだ。それに俺らの夢物語では、九州巡りまでやってさらに、屋久島や沖縄にまで行く話まで出てる。これは俺としてはもう収拾がつかない。さっそくそれをりゅう君に打診するためと、りゅう君の考えを聞いてみるために電話をした。

「もしもし？　旅のプランについてちょっと聞きたいんだけど、九州からの帰り方は自転車で行きたい？」

余裕があまりないせいか、早口になってしまっていたと思う。

「……え、……いや、特に決まってないけど」

りゅう君はいつもの調子の低い声でこたえたが、俺のいつもと違う調子を感じたと思う。申し訳ないが、俺はいつもの調子じゃダメだったんだ。ごめんよ。

「あ、そりゃ良かった。あともう一つ聞きたいんだけど、りゅう君は今回の旅で何かこれやりたいっていうこととか、目的とかって決まってたりする？」

「え、うーん……」

少しの沈黙が流れた。なんとなく緊張が漂ってきて、りゅう君は困っている気がする。けど、困っているけど、困ってない気もする。もう慣れたと思っていたが、今回もまた驚かされる。俺は4年間の付き合いから、これがどうすれば解決するかがわかるが、今回の旅の件に関しては、やらないように心掛けていた。しかし、今は自分の問題、やらざるを得ない。

「帰りもフェリーを使うことにしてさ、自転車で九州一周にするってのはどう？」

「え？」

「いや俺としては九州から自転車で帰って来るってのは、試験日が3月1日で結構きついんじゃないかと思うんだよ。できなくはないと思うけど、けっこうきびしいと思う。でもりゅう君が京都とか大阪とか愛知とか行きたいんだったら全然いいよ」

「あー、うん。それでいいと思う」

いいのかよ？　とも思うし、いいのだろう、とも思う。それでも聞いてしまう。

「え、いいの？　九州だけになっちゃうけど」

「俺、あんま京都とか大阪は、興味ないかな。九州で酒造とか酒蔵見たい」

こんな直前になって新事実発覚！　俺は驚かされたが、それを表には出さない。それに、りゅう君はこの年にしてはかなりの酒通だ。あながち納得できないわけではない。

「あぁ、なるほど。鹿児島とか薩摩焼酎とか有名そうだよね」

「ていうか、九州はほとんどの県で焼酎有名なんだよ」

「そっか。そりゃーじゃあ丁度いい。いやよかった。じゃあそういうことで、ありがとうね」

「うーい。んじゃ、また」

相変わらず、能天気、とでも言うのかな。まあ、こういうところが、物事が上手くいくと、俺に確信させるところでもあるのだが。

「じゃあ、また、何か聞きたいことあったら連絡するから」

りゅう君はまた、うーい、と言って、俺も「じゃねー」と言って電話を切った。それから俺は、旅の概要を紙に書いて親に渡した。我ながらすごい適当だ。1日1万を2週間と計算して、それに往復のフェリー代。手書きの九州の下手な地図の中に、内側の端を回るように線を書いて、適当に1日これくらいだろうと思って線を区切った。それにりゅう君の家の電話番号。このような儀式めいたことは面倒以外何物でもない気がしたが、癪に障るが、ある程度の妥協と理解を示さなければ、先に進めないこともある。このような努力のかいもあって、晴れてりゅう君との自転車の旅の承諾を、親から得た。しかし、りゅう君については相変わらず、わからないことが多い。

AM　6：45　石岡駅出発

出発の前に、まずりゅう君と会って、ほっとした。時間の感覚や、あせり、そういったものが、抜けていった、とも思えるし、そういったものから、抜け出た、とも思える。俺は歩道橋を再び自転車を担いでおりて、りゅう君に近づいた。

「朝から筋トレしちゃったよ」

俺は笑って言う。安堵感と、これからの旅の興奮でテンションが上がる。

りゅう君はシャカシャカした感じのスポーツウェアのようなものを上下に着て、コールマンの自転車を両手で支えている。そして俺と同じような、ワンダーフォーゲル部で借りた大きなリュックを背負っている。りゅう君は相変わらずの感じだ。少し緊張しているような気もするが、そう思うのは、俺だけかもしれない。

「バカになりてぇな」

え？　聞こえた言葉を反芻する。りゅう君を見ると真っ直ぐ前を見据えている。俺はりゅう君が何を言いたいのかを思索し、俺のさっきの行動はかなりバカっぽいと思い、りゅう君はそれを羨ましく思ったのかもしれない。まあ、確かにその気持ちはわかる。

「バカになるのはいいよねー。まあ、今のウチらもかなりバカっぽいことしてるよ」

りゅう君は自転車を押し始める。

「バカになるぞー」

少し意気込んでいる様子だ。その真面目な表情とセリフが、とても合わない。

とりあえず、場所を移動しよう。電車が着いて、駅から人がぞろぞろ出てくる。狭い道の中に立っていられない。俺は自分の来た方向から国道に出て行くのかと思って、そっちに進もうと思ったが、その前に「どっちから行くの？」と聞いてみる。

「俺はこっちから来て、こっちから行こうと思ってたけど」

りゅう君はそう言って、俺の来た方向とは違う道を指した。

「そっちからも行けるんだ。じゃあそっちから行こう。行き先決めるリーダーはりゅう君だし、俺は今回気が楽だよ」

今回は、と言うのは控えた。それでは、いつもは俺は気が楽ではないような印象を与えそうだ。俺は10分くらいの遅刻のことが少し気になったが、そのことはもう話題に出す必要もないだろう。お互い定刻にいたかもしれないし、そんなことを突き詰めて考える必要は、この旅ではない。今から始まることがうまくいくようにと、それだけだ。


りゅう君の背中を視野に入れながらの、自転車の旅が始まった。はじめはお互い自転車を横につけて、朝起きた時間や、俺の危険なダンプカー体験や、ほとんど迷わずに来られたこと、この町のことや時間経過の予想など、細々したことを話していた。普段はそんなに話す方ではないのだが、たまに自分達は女の子のようにお喋りしていることがある。お互い1週間ぶりの再会と、旅による多少の興奮もあるのだろう。話はずっと続けることもできたのだが、俺は経験的に、はじめ楽しくて一生懸命になってしまって、後でバテることが結構あるので、今回の旅のことを考えると、疲れない程度に話そうと思った。そうしていると次第に、りゅう君の後ろを走るようになった。

街中の歩道はたまに人が歩いている。歩道には白い石が埋め込まれていて、その上を走る自転車の軽い揺れが心地いい。歩道と車道を区切ったところから、等間隔にポールがはえている。道路の広さと、歩道と、ポールの色と形と肌触りのよさそうな質感が、この商店街の景観をよいものにしている。商店街の看板も、おしゃれな細工をされたものや、街の色彩にあった感じのもので、落ち着いている。俺はまたここに戻ってくることを想像した。それがいつ、どのような時になるのかは、わからなかったが。

再び国道に出て、走り始めた。今度はひたすら、東京に向けて。りゅう君はいつも、交差点や信号、道が区切れているところで、とまる。新しい行動を共にすると、その人との新しい違いが見つかるものだ。俺だったら突っ切って行くところを、りゅう君は乗っているスピードを緩めて、とまる。まあそれはいいのだ。世間から見たら迷惑なのは俺のほうだし。これは男の性質なのか、俺の性質なのか謎だが、リーダーと決めつつ対等の関係でありながら、先を走られているというのは、何だかこそばゆいような、じれったいような。

俺は距離を短くあけたり、長くあけたりしてみて気付いたが、りゅう君は全くと言っていいほど、後ろを気にしない。たまにある、横断歩道の信号が赤になりかけの、青色が点滅中の横断歩道を渡るとき、俺も渡れるかどうか、確かめるように後ろを見る。俺はほとんど赤になったとしても、渡る。車の信号が青になるのには横断歩道の信号が赤になってから数秒の時間があり、その分の余裕がある。他の人には勧められないけど。

下り坂のときに、りゅう君を追い抜かしてみた。ダンプカーにぶつかりそうになったときのように、歩道からおりて車線の近くによって。スピードを緩めない俺のチャリは、歩道を走るりゅう君を追い抜かした。しかし、少し先まで行くと、石段のガードレールが歩道と車道をこれから先、長く遮断していて、俺はチャリから降りて、チャリを強く握って石段をよっこらしょ、と越えた。道は平面になっていて、走り始めた俺の横にりゅう君が付けた。顔を見合わせるが、りゅう君の表情からは考えがあまり読み取れない。俺の行動を認めているようでもあるし、勝手な行動するなよ、と思っているかもしれない。

「この旅はりゅう君がリーダーだから、あんまでしゃばったまねすんなってことかな」

りゅう君は明るく軽い調子で笑った。その笑みは、白い背景である雲空に、まざっていったように思えた。

「リーダーの後ろからついて行くよ」そう言って俺は後ろに下がった。それからりゅう君と俺は、ひたすらチャリを進めた。

１時間半くらい経過した。俺は石岡駅から走っている途中、これから晴れてくるだろうと、思っていた。時間が経つにつれ、空は薄い白が少しずつ、輝きを取り戻していき、太陽が、位置はわからずとも、高度をぐんぐん上げていることを感じていた。しかし、白い世界に重なるように、薄く、透明な雨が、降り始めた。

「カッパ着ようか？」

りゅう君が後ろを振り返って俺を見る。

「そうだね」

「じゃあ、あの坂を登り切ったら少し休もう」

俺とりゅう君は、国道沿いの、団地の坂を登り切った所でチャリをとめた。それから水分を補給したり、汗を拭いたりしてから、カッパを着始めた。りゅう君のカッパは真っ赤で、サイズが小さく、つんつるてんだった。手首と足首が少し見えてしまっている。俺はスキーウェアのズボンを履いていて、それは水を弾くため下のカッパは不要だった。貸そうか？ と一応聞いたが、「いい、大丈夫」と断られた。俺としても、濃い赤と青のカッパは見ていて目が疲れそう。俺は上に再び濃い青のレインコートを着た。俺はなんだかとても、この色の配色が合っている気がした。りゅう君が赤で、情熱的に先を進み、俺は後ろから青く、冷静に付いていく。そんなことを一人で勝手に納得し、この旅に色を添えたようで、少し楽しくなった。それから出発前、思い出してリュックをレインカバーで覆った。

雨は少しずつ、強くなってきているようだ。はじめは風に揺れた冷えた薄布が、頬に柔らかく触れては離れる、を繰り返していたようなものが、今やその薄布は、十分に水を吸い込んで頬に張り付いてくる。レインコートからは始終丸い滴が浮いては流れ落ち、はじめ視界は長さ1センチ程度の透明の糸がばらまかれていたようなものが、今は気のせいか、少し黒みを帯びた2センチ程度の透明な縄が、ぼつぼつと音をたてて地面に落ちていくのを見ているようだ。雨によって気分に影響があるのかどうかはわからないが、今俺が何より気になってきているのは、左肩の鈍い痛みだ。本当はもう何時間も前からあったのだが、痛みがどんどん増してきている。痛むたびに、リュックの肩にかかっているベルトをずらしたり、ママチャリの荷台にのっかっているリュックの尻をずらしたりして調節をしていたが、今ではもうほとんど意味がない。

鈍く止むことのない持続的な痛みは、思考力を奪っている。というか、特に考えることがないから、特定のことで頭がいっぱいになってしまうのかもしれない。俺は荷物をどうすれば軽くなるのか、などと考えてみるが、すでに考えていたことなので、考える必要はない。りゅう君の荷物はどうなのだろう、と思った。自分が辛いときは、他者を妬んだり僻んだりしてしまう。俺の荷物の方が絶対重い、と確信している。りゅう君の目の前で自分の荷物とりゅう君の荷物の重さをお互い確かめ合う光景を想像して、優越感を覚えた。

俺はこんな重い荷物を背負ってるのに、お前は軽くていいよなぁ、と。

しかしすぐにアホらしいと思ったし、やることに意味があるとは思えない。今俺にできることといったら、気持ちを素直に伝えて、行動することくらいだ。

りゅう君は、ただ真っ直ぐに走り続けている。走るときは走って、とまるときは、とまる。ただ単純にそれだけをやっているだけ、というわけではない。突然道路を横断するときもあるし、突然道路側に寄ったりすることもある。突然横断歩道でとまっているときに、その理由を尋ねると、「このまま真っ直ぐ行くと歩道がなくなるから」とちゃんと自分たちのメリットを見て計算している。信号や車の動きも、俺は信号や車線が多い交差点などは考えるのをやめるが、りゅう君はちゃんと次どうなるのか、をわかっている。俺が適当だからかもしれないが、りゅう君は俺以上に、今回の旅のことを考えている。りゅう君は車が車線すれすれを走っているのに、歩道を人が歩いてくるのを見て道路側に寄ったりもする。俺は危ないと思ってやらなかったりするが、その人は年寄りだったり目の見えない人であったりと、決断力や考えに至っても、俺の自信を揺らしたりもした。だから、あまり進路に関しては俺は考えないで、ただついて行こう、という気になったりする。

これだけ俺が進路について、考えないで任せてみよう、と思える人は他にいないかもしれない。と言っても、進路について任せると決めたのは、俺なのだが。

それにしても、左肩が痛いし、降りかかる雨。もう俺は6時間以上もチャリを走らせている。脚の筋肉が張ってきて筋肉痛になってきているのを感じる。いきなしこんなに走るなんて、無茶があるのは当たり前か。ああもう、少し休みたくなってきた。

「つぎコンビニあったら休憩していい？」

りゅう君の横にチャリを付けた。りゅう君はこちらを見て、

「ああ、わかった」と言って、俺はまた後ろに戻った。

お互い、個の意志を強く出すことはあまりない。こんな当たり前のことに、感情が変にふるえる。いい意味でだ。

お互いの個の意志は常に一歩下がったところにいて、それでいて、一歩前に出て、ゼロを目指す。そのゼロの中にある振動が、自分たちには合っている。


俺はコンビニで湿布を買った。りゅう君の靴は普通のスニーカーで、靴下まで濡れていた。俺の靴は山登りようの防水の靴で平気だった。りゅう君はここまでくらいなら、昔、友達とチャリで来たことがある、と言った。俺はりゅう君の新情報を得たことと、まだそんなに遠くに来ていないのかな、という想いが、緩く何かに絡み合った。

雨は、普段の自分にとってはたくさん降っている、と思う量が降っているが、今はもう、小雨くらいに、このくらいなら、カッパを着てチャリで普通に走れる、と思える。人は環境に適応する、という信念を、強く信じた。コンビニで買った湿布は気休め程度に、左肩の痛みを抑えたが、その気休めで十分だ。そう思ってチャリを進める。

とうの昔に、時間など気にせず走っていた。時々、国道の標識の知っている地名や、東京ま

で１００㎞、などを見たときに歓声をあげた。国道沿いにはパチンコ店や、大型チェーン店ばかりだ。りゅう君が、日清カップヌードルの煙突を見て、ついにここまで来たかぁ、と言った。この感嘆させる斬新なアイデアが、さすが有名ブランドの店なのか。

時折、国道沿いに店や人がなく、歩道はしっかりしていて、植物がきれいに育ち、それが道路とを隔てている道がある。このような道を通るときは、コンビニにとまって休憩するような時よりも、安らいだ気持ちになれる。一度、とても狭い道があった。50センチくらいしか通れる幅がなく、下に走っている道路を乗り越えるように空中に造られた道路で、高く、余計に逃げ道がないように感じられた。車はすれすれを通っていき、トラックには余計に神経を使った。車とすれすれを通らざるを得ないときは結構あるもので、いつもその都度思うのは、あの人達も自ら進んでブタ箱には入りたくないだろう。というようなことだ。

気づくと、雨がやんでいた。

「あ、雨やんでるじゃん。これから晴れてくるよー、きっと」と俺は言った。

弱まってきていたのはなんとなくわかっていたが、雨に慣れていたので、それがなくなることがいいことなのか、どうかは、どうでもよかった。ただ、チャリを止めて二人ともカッパを脱いだ。それからしばらく、平和に走っていた。歩道も広くしっかりしていて、自転車で走るには快適な道だ。

「牛久沼だよ」

珍しく快活な声が届いた。俺も見ると、広い、湖のようなものがあり、言われれば沼だと思える。柳のような背の高い植物が、水の中から生えているように見える。

「へぇー、これが牛久沼か、でっかいなぁ、初めて見た」

水面は波紋が常に揺れていて、幾千もの同じ模様が、水面でひしめきあっている。

道路が橋に続いていて、利根川、と標識に書いてあった。すぐ隣に並行して線路が通っていた。

「おっ、利根川じゃん。これ電車から見て知ってる」

「こっから千葉県だよ」

りゅう君がさりげなく教えてくれた。

「ああ、じゃあ、あと少しで着くのかな？　電車で東京に行くとき、いつもこの景色を見て、着いた気がする」

いつも突然現れる、この川、この景色。不意に懐かしい想いがよぎった。電車で東京に行くときに、いつも車窓から見てしまう。そして訪れていた静けさの中に、いつも話題を呼ぶ不思議な力を持っている。

地理がダメな俺はなんで東京に行くのに千葉県を通るのかわからなくて、りゅう君にそれとなく聞いてみたが、よくわからなかった。それでも俺はなんとなく結構遠くまで来たのだと思って喜んで、りゅう君もそれに合わしてくれた。

再び、雨が降り始めた。色のない、冷たい雨だ。道はいつのまにか、道路と、大きな四角に切り立った大手の会社、消えそうな家や建物、という、灰色のコンクリートで出来ているような世界を走っていた。灰色のコンクリートに、黄色やピンクを、そして少しの赤や緑を、ペンキで薄っぺらく塗ったような世界を走っている。コンクリートと、車輪の乗り物は、相性がいいようだ。灰色の冷たい世界を、無感覚に走る。

「休憩しようか」

雨の中、りゅう君が振り向く。

「ああ、そうだね」

「じゃあ、次コンビニ見つけたらってことで」

そう言ってりゅう君はまた前を向いた。俺は、なんとなく、冷たい感じや、何かを食べた方がいいのだろう、といったことを、どこかで思っていた。いつのまにか、左肩の痛みが感じなくなっていた。脚の筋肉痛は、重さは感じるが、痛みはない。麻薬のような脳内物質が出ているのかもしれない。

自転車を止めて、カゴの中の飲み物を飲むと、とても冷たい。お互い、冷てぇっ、と言って顔を少ししかめた。しかめ面の中で、少し笑う。

時刻は11時になっている。

りゅう君はおでんを買い、俺はおにぎりを一つ買って食べる。食欲はなかったが、食べると、疲労や寒さ、なんとなく、空腹感が感じられた。普段は肉はあまり食べないのだが、レジの横の、串に刺さった熱を持った肉を２種類買った。りゅう君に食べるかと聞くと、「遠慮しとく」とのことだ。

お互い筋肉痛を訴え、結構疲れてきている。「わぁ、俺はこんな大荷物を背負ってもう８時間も走っている。りゅう君に至っては、こんなに体を動かすのは何カ月ぶりなのだろう」と思った。ダラダラと休んで、気が緩んでしまった。

雨が縦に、車が横に通っていくのを眺めていた。地下道から人が出てきて、コンビニに入って行ったりもした。傘をさした女子高生や、細身のパンツを履いた、外見をキメている女の人を見て、りゅう君に「千葉の女の人と茨城の女の人を比べてどう？」なんて聞いてみたりもした。「茨城かな」とその人たちを見てりゅう君は言った。俺は前向きに、ちゃんと着くだろうということを話していたが、現実的には全く根拠はなかった。りゅう君は、どこまで考えていたのだろう。

りゅう君が、「そろそろ行こうか」と言わなければ、俺は何時間でもここで休んでいたかもしれない。少し引きずるようにして体を動かし、チャリの上に広げてあるカッパを着て、チャリをこぎ始めた。

それにしても、永遠と続く、ようなこの道は、どこまで続いているのだろう。

「もう疲れた。無理はしない」

と言って、近くの駅から自転車を置いて帰る様子が目に浮かぶ。ここで帰っておけば、これからかかるであろう、かなりの金と時間を、この疲れる出来事に費やさずにすむ。というような考えも浮かぶ。

「自転車置いて、電車とタクシーで行って、九州の観光地を少し巡って帰るのも良くねぇ」

とかも思う。それでも金は浮くだろう。何しろ、特に決まった目標もないのだ。少なくとも俺には。少なくとも、金を霧散させるために行くわけではない。

……まあ、いいか。少なくとも、この経験が無駄になることはない、と思う。今はただ、前の赤いカッパの後ろを走って、付いていって、この街並みを見ていよう。どんな人がいて、どのような生活をしているのかを、考えて、見ていようと思う。

見ていると、こんな雨だというのに、人がたくさんいる。しかし進むと、雨だからこんなに人が少ないのかな、と思ったりもする。交差点、信号、地下道の入口、駐めてある自転車。たまに思うことがある。人はたくさんいるなぁ、と。そしてその一人ひとりが、今自分が考えていることとは違うだろうが、何かしら考えて生きているのだろう。

地下道の入口と壁の間の狭い道を通るとき、地下道からの人も交ざって、人と人とのスペースが狭くなっている。りゅう君はゆっくりと、人の流れにスピードを合わして進んでいく。りゅう君は人を動かすためにチャリのベルを鳴らしたりはしない。俺はこの人の中で、思いっ切りベルを鳴らして人をどかしたい気持ちになった。だが、俺のベルは壊れている。

手袋は温かく、俺にとっての生命線のように感じる。黒に白い模様の入った手袋は、手を入れるとふっくらと温かく、それでいてゴムがしっかりと引き締まり、手をすき間なく包んでくれる。それがついに、手袋を浸水してきた水の冷たい感触が、手袋の柔らかさを越えて、手に触れた。背後から影がついて回るように、薄々気づいてはいるのだが、気づかないように、考えないようにしていること、そういうものが、すっと背中から抱きついてきたような、そんな気がした。

信号でチャリを止めたとき、りゅう君に話してみた。

「手袋売ってるところってあるかなぁ、水が浸水してきて、冷え性の俺には辛いかもしれない」

話しながら、心が少し動揺している。心配を悟られないように、表面には出ないように、りゅう君を少し見て、遠くを見ながら何気なく話した。

りゅう君は何気ない様子で、または状況を悟った様子で、

「ああ。ドンキがあるかもしれないから、そこにあると思う。あったらよってみようか」

「うん、ありがと」

俺はドンキがなんなのかよくわからなかったが、どこかで、とても安心できた。

手袋は浸水が始まって、あっという間にずぶ濡れになっていった。しかし、不思議と絶望はしなかった。手袋の温かい感触に代わって、水の感触とでもいうものが、手を包み始めている。水の保温力かもしれない。よくわからないが。それでも、確実に冷たさは増している。

偶然か必然か、幸か不幸かわからないことだが、まるで当たり前のようにドンキがあった。俺は喜びも驚きもなく、ただ自転車を駐めた。ドンキとはドンキホーテの略だ。チャリを降りると、今までになく、リュックが重く感じられ、疲労の重さを感じる。

「この荷物を捨て去ってしまえたらどんなに楽だろう」

何度か思ったことが頭をよぎる。店に入ると、どこでもいいから座れそうなところを探している。手袋を探して、足をとめるたび、リュックを肩から下ろす。

入口から少し入ったところに品物が出ていて、1000円くらいの、刺繍の入った毛糸の手袋が何種類か売っていた。「こりゃまたずぶ濡れになるな」と俺があきらめた様子を見せると、りゅう君が店員さんに他にないのかと聞いてくれた。そしたら違うおっさんの店員が、階段で2階に連れて行ってくれた。

「エレベーター、どこだっけ。エレベーターあるけど、階段でいいよな」

おっさんを無頓着と言うのかもしれないが、足が重いし疲労も重い。リュックも重くて、俺は初めて来た場所。口を開くのも億劫だったし、ただ付いていくので精一杯。

「大丈夫です」

りゅう君の顔は、一瞬目に光が消えて、新聞紙を丸め潰したような笑顔だった。

「いいですよ」

俺はりゅう君が言ったすぐ後に付け加えるように言って、「こんなぐじゃぐじゃした店内じゃな」と、痺れた頭の中で思った。

「若いから大丈夫だよな」

おっさんは少し伏し目がちになって言い、俺とりゅう君は鼻で笑うように口で笑った。

「そうですね」

俺が機械的に応える。何も話さないよりは、こんな他愛のない話でもあったほうがいいと思うからだ。

おっさんは手袋の所に案内してくれて、去っていった。８００円のと、１３００円のと、２０００円の。確かに最初の刺繍の入ったのよりは、飾り付けがなく、はるかに機能的な感じがする。迷ったが、８００円のにした。俺はリュックを下ろしていて、りゅう君は背負ったまま、店内を軽く見ていた。俺はりゅう君にリュックを見てて、と言って、レジで会計を済ませて戻ると、またこれを背負うのか、という重さと疲労を、強く感じてきている。背負うと、気が緩んだせいか、重さはまた格別に感じられた。歩くことにすら重圧を感じて、早くチャリにまたがりたい気持ちが湧いてきた。

それからずっと市街地を走っている。坦々とした景色ではないことが救いだったのかもしれない。時間の感覚が薄いが、手袋は30分くらいしたら水が染みてきて、ずぶ濡れになり、静かに絶望した。だからと言って落ち込みはしない。この状況では落ち込むことがなかったのかもしれない。存在という存在がない、静かに冷たい川底を流れているようだから。

ゆっくりと、時間という時間がなくなってきた。あるのは肉体的な苦しさだけだ。なぜこんなことに耐えられているのか自分でも不思議だ。ただ、生きてるっていう感覚だけはある。こうやって二人でチャリを走らせていることに。そして変わりゆく景色、建物、車、人。俺は一人じゃ怖くて遠出することができない。せいぜいできても日帰りだ。こうやって何日かかるかわからないことに挑戦しているのは、一人じゃないからだ。

もう大分経って、景色は相当住宅街になってきて、コンクリートも一層複雑化してきた。途中道が複雑になっていて、国道6号を外れたけど、少し迂回したら戻れた。大きな川に架かった橋を渡ると、江戸川、と標識があった。

「よっしゃあ、ついに東京」と俺が騒ぐ。

「ここまでくればもう着いたようなもんだな。こっからフェリーのあるお台場までどうやって行くの？　俺は全く知らないいんだけど」

「いや、俺も全く知らない」とりゅう君。時刻は13時を過ぎている。

「まあでも、６時出航であと5時間近くあるわけだから、余裕でしょ。どこか本屋で地図探してもいいし、ネットカフェで調べてもいいし。ちょっと近く適当に探してみようか」

俺はあと2〜3時間で着くものだと思い込んでいたのかもしれない。りゅう君は何か考えている様子で、無表情に「う〜ん」と言っている。標識に載っている地図を見るがわからない。

「ちょっとあの人に聞いてみようか」と俺。「あ、ぅん」とりゅう君。

「すいません、ここからお台場までどうやって行くかわかりますか？」

尋ねた人は橋の工事の警備をしてるような人で、防寒の効いたような黒ずんだ青の制服を着てヘルメットを被っている。影が染みたような日に焼けた顔で、中年くらいだと思うが、どこか子どものような戸惑い顔だ。

「う、う〜んと、ちょっとわからねぇけど、この川沿いに行って大通りが右にあるから、そっからいけんじゃゃねぇかな」

「あ、そうですか、ありがとうございます」

りゅう君と俺はお礼を言って、りゅう君は俺にはよく理解できなかったけど何か考えがあるようで、俺は頼もしくなって、よし行こうと決まった。川沿いを走るのは気分がいい。

「これで晴れだったら最高だね」

横に並んだときりゅう君が言った。

「ああ、本当だよ。キレイでよく整備されてるし、アートチックなものがあるね」

空は見事に灰色に曇っている。おまけに雨も降っていてとても寒い。歩いている人とすれ違ったが、よくこんな寒い中なのに出歩く気になるな、と思う。

そして大通りに入っていったが、見事にわからなくなった。東京の道の複雑さは異常だ。交番を二つ、三つと入って道を尋ねて、一番近い道と思われる道に入っていく。俺は水戸街道という馴染みの名前がある道が気になって仕方がなかったし、そこを真っ直ぐ進めば、いちいち難しい思いをしなくてすむのでは、とずっと思っていた。りゅう君は曲がったりする道を覚えられるが、俺はそういうのはすぐ忘れてしまう。とにかく俺もがんばって考えて進んだ。

呆れるような雑多さで、そして途方もなく広く感じられた。実際東京は広いのだということを経験して初めてわかった。疲労や時間も、雑多な分だけ多く、長く感じる。東京の街中をチャリで突っ走るということは当然ながら初めてでおもしろい気がするが、その分疲れる。俺は「あの警察署は教えが下手だ」とか「もっといい道があったのでは」などぐちぐち文句を言ったり、「今日は雨だけどその分人通りが少ないし、排気ガスが雨に付着して空気中に少ないからそんなに息苦しくない」など肯定的なことを言ったりしていた。りゅう君は相変わらず表情を変えず相づちを打ってくれた。俺は文句を言ったり批判をするときは必ず裏打ちをとっておくから、りゅう君はそこを拾ってくれる。

３時間が過ぎると、俺はさすがに不安になってきた。未だに自分たちがどこにいるのか、さらに目的地への道がわかっていないという現状。出航時間まで2時間を切っているという現状。りゅう君の声にも少なからず不安が読み取れた。信じるしかないという現状。しかし少し経つと、りゅう君が希望的な声をあげた。

「あっ、この道知ってる」

俺が尋ねると、りゅう君は道路の上に掛かった標識を指さして、何か地名を言って、昨夜インターネットで調べて知っている道だと言い、あと家族で通ったことがある知っている道だと言った。俺はよかった、という気持ちと、間に合わなかったらどうするかな、と考えていた気持ちが浮いていた。途中美術館のような所の前を通り、俺は機会があれば行ってみたいなと思った。道もアートチックに整っている。長々と走ってきたけど、少しすると海に出た。もう暗くなってきたけど、お台場だからか明るい。俺は観覧車を見ながら、少しながらうっとりするような気持ちになった。ただそう思った次の瞬間には、あほらしい気持ちになった。ただの装飾と電気をいっぱい使っているだけだろ。出航まで1時間を切ったが、俺には本当に着くのかどうかわからない。もうほとんど暗闇で、これが街中だったら絶対にたどり着けなかっただろうと確信できる。りゅう君のチャリのスピードがかなり前から上がっている。

午後5時15分。港に着いたがとんでもなく広い。変なコンテナが大量に配置されているし、椰子の木のようなものはあるし、俺は米軍か海軍の基地にでも来てしまったのかと思った。まあでもこっちはチャリだ。長々とした道路ならともかく、港の中くらいチャリでの移動ならあっという間だ。2〜3人の客と思われるような人たちとすれ違って、迷いながらも進んだ。そしてやっと、受付と思われる窓口がある建物に着いた。窓口は2階で、1階は薄暗く人が全くいない。もうそろそろ閉まる時間だからだろう。2階に行くと、二つの窓口に電気が灯っていて、こちら側は薄暗いが、窓口の中は明るくぼんやりとした光景だ。一つの窓口に一人の女性がそれぞれ待っている。

「ちょっと行ってくるから、ちょっと待ってて。あ、あと学生証用意しといて」

「うん」

そう言って俺はリュックを下ろして、近くにあった椅子に腰掛けた。しかし、今までずっと走り続けてきて、いきなり腰を下ろしても、なんだか体が落ち着かない。マラソンの後少し歩いて体を慣らす、みたいな話を思い出して、やっぱり立って体を壁にもたれかけていた。少しの間そのままでいると、足が石のようになっているのを感じる。その石を少しでも動かすと、全身にひびが入るように、疲労のようなものが走る。限界みたいなものはとっくに超えてむちゃくちゃだったから、疲労のようなものを感じなかったのだろうが、溜まったものが後々出てくる。恐ろしい疲労だ。けど、部活の合宿の時のほうがもっと酷かったと思う。それとも、同じようなものかな。

歩くついでにりゅう君のほうを見に行ってみると、何やら手続きをしている。船の手続きには時間がかかるのかな。今更だが、俺はりゅう君任せの自己中野郎だ。何やら手続きが終わったらしく、俺は隣の窓口でお金を払うように言われた。窓口の女性が何やら言っているが、よくわからない。とりあえず学生証を見せて割引されたお金を払った。1万1000円ちょっとだ。そして自転車に付けるアルミ紐に番号札が付いたものと、その控えの番号札を渡された。

「マジで疲労が溜まってるし、歩くたびに筋肉痛がハンパじゃない。りゅう君は歩くたびに筋肉痛辛くない？」

「ああ、まじですげえ」

りゅう君は少し驚いたような顔。

「あと10分くらいしたら船の中に入れるから、それまで下で待っていよう」

なぬ、ギリギリで着いたと思ったけど、待つのか。けどまあ少し休みたい。

「ああ、早くあったかい風呂に入りてぇよ」

「ああ、ほんとだよ」

下の階で自販機があったから、俺はミルクティーを買った。りゅう君はコーンポタージュだ。

「電話してくる。リュック見ててもらえる？」

「うん、いいよ」

そう言って、りゅう君は外のほうに行った。俺も無事着いたことを彼女と母親に連絡しようと思った。りゅう君はどんなふうに家族や彼女に話すのだろう。椅子に座っていると、外の暗闇と薄暗い建物の静寂が、俺にまとわりつくように、漂っている。暗い気分になったのは、一人になったからかもしれない。つけない方がマシな気がするが、なぜかつけてた方があたたかい気がする。手袋を外して、水をしぼる。携帯電話を出して、二人にメールをした。

少しすると、りゅう君が戻ってきた。お互い少しの間黙って、飲み物を飲んでいた。なんだか頭が麻痺したのかな、と思った。少しして、時間が経った。

「そろそろ行こうか」

「そうだね」

なんとなく門のようなものをくぐると、車がいっぱい駐まっていて、その先にでかいフェリーがある。俺は帽子と襟巻きをとってカゴに入れた。もうほとんど寒さは感じなかった。風を受けて、その寒さが心地よかった。

「あそこから乗り込むんだよ」

そう言ってりゅう君が指をさした。でかい鉄板がフェリーに架かっているように見える。近づくと、車が何台も自分たちを追い越して乗り込んで行く。1台、中型のバイクに乗った男が乗り込んで行った。俺は途中で降りてチャリを押して行くつもりだったが、りゅう君ががんばってそのまま行ったので、俺も荷物の重さをこらえながら、必死に乗り込んだ。フェリーは客の車とか大型車で稼ぐ部分があるという話を聞いたが、たしかに広い駐車場のようだ。車がたくさん駐まっている。交通整理の人が気分良く声をかけてきて、自分たちのチャリは本当についでのような感じで、端の方に駐めた。俺がりゅう君に鍵はかけた方がいいかな、となんとなく聞くと、りゅう君は鍵はかけといた方がいいんですかね、とその人に聞いた。その人はうーん、と言って、どっちでもいいんじゃないかな、と言った。本当に、そうだと思うが、なにぶんまったくはじめてのことなので、俺もりゅう君もどこか舞い上がっていて、何をどうしていいのか、いまいち決めづらい。まあ、一応鍵かけておくか、と言って、お互いのチャリに鍵をかけてチェーンをかけた。

「どっから行くのかな」

「あそこからじゃないかな」

そう言ってりゅう君は、白いペンキの剥がれた階段を指した。りゅう君はいつも俺よりも次の行動を知っているなぁ、と思う。階段をゴトンゴトンと音を出して上る。本当にここかなぁ、と俺は思う。機関室とかボイラー室じゃないのかな。ちょっと客室に通じるには、ひどくない？

それでも、ついにでた。ついに辿り着いた安息の地。あたたかな船内。落ち着く光に照らされたリビング。食事所。ゆったりとした螺旋状の階段。まったくの別世界、感激だよ。あまり声には出さなかったが、気分がすごく昂揚している。早く荷物を下ろしたい。探索したい。

個室と思われる一等客室を通り抜けて、りゅう君は自分たちは二等客室だと話してくれた。寝る場所だけだと言われていたが、そんなことはまったく気にならない。階段を上って、りゅう君はまるで知っているように進む。写真とかで見たのだろうけど、それだけでそこまでわかるのだろうか。

大きく開けた一室に入ると、そこにはたくさんの、なんというか、敷居をまたいだスペースが用意してある。そのスペースには布団と枕がたたんで置いてある。すでに何組かの人たちが場所を取っていて、ちょっとした緊張がある。こんな見知らぬ人たちと、あけすけに近くで寝るのだ。中年のカップルや若いカップルもいるし、一人の中年のおじさんもいる。50歳くらいや30歳くらい。自分たちは奥の方に行って、左の列の端から二番目の場所に決めた。隣の端の場所には一人の男の子と思われる人がいて、少年のように思える。こちらに背を向けてパソコンを開いている。なんとなく俺は、16歳くらいなのでは、と思った。この年で一人でフェリーに乗るなんて、いったいどんな事情があるのだろう。隣の三番目には、誰かがすでにいるようで、荷物だけが置いてある。

「いやぁ〜、疲れた疲れた」

俺はリュックを置いて、壁に背をもたせかけて、敷かれている絨毯に足を伸ばした。帽子と襟巻きと手袋、それにびしょ濡れの靴下を投げ出して、さらにズボンの上に履いていたスキー用のズボンを脱いだ。りゅう君もリュックを下ろしたが、早くも靴下や帽子を、上にある網棚のような荷台にかけて、乾かす用意をしている。それが終わるとハンガーを出して、濡れたジャンパーをそれに掛けた。

「ちょっとゆっくりすればいいのに」

と俺が陽気に言う。

「これからこんな落ち着けるところで九州までゆっくりできるかと思うと、楽しみでしょうがないね。いやぁ〜、おもしろそうだ」

明るく、少し響くように言う。こんなスペースじゃあ、普通に話してたって、当然まわりに聞こえるだろう。どうせ聞こえるのなら、それを考慮に入れて、自分たちには警戒心がないこと、楽しむことを目的にしている人間だということを暗黙に知らしめておくと、それが少なからず今後に影響することが、なんとなく俺にはわかる。こういうことは、第一印象辺りが大事なのだ。勿論こういう暗黙の釣りが、暗黙に変な魚を呼び寄せることになることはあるが、そういうことに関しては、俺は多少の取り扱いを得ている。

「そうだね」

とりゅう君が目を明るくさせて、かつどこかギラギラさせて言う。こういう暗黙の流れを、りゅう君もわかっていると思う。こういう多数の見知らぬ人との関係が生じる場なら、俺が得意だ。そしてりゅう君といれば、その流れを一層よくできる。と俺は思っている。

PM 6：45 出航

風呂にするか飯にするか少し迷ったが、とりあえず乾杯しようかと、りゅう君が言い、俺はなるほどと思い了承した。筋肉痛はともかく、寒さはほとんど和らいできた。靴がかなり湿っていて、履いていて冷たい。俺のは山登り用の靴で少し防水だが、りゅう君の靴は、普通のスニーカーで、とんでもなく濡れていた。水に浸けていたようだ。

食堂に行き、普通の定食を一つ頼み、お互いビールを一缶買った。

「リーダー、どうぞ乾杯を」

「いやぁ、お疲れさまでした。では、旅の出航を祝って、乾杯」

「かんぱーい」

そう言って、どうぞどうぞ、とお互い言って、相手のグラスにビールを注ぐ。お互いぐびぐびと飲み、りゅう君は「う〜っ」とうまそうにうなった。

「どうもどうも、いや、本当にお疲れさまだよ」と俺。

お互い1杯目を飲み干し、2杯目を注ぐ。

「マジで疲れたかんね〜」

りゅう君がリラックスしてきたようにして言う。

「ありえねえくらいだよ。お互い運動っていう運動、ここ何カ月もしてなかったのに、いきなりこれだからねぇ。正直よく来れたなぁって思う」

「ああ、ほんとに」

「まあ、無事来れてよかったよ。あーあ」

そう言って俺はだらけた気分になって、窓から暗い外を眺める。

「おっ、動いてねぇ」

とりゅう君が言った。どっきりしているような顔だ。「うん」と俺。たぶん同時に気づいた。漫画で言えばゴゴゴみたいな感じで少しずつ動きだし、次第にゴゴゴゴゴと連続した音のように止むことがない。

「俺、修学旅行ですげえ酔ってさぁ」

とりゅう君が飯を食いながら話し始めた。

「船酔い？」

「うん、そう船酔い。それで船に乗ってる間中ずっとぐったりしてた。飯も食えなくて、みんなは元気で話しかけてきたりしてさぁ、けっこう最悪だったね」

「ちょっとしたトラウマなんだ。酔い止めとかはなかったの？」

「飲んだけど全然効かない。一応今回も心配で持ってきて飲むけど」

「効くといいね」

飯を食い終わった後、りゅう君は錠剤を出して、水で飲んだ。

お互い2缶目を飲んで、まったりしている。船が港から出て、向きを変えているのがわかる。港から離れ、窓から見える明かりが消えていく。食事をする人が集まって来て、人が席を占めていく。たぶん中年と思われる夫婦の夫は、焼酎やら日本酒やらがテーブルに載っている。他にも三人連れで、中年の男と少し若い感じの男と、バーのマダムのような女性が座って、何やら話している。同じくらいの酒がテーブルに載っていて、何か話しているのに、何一つ記憶に残らないような話だ。一緒に坐っていれば、一瞬で忘れるような話ではないのだろう。いや、もしかしたら、娘がお父さんに結婚相手を紹介しての、挨拶の場なのでは。あぁ、なんだかどうでもいいことを気にしてるな、俺は。俺はこういうどうでもいい、ある意味余計な詮索をして、それを冗談めかしてりゅう君に話すことがある。けど、今回は言わなかった。疲れて、興奮もしてるけど、今ははしゃぎすぎない方がいいと思った。今はまったりと、船のことや、お互い思いつくことを言っていた。

「とりあえず戻ろうか」

「そうだね」

号令を出すのは、いつでもりゅう君だ。俺はいい気分になって付いていく。指示を出されるのも、一種の快楽なのだ。もう風呂は入らないで寝てもいいと思った。それでも戻って風呂を入ることを考えると、酔いが覚めた。お互い最低限のことは確実におさえる主義だから、財布のことを考え、俺は一人が風呂入ってる時もう一人はここでゆっくりしてればいいんじゃないかな、と言った。りゅう君は鍵つきのロッカーがあると思うけど、と言ったが、まあ見てくるついでに風呂入ってくるか、と言って、じゃあ、よかったらお先どうぞ、と俺が勧めた。りゅう君は承諾した。りゅう君とすれ違うようにして、隣の荷物を置いていた人が戻って来た。少し頭頂部が薄く、髭面のメガネだが、柔和な人のような気がする。それにしても、こうして財布と携帯電話を相手に任せることになるのも、ちょっと微妙だ。俺は全然平気なのだが、俺は以前悪ふざけで他人の携帯電話をその人の前で勝手に見たりしたことがある。りゅう君のはないが、そういう俺を知っている。俺は今回そんなことを全くするつもりはないが、いちいち言葉でそんなことを伝えても、なんだか逆に怪しい気もする。だからって、どうせ何日も一緒に泊まることになるのだから、もし本当に覗く気があるのなら、いくらだって機会はある。お互いの信頼の為にもそんなことはするつもりはないが、暗黙のうちに知ってもらうしかない。

俺は黙って、自分の携帯電話をいじっていた。まわりには隣のおじさんと、少し離れたところに何人かいるだけだ。見ようと思えば、一発で誰が何やっているのかがわかる。だからって、そんなことに興味を持つ理由もない。暖房が心地よくきいてきて、疲労が重なって、ずっと横になっていても飽きない。ただぼんやりと黙って、船の振動と風の音を聞いている。

しばらくするとりゅう君が戻ってきた。

「ああすっきりした。どうぞ～」

紺のパジャマのような服に着替えて、本当にすっきりした様子だ。

「う〜い」

「ああ、あと鍵つきのロッカーあったわ。100円必要だけど、返ってくる」

「ああそうなんだ、そりゃあいいね」

何がいいのかわからないが。あったほうがいいのは確かだ。

「んじゃあ、ゆっくり入ってくるわ。俺けっこう長風呂だけど、よろしく」

「う〜い」

俺はタオルとパンツを袋に入れて、風呂に行った。風呂は見事なものだ。大窓があって、そこから星が見える。フェリーのスピードある走りからか、波しぶきも見える。

「あーまったく、極楽だ」

両手足を伸ばして、そう思う。メガネを外していてよく見えないが、じいさんのような客と、おっさんのような客がいる。夜空が見えると、とても開放的な気分になる。それが風呂場であれば、なおさらだ。しかし、俺が開放的な気分になると、どこか、人を寄せつけない気分になる。俺はまったく、全てが自分の世界になってしまったような気になる。そしてぼんやりと世の中のこととか、個人の心理について、混ぜ合わせて思いを巡らせたりしている。今もそう。どこか、人にはその人の空間のようなものができていて、そこに隙間があれば、入れる人は入れる。そしてその人の空間と空間が重なるところは、ある意味ぶつかったような感覚ができる。

物理的な地形も関係していて、俺はそういうのを考慮して、誰にも入って来れないような場所と空間を選ぶ。チェスの一手のように、選んだ場所で、暗黙の了解のように、それを示すことができたりするのだと思う。そうしていると、そのせいかどうかはわからないが、俺はいつの間にか一人で風呂にいる。妄想かもしれないが、じいさんとおっさんは、その空間の隙間をさがしていたような気もする。

靴が湿っているのが難点だ。風呂のせっかくの気分が萎える。探索したい気もあったが、ちょっと見てやめた。でもやっぱ、風呂上がりは、気持ち筋肉痛が楽になった気がする。もう眠りたい。

「ただいま戻りましたー」

見るとりゅう君はすでに布団の上で、何かの機械を携帯電話に付けている。

「何それ？」

「これは手動の充電器かな。家にあったから持ってきた」

そう言ってりゅう君は手でぎゅこぎゅこハンドルを巻いている。

「へぇー、便利なもの持ってるねぇ」

俺は、電話するつもりもないし、メールで十分だと思ってるから、二日三日は大丈夫だろうと踏んでいる。

「不思議なことに、船酔いが全然大丈夫だ」

「それは、嬉しいことだね。この何年かの間に克服されたのかな。それとも酒があるからか」

そう言って俺は少し笑った。

「まぁ、よくわかんないけどねぇ」

とりゅう君は笑って言った。心理的なことかな、と思ったが、別に言う必要はないな。

「とりあえず、今日はもう寝たいな」

そう言って俺は布団を敷く。

「朝日とか見れんのかなぁ」

「あー、たしかに、見たいねぇ」

けど俺は、起きられそうにない。

「もしりゅう君がその時間に起きたなら、起こしてもらいたいな」

「起きれなかったら、起きれなかっただな」とりゅう君が言った。

あきらめムードだが、しかたがない。後で思うと、こういう大事なことは、大事にしておいてもよかったと思う。

「何時くらいに電気消すのかな」

「さぁ、10時くらいかな」

お互い靴とか手袋とかが早く乾くように場所を工夫したり、リュックの中身を整理したりした。リュックの濡れかたとひどさにも驚いた。ちゃんと乾くように、それもすこし工夫した。貴重品はリュックの奥の方に入れて、枕元に置いた。どんなに盗みのプロでも、この空間と場所で気づかれないように事を運ぶのには、どんなに頑張っても賭けが必要だろう。それなら自分も自分を信じることに賭けるしかない。この賭けに負けたなら、負けても天晴れだ。

と言っても、そんなことをするような人は、誰も見受けられない。ちょっと怪しそうな男が二人、三人。だからってそんなことはありえないだろう。それに場所はかなり離れている。それに、盗みのプロなら、隙だらけのやつを狙うんじゃないかな。まぁ、でも、これも余計な詮索かな。

「そろそろ寝ますかぁ」

「そうだねぇ。ゆっくり寝れそうだ」

この振動と、波と風の音に慣れればね。まぁ、そんなに気にならないと思う。取り方によっては、心地よくも取れそうだ。

電気が消えた。おやすみ。

旅の回想録　2月13日㈬

AM 9：00　散策

体を少し丸ませるようにして寝ている。これが、俺か？

りゅう君が隣で寝ている。振動と、変わった場所。寝ぼけながら、なんでここに、なんてことはない。左肩が痛い。というか、至る所が筋肉痛で痛い。「うっ」と小さく唸る。これで目が覚めたのか？

とりあえず、起きたくない。頭上の窓から射し込む光を眺めて、逆側の窓に映る、青空と雲に目をやった。まわりをちょっと見渡すと、大体の人が寝ている。中年でも若くても、カップルが寝ているのを見るのは、ちょっとした不思議だ。さすがに、この場所では、一つの布団と毛布にくるまるのは、無理かな。なんだかひどく平和な気分だ。そうしているうちに、また眠った。


何やら、近くでごそごそと音がする。りゅう君が起きて、布団をたたんでいる。俺の悪い癖なのか、一種の甘えなのか、俺はいつも、こういうとき、まわりの人が起きはじめて動きだすのを、わざと寝ぼけたような顔をして、眺めている。りゅう君は気づいたようだが、声はかけない。そして、少し経った。

「おはよう」

それでも俺がこの状態でいると、りゅう君が声をかけた。俺はまったく、自分でも不思議だが、この状態でいると完璧に自動受身状態で、自分からの能動的な情報伝達がまったく発生しない。だからといって、声をかけられたところで、マシな受け答えをするわけでもない。

「おはよう」

相変わらず、わざと寝ぼけたような顔で答える。

「ちょっとトイレ行ってくるね」

俺は無言で、大きく頷く。こういうとき、「起きろ」と言われても、俺は意地悪く、余計にぐずる。こういうふうに、逆にほっぽっとかれると、行動しようかな、と思う。りゅう君は鋭く、こういうことには心得があるのだろう。俺は億劫に体を起こして、壁に背をもたせかける。少しして、りゅう君が戻ってきた。

「調子はどう？」

少し目が覚めたような顔で、俺が聞く。

「すげえ筋肉痛」

ほとんど無表情でりゅう君が答える。たぶん俺と同じくらいの筋肉痛なのだろうけど、俺はなんでも大げさに捉えるのかな。と言っても、お互いいつも通りと言えば、いつも通りだ。俺は軽く笑う。

「まあ、絶好調とは言えないけど、すがすがしい朝だ」

「ははっ、たしかに」

そう言ってりゅう君も笑い、座って壁に寄りかかった。

「飯どうする」

俺は冷え性のせいか、布団から出たくないが、りゅう君がそう言うのであればしかたがない。

「食べに行きますか」

そう言って布団から起きて、たたみ始める。この億劫さは、筋肉痛なんかよりも、遙かに俺にまとわりつく。小学校か、中学校の頃、この億劫さは億劫さの境地で、その状況から無理矢理起きるのは地獄のようなもので、意識という体を、半分に引き裂くような気がする。こういうとき、俺は絶望的な気分になって、自分のことしか考えられなくなる。それでも、今ならそういう自分を、客観視している自分がいる。

「ちょっと俺もトイレ行ってくる」

ついでに、寝ぐせもなおしたい。かなりあちこち飛んでいる。それに顔も洗って、クリームを塗りたい。体質なのか、すぐに肌ががさがさのぼろぼろになる。

「あと顔も洗ってくる」

そう言ってタオルとクリームを取り出す。

「うん」

りゅう君は携帯電話をいじっている。


この広い部屋を出て、階段を下りると、朝日ですべてが輝いている。海の上で、遮るものがないからか、とにかく、陸上とは光の輝きがまったく違う。光の濃さとでもいうのだろうか。窓から外を見ると、海が燦然としている。しかし、とてもまぶしい。朝日が海に反射して、ただでさえまぶしいのに、まぶしさが倍だ。目をあけていられない。逆側の窓の方に行って、窓から外を見ると。大海原。どこまで行っても海と雲。少しの間、ぽかんとして眺めていた。

ああ、トイレに行かなきゃ、あと洗面所。りゅう君も待ってるし、まあ見たけりゃ、あとでいくらでも見れる。客観視している自分がそう言い、少し絶望的な気分になる。いや、これが今の俺にとっては当たり前なのだ。寝起きは、いつもこんなものだ。

戻るとりゅう君はジャンパーを着ている。そういえば、靴が乾いている。昨日を思い出すととてもありがたい。船内の暖房はとても快適だ。

「行きますか」

俺もダウンジャケットを着ようかと迷ったが、やめた。部屋の外はちょっと寒いが、身軽さのほうがいい。

「うん、行こう」

俺はそう言うと、財布を持って、お互い食事所に向かう。まわりを見ると、もう寝ている人はいない。皆それぞれ何かしらの支度を始めている。他人の朝支度を見ることは珍しい。チャリを走らせているときも思ったが、皆それぞれの生き方が、それに行くところがあるようだ。

一品のおかずずつの値段だったので、俺はみそ汁と卵焼きとひじきを食べた。とても、時間がゆっくり流れている。別に多く食べなくても、こうやってゆっくりと食べていると、とても満腹になる。ついでに、とても食べるのが億劫でもあった。りゅう君も俺と同じようなものだ。ただりゅう君は、晩飯の酒とつまみが旨ければそれでいいのだろう。ただ俺は、こうやって定時に朝飯を食べるときは、決まってとても億劫に、そして無気力になる。それとも、今回は至る所の筋肉痛のせいだろうか？

食べ終わると、お互いお茶を飲んで、とりとめのないことを話している。俺は移動する理由を考えることもせず、りゅう君が何か提案するか、人が増えてきたのを見て、移動した方がいいと思うかのどちらかだろう、と思った。案の定、たぶんどちらの条件も相まって、人増えてきたし、行こうか、とりゅう君が言い、俺は頷いた。

「外に出てみようか？」

と俺がわくわくして提案する。りゅう君は同意する。そう言ってすぐ近くのドアを開けると、朝日がまぶしいといえど、すごい風が吹き付けて、空気がとても冷たい。すぐに俺はドアを閉めた。

「寒ぃ、上着ないと無理だわ。ちょっと取ってくるね」

そう言って痛む筋肉痛を感じながら、階段を少し急いで上がる。ジャケットの胸にある内ポケットに財布を入れて、それを着る。スキー用のズボンも履いてもいいくらいだが、どうせ中に入ればあたたかいだろうから、いいや。また少し急いで戻ると、りゅう君が、当たり前だが待っていてくれた。

「いやーどうもどうも。よし、じゃあ、行こうか」

そう言って勢いよくドアを開ける。うっわぁ、と俺が呟く。りゅう君が、寒ぃ、寒ぃと言って目を見開いて震える。風に圧されバタンといってドアが閉まる。

「かなり寒いね」

俺は手すりを掴み、船が切る波しぶきを見つめる。そうは言ったものの、俺は好奇心が勝って、一心に波しぶきを見つめる。この風と太陽と海の世界で、唯一まともに見れるものだと思った。目を上げると、海と太陽があまりにまぶしすぎて、ただ、これはこれで、この時間帯にしか見られない、これ以上ない美しい光景だ。太陽の下の水平線は光で消え、海が太陽と同化している。同化した太陽の海を縁取るように、そこは緑色、響きよく言えば、モスグリーン。何億年と変わらない太陽の海に生えた苔だ。そして無限に思える数の揺れる波が、ギラギラと光ってそれを囲っている。俺には踊っているようにも、ナイフのようにも見えた。この世界はあまりに広く遠すぎて、自分の意識という空間が消え去りそうになる。だから船が切る波しぶきを見つめたり、携帯電話で写真を撮ったりしようと思うのかもしれない。消えないように、できることならこの手が届かないものに想いを馳せることができるようにと、普段消えかかっている俺の思考が、動き出すような気がした。

「先の方に行ってみようか」

りゅう君が寒そうに提案する。

「そうだね」

先の方に向かう途中、風がホームランを打った選手を歓迎するように、全身を叩く。大げさだが、あたたかく厳しい試練のようだ。船の先に行き、その景色を眺めると、「あぁ、海だなぁ」と思う。陸上とはまったく違い、その陸の足場を今、失っている。今、自分は海上にいる。「はぁ」と溜息をつき、また、自分という意識の空間が、消え去るような気がする。昼も夜もここにいたら、寒さで死んでしまうだろう。ただ、それはそれで、美しい景色を見られるだろうなぁ、と思った。時刻は午前9時を過ぎている。

逆側に回って海を見ると、太陽がないからか、とても静かに感じられる。たぶん風が遮られているからかもしれない。手すりを掴んで、波しぶきを見ているると、落ちたことを嫌でも考えている自分がいる。波にもまれ、何メートルか沈んだあと、冷たい海に漂って、船が去っていくのを眺めている自分。それはなぜか、髪を伸ばした女の子に見える。かわいそうにその少女は、助けを求めて叫ぶこともせず、ただ黙って、冷たい海の中に漂っている。でも、それに気づいたりゅう君は助けを呼んで、船は戻ってきて、浮き輪を投げられて、救出される。女の子は終始無言だ。ただ、礼を言った方がいいという状況だと察したとき、白い立派な制服を着て、白い帽子をかぶり、パイプを持った船長のような人に、「ありがとうございました」とよく響く声で、しかし無言のように言って、頭を下げる。少女は浮き輪を付けたままだ。船長に、それに水夫のような人達の目は、帽子の日除けのせいか暗く、影がかかっているように見えない。スクリューに切り裂かれていれば、楽になれたのに。とその少女は思う。

変な想像だ。そう思って視線を上げると、激しい波しぶきとは対照的な、沈黙したような雲が、遠くに見える。こっちは風は穏やかだが、光がない。意識が沈殿したように、無感覚になる。でも、これが今までの普通なのだ。

「そろそろ戻ろうか」

りゅう君が覗きこむようにして言う。りゅう君が言わなければ、俺はいつまでも突っ立っていたかもしれない。

「そうだね。寒いし」

入ったところとは逆側のドアから入る。入る前に一度、大海原を一望して、ドアを閉めた。中から外を見ると、船が通ったであろう後ろの方の海が、輝いている。

「あ〜、あったけぇ」とりゅう君。

「寒かったなぁ」

少し俺は大げさに言う。リビングルームのようでまわりに椅子がいくつもある。二人、三人と客が見える。奥の一人は、少し年上くらいのあんちゃんのようで、俺はフェリーに乗り込むとき、中型のバイクに乗っていたのはこの人だと思った。終始煙草をふかしていて、ニンテンドーDSの画面を虚無的に眺めて、指を動かしている。指の動きが活発なら、変な意味で元気さが見られるが、それすらもゆるゆるとしている。近くの二人は椅子に座って、本を読んでいるおっさんだ。見るとこの船の備え付けの本棚があり、文庫本が詰め込まれている。俺とりゅう君が近寄ってみると、何やら暗い話の本ばかりだ。死刑囚の対話を記録した本を手に取って少し読んで見てみると、どの凶悪犯罪を犯した死刑囚も親や家族のことを思う普通のいい人たちだ、みたいなことをこの著者は主張するように書いている。

「本、読むの？」

とりゅう君がたずねる。

「あっ、いや、いいや」

と言って俺が本を置く。

「あでも、いいよ。どうせ、予定もないし、どうすっかね」

二人でいて、相手をほっぽって、勝手に本を読むのは少し失礼だ。と言ってもりゅう君はそんなことを気にするわけでもないのだろうが、ただ確かに、これからお互いどうするかな。

「あー、どうしようね。暇っちゃあ暇だよね」

少しの間、お互い考えるように沈黙した。しかし俺は、特に何も考えていない。

「お互い、好きなようにしてもいいと思うけど」

「……うん、まあそうだけど、ちょっとこの中を散策してみない？　外は寒いし、なんなら飲んでもいいし」

俺が少し笑って言う。

「朝っぱらから」

りゅう君も笑う。

「飲むのはもう少し経ってからかな」りゅう君は真顔で言う。

「ははっ、けっきょく飲むんだ。じゃあ、まあ適当に行ってみようか」

なぜか、こういうときは俺が案内役だ。そう言って、船内をまわり始める。

一等客船と思われる個室。俺は自分たちのいるあっちの方が退屈しなくていいんじゃないか、と言った。狭い個室にこもっているのは、なんだか精神的に苦しそうだ。この広い大海原の上にいるのに。何かよっぽどのめり込んでやっていられるものがあれば、話は別だが。通路の突き当たりでソファのような椅子が一つずつ、離れてある。大窓があり、進む先の海が見える。取り付けられた水道もあり、コップが一つ置いてある。そこの椅子にお互い座って、適当に話し合った。自分でも少し不思議に思ったが、これから先のことを、お互いまったく話さない。けど、話したところで、どう話が進むとも思えない。むしろ、不安のようなものに取りまかれそうで、あえてださないのかもしれない。

またあたたかくなってきて、ゆったりしてきたので、もう一度外に出て、階段を下りて船の後ろの方の甲板に出てみた。風はあったが、前よりいくぶんあたたかくなったと思う。気温が少し上がったのだろう。少し人影が見えて、一人、なんとなく怪しい人がいる。と言っても、別に悪い人だ、などと思ったわけではない。ただなんとなく挙動不審で、その人も見られてあせっている様子だ。その葛藤との奮闘ぶりが、挙動不審を思わせる。でも、まあこんな大海原に出たら、何かしら開放的な気分になって、普段でないものがでて、あせっちゃうこともあるだろう、と思った。それと、やっぱりここは日本なのだ、ともなぜか思った。

そうして、ひとしきり海と雲を眺めて、室内に戻った。

「どうしよっかぁ」

とりゅう君がぼけっとした顔で言う。

「あー、とりあえず、お互い適当に自由行動にしてみようか」

と俺が言う。実はさっき本棚を見ていたとき、バトルロワイアルという小説があり、ちょっと気になった。

「うん、じゃあ、そうしよっか」

「あ、俺、そこで本読んでるかもしれないから、もし飲むときは誘ってね」

「一人じゃ飲まないから」

苦笑いのりゅう君。りゅう君は何をするのかわからないけど、どうしようもない気がするし、どうする必要があるとも思えなかった。お互い自分たちは、基本相手の行動を尊重する。というか、男同士で引き留め合うことに、抵抗を感じているのかもしれない。とにかく自由行動になって、本棚でバトルロワイアルという本を手に取ってみた。中学生か高校生だかが殺し合うような話で、よくこんな本が有名になったたな、と不思議に思っていた。しかし、話の出だしから凝った様子があり、社会状況、生徒間の生い立ち、社会に対する憤り、個性的なキャラクター達とその心情や性格の描写など、不思議と引き込まれるものがあった。この作者はよっぽど日本が嫌いなんだなぁ、と思った。久しぶりの少しのめり込む読書のせいか、船の振動のせいかなんなのかわからないが、少し頭が痛くなってきた。それにしても、どうやってこういう状況をつくりだすのか気になって読んでいたが、社会的にこういう状況を容認しているということ、これは現実には検証不可能だろうが、自分が大事だと思っている人を蹂躙されて、そこには憎しみしかない、これが普遍的だということを、作者は前提にしているのだと思うし、これに引き込ませるものがあるのは、この普遍性を、憎しみの社会を是認しているからなんだと思う。だから読みやすいのだろうか。だからと言って、この社会で繰り広げられているような縮図のような世界を、描いたのだろうが、このような社会をだれが望むのだろう。作者自身にもこのような気持ちがあるだろうことが、作品からも伝わってくる気がする。

疲れてきた。外に出てみたいと思い、席を立った。風は、少し慣れた。船の先に行き、海を眺めていると、本当に進んでいるのかわからない気がした。どこかしらの目的地には、向かっているのだろうが……。これ以上は思考が続かない。意識が消える。寒さに耐えるように、風ができるだけ当たらない壁の近くに身をよせて、粘っていたが、同じことだった。船旅は苦痛だ、と一瞬思い、船旅が苦痛になる人はいるんじゃないかな、と思い直した。そしてまた室内に戻ると、歩いていたりゅう君と会った。

「ん？」

「ん？」

なんて言っていいのやら、少し気まずい。

「ちょっと外見てきたよ」

「うん」

「まあ、またね」

「ああ」

そう言ってりゅう君はどこかに歩いていった。トイレかな、と俺は思った。少し経つと、案の定かわからないが、りゅう君が戻ってきた。

「昼飯どうする？」

と俺が聞いた。食事所を見ると、あと十分もすれば開きそうだ。朝飯をあまり食べなかったせいか、少しお腹がすいた気がする。それに筋肉痛のことも考えると、ちゃんと食べた方がいいと思った。

「食べたい？」

とりゅう君が聞いたので、さっき思ったことを言った。

「じゃあ、食べよう」

「うん、よかったらそこで待ってない？」

そう言って俺は本を読んでいた場所を指さした。今は人がいなくて、二人でゆっくり座れる。座ると、俺は本は読まなかったが、だらっとして待っていた。

少し経つとアナウンスが鳴り響き、食堂が運営し始めた。昼食は麺類か丼もので、俺はそばを食べた。食べていると、まわりの乗客が何か言うのが聞こえて、みんなが見ている方を見ると、陸が見えていた。

「ああ、あっちが陸側で、こっちが太平洋側なのか」

少し、方向感覚を思い出した。

「陸に近いところを進んでる。もうすぐ港に停まるかもよ」

りゅう君は何かしら知ってるなー、と思い、ひがみからか本当かよ、と思った。正午になり、昼飯も食べて、のほほんとした気分になってきた。天気は快晴で、雲から差す日光が、遠くのでこぼこを照らしている。

一緒に食堂を出て、船内の通路を歩いて、なんとなく陸地を見ていた。自分は日本を離れている、と思った。というより、あれは本当に日本なのか、と疑問に思った。日本だとしてもどこなのだろう。崖っぷちしか見えなくて、干からびたような白っぽい長草が生えている。しばらくすると、緑地が見えてきたが、建物はまったく見えない。関東地方には、こんな場所はないだろう。

「あっ、船だ」

俺とりゅう君がほぼ同時に言った。そして外に出てみた。なんだか、この海で違う船に出会うのは、貴重な気がした。そして、船が見えなくなるまで、見ていた。ただもうぼんやりとしてきて、お互い自分たちの場所に戻り、俺は横になっていた。

1時間くらい経つと、船が、どこかの港に近づいている。地名を見たがわからない。港に着くと、何人かが部屋から出て、船から降りていった。俺は甲板から港を見ていた。コンテナが所狭しと置いてある。広くもなく狭くもない港で、コンテナ以外見あたらない。奥に山が二つ、無言に、雲をたゆたわせてある。けど山は、どこか小さく見えた。雄大には違いないが、海からすれば、あんな山ちっぽけすぎる。

船が離れ、陸地は再び日光に照らされるでこぼこになった。山々なのか、雲がおおいようで、ぼやけて見える。このまま時間が過ぎていくのか。再び横になって、思った。別にこれでいいけど、せっかくの貴重な船の時間を、もう少し有意義に使えれば、とも思った。そう思うと、船とはあまり関係ないが、この船での出会いである、あの本を読むか、と思う。りゅう君に言って、俺はのろのろと動いて行き、続きを読み始めた。

午後の4時くらいになると、りゅう君が下りてきた。

「飲むか」

「え、ああ、うん。飲もうか」

突然だったが、そう言われると飲みたい気分だ。本は読みかけで、少しいいところだが、どっちみち読み終えるわけではない。自動販売機にある、沖縄のビールを買って、食事所の近くの、外が見えるテーブルとイスのあるとこに座った。昼と夕方の間くらいで、太陽が陸に近い。もうすぐ夕方だ。ゆっくり時間をかけて飲むのには、ちょうどいい時間だ。これを機に、少し明日のこと、九州のことを話した。明日の午前5時には着くのだ。りゅう君は九州の観光スポットの雑誌を持っており、色々話してくれた。俺は俺で、話から思いつくことを話していた。お互い相手がどのようなことで気まずくなるかはわかっているから、酒を飲みながら、いつも大体楽しく話せる。太陽は沈み、暗くなるのはあっという間だ。

俺は闇をぼんやりと見つめて、揺れているのが見えるか見えないかの波を、りゅう君は見えているのかどうかと思った。

「この真っ暗な海を見てどう思う？」

「何か潜んでそうだね」

りゅう君は好奇心のあるような、かつこちらを探るような目をして言った。俺は「何が潜んでるの？」と聞きたくなったが、踏み込みすぎのような、聞きたいような聞きたくないような気がして、「へぇ〜」と言い一息ついた。

「ゴジラがいるよ、きっと。ゴジラが」

そう言って俺は、冗談めいたことを、自分では遠からずと思っているようなことを、よく言う。自分でも、よく冗談と本気がわからないときがある。

少しすると、食事所が開き、晩飯を食べた。と言っても、酒とつまみだ。うまいもんは九州で食べようということだ。

「いやー、明日が楽しみだ」

と俺は言った。晩飯の後は自分たちの場所に戻り、食休みをした。ゆっくり休んだ後、風呂に入りに行った。風呂に入って、「いい湯だぁ〜」とか言ってなんとか話して、俺がぼんやりしていると、いつのまにかりゅう君はおっさんかじいさんかわからんような人につかまって、「はい、はい」と相づちを打っている。しばらくすると、りゅう君が「先に上がるわ」と俺に言って風呂から上がると、さっきの人が俺になにやら政府やら環境やらについて話し始めた。ニュースか新聞か教科書を読めばわかるような、いわゆる説明を始めて、俺は首だけ動かして聞いていた。
「砂漠には防砂林を植えて育てる必要があるんだよ。だけどそのためには水を引かなくちゃな
らない。それを政府が協力してやれば水も引けるし防砂林も育って砂漠に水が溜まるんだよ」
という言葉で終わって、少し間があいた。
「いやぁ〜、どこかで教室もって教えてらっしゃる方なんですか？」
とその合間を縫うように俺は聞いた。
「いやいや、おれぁこういう船旅で若い人に教えているんだよ」
とその人は半分得意そうに、もう半分は伏し目がちに答えた。
俺は「へぇ〜」と半ば感心したように、半ば空洞にこだまするように言った。それからその
人は一言か二言ごもごもと聞こえないような言葉を言ったようだが、何も話さなかったので、
俺は前に傾けていた頭を、後ろの壁にもたせかけた。明日筋肉痛が治っていればいいなぁ、と
思った。しばらくして風呂から上がった。風呂の方を見るとさっきの人が、風呂に入っている
他の人に何か話している。
戻るとりゅう君がリュックの中身をいじって、明日の支度をしている。ああそうだ、俺も用
意しなくちゃ、そう思うのと一緒に、忘れていた明日からの交通手段と、それに伴ったものを

思い出した。

「少しのぼせたよ」と俺。

「俺も少しのぼせた」

「なんかつかまってたよね」

俺が少し笑って言うが、りゅう君は笑わない。黙々と用意をしている。俺もリュックの中身を出して、いらないものを捨てようと思ったが、特になかった。しかたなく詰め直した。特にすることは、起きた時に、防寒具を身につけることだけだ。

「明日起きれるかな」と俺。

「みんな降りるから、一緒に起きるよ。一応アラームはかけるけど」

「そうだね。船旅はもうすぐ終わりかぁ。少し残念だな」

「うん、そうだね」

船旅が終わるのもたしかに少し残念だけど、それはどうなるかわからない明日に向かうのを、想ってなのかもしれない。とりあえず、もう寝る準備だけだ。そうして、俺は早々と布団に入った。りゅう君は、けっこう長い間メールかなんかをやっていた様子だ。電気が消されたのも、昨日よりはやい。きっと夢を見ることなく、明日は起きるだろう。

旅の回想録　２月14日㈭

ＡＭ　５：00　到着と出発

ばたばたと何やら音がした気がした。部屋も外も真っ暗だったが、少しすると部屋の電気が点いた。寝ている人がほとんどだ。俺とりゅう君は起きた。今回は寝ぼける気もしない。もう少し時間はあるのだろ、と思いつつも、これからを思うと、少し緊張。少しして、俺は顔を洗って戻ってきた。少し早めに準備しておいた方がいいだろう。

準備は整った。俺とりゅう君は黙って到着を待っていた。出航したときの、船の振動と同じだ、と思った。そして、特にブレーキのような振動もなく、停まったようで、アナウンスがなった。

「お忘れ物がないように、お降り下さい」

みんな一斉に降りだして、ごちゃごちゃが嫌だから、自分たちはほとんど最後の方になった。階段を下りて通路を通って、再び自転車がある所に向かうため、また古いぼろぼろの階段を下りた。車が何台か船を降りていった。様子を見て、車がこないことを確かめて、チャリを走らせた。真っ暗で、景色はほとんど見えない。ただ、雪がつもっている。

「よっしゃー、九州とうちゃくー」

「ふっくおっかけーん」

俺は右手の拳を軽く上げて、りゅう君は地面を踏みしめるようにして言った。目の前にでかい看板か標識のようなものがあって、ようこそ新門司港へ、と書いてある。筋肉痛は完調ではないが、そんなこと考えることもなくなるだろう。さて、しかしどうするか。りゅう君は雑誌の地図やもう一つの九州の地図を見たり、俺も親が持たしてくれた九州道路地図を見たが、たぶんりゅう君のもう一つの地図の方が詳しく載ってる。

何分か経ったが、今のままではどうにもならない気がした。

「とりあえず、ちょっと走って、港を出てみない？」と俺。

「そうだね」とりゅう君。

チャリの電気を付けて真っ暗な道を走る。とても広くて、ここを出るのにも10分くらいかかった。たぶん、港を出て、道が右か左かで大きくわかれている。それにしても、先の方が見渡せないせいか、本当に大きなわかれ道に見える。真っ直ぐ進めるんじゃないか、と思ってしまう。どちらの道も先を照らす電灯があるわけでもなく、どちらも真っ暗な闇へと通じている。当たり前だが、何もかも知らない所だ。今まで生きてきた上での情報が、何も役に立たない。さてどうしよう。数少ない電灯の下に行き、少しの間か、長い間か、りゅう君は一心に地図を見て考えている。

「何かわかる」とりゅう君。

「いや、さっぱり」

「じゃあどうするんだよ！」

珍しく、りゅう君が少し取り乱している。俺は「うーん」と言って、ふと上を見ると、丸い青の標識があり、何か地名か道路名が書いてあり、左の道を矢印が指している。

「じゃあ左行ってみない？　その標識が何か指すように、たぶん大通りに繋がってると思うから、そこから、それが地図に載ってる大通りなら、そこから道を確認して進めばいい。最悪逆方向だと気づいたら、戻ればいいよ」

りゅう君は少し顔を上げて、同意した。少し上り坂になっていたので、ゆっくりチャリを進めた。

「何とかなるかなぁ」

とりゅう君が言った。

「何とかなると思ってれば、何とかなるよ」

自分で言って、不思議と説得力があるような気がした。

「心に響いたね」

りゅう君は少し目を輝かした。でも、たしかに実際ここでお互い責任をなすりつけあったとしても、お互いもうダメだ、と思ったりしても、何にもならないと思う。だから、何とかなると思うしかない。そうして、お互い暗闇の中を突き進んでいった。歩道は雪がつもっていて走れないから、車道と白線辺りを走った。

またひたすら走りはじめた。

いくぶんか走ると、街灯がある道になった。よく見るとけっこう広い道で、歩道もよく整備されている。九州の道は茨城より広いのかな、と思った。全体的に広々としている気がして、なんとなく走っていて気持ちがいい。少しするとエレベーターで上がり下がりする歩道橋があって、自分たちが走っている左側は歩道がなくなり、道路との距離がとても狭くなっている。りゅう君があっちに行こう、と言って、エレベーターにチャリごと乗った。

「なんか茨城より道が広い気がする」

「うん」

「自転車や歩行者にやさしく、ぼくらにとってはラッキーだ」

「そうだね」

歩道橋から先を見たが、まだ黒々として先は見えない。引き返したくはないなぁ、と思った。しばらくまた走り、左側に歩道がある道に戻ると、りゅう君はそっちに戻って、俺も戻った。少しずつ、暗闇が去っていって、だんだんと遠くまで見えるようになってきた。6時くらいになると、車も通るようになってきた。だからと言って、まだよくわからない。またしばらく走っていると、景色が白んできた。車の交通量が増えて、気をつけて走らなくてはならない。

むしろ、そっちの方に集中しなくてはならない。下手をすれば、タイヤを滑らして、終わりだ。出だし初日から、厳しい幕開けだと思った。この状況をこれから先、何時間も何日も続けることになる場合、相当厳しい。けど、もしそうなったとしても、やるしかない。人の心配をできる立場でもないが、りゅう君は大丈夫だろうか。それに、再び嫌な出会いだが、リュックが左肩にめり込むような、嫌な痛みがではじめた。

７時半くらいになって、はじめてコンビニを見つけた。今頃になって気づいたが、今日はかなりの曇りだ。場所が変われば天気も変わると思うが、こんな朝の雲ははじめての気がした。羊の毛のように豊かで柔らかそうだが、意地悪そうに、触るものを拒む感じがしてならない。太陽の影すら見えない。

「朝飯にしようか」

とりゅう君が言い、俺が同意して、お互いチャリをとめた。別に腹はへってないが、朝飯は食べた方がいいと思った。俺はおにぎりと飲み物を買って、食べた。りゅう君は好きなおでんと何か俺が知らない食べ物を、うまそうに食べた。りゅう君はどうやら道がわかったらしく、俺に何か言った。よくわからないが、地方道路を使う道もあるが、どうやらそれは山越えになってきついだろうから、国道を使うということだ。俺がよくわからなくて聞くと、福岡市を目指すようで、直線的にはきついから、外回りをするとのことだ。俺は直線の方がはやいだろうと思ったが、地方道路はごちゃごちゃしていて、自分の迷う経験を思い出し、それなら真っ直ぐな国道の方がいいと思った。地図を見たが、俺は一日でこんなに走れるのかよ、と思った。

自分たちが走り出す少し前、自分たちより少し年下かな、と思われる小柄な少年と思われる男性が、本格的な、レーサーのようなサイクリング用の、しかし自転車の両脇に荷物をくくりつけた、長旅を思わせるような自転車に乗り込み、走り去って行った。

「仲間だ」

とりゅう君が言った。俺も「仲間だ」と繰り返した。

食べるとすぐに出発した。雪で歩道を走れないのは残念だが、しばらく走っていると、少しずつ慣れてきた。やっぱり、道が少し広い気がする。しかも、歩道も広い。ただあまり歩道を使っている人を見かけないから、ちょっともったいない気がした。

ずっと下を見て走ってきたせいもあってか、と言ってもほとんど代わり映えしない景色だったのもあったが、いつのまにか、けっこうな街並みを走っている。いつのまにか、ちょっとした坂道を上っており、街が見下ろせた。顔を上げると、突然現れたように、山が目の前にあった。

「山だ！」と俺は大きく言った。すごい近い。山肌が見えるようだ。道路にはほとんど間がかないように車が走っていて、そのすぐ目の前に、こちらを見下ろすように山がある。どこか不自然な様子も感じられず、九州ならではの調和がここにあると思った。

ずっと曇っていて、りゅう君は昼飯も食べずに、走り続けた。相変わらず俺はついて行っているだけで、変わっていく景色を眺めていた。りゅう君は何を考えているのだろう、と思った。時間の感覚がなくなっていった。肉体的な苦痛も、東京までの初日ほどではない。

時刻はもうすぐ、午後の３時になる。曇っているせいからか、景色は灰をまぶしたようになってきている。どんなに遅くても、夜の９時くらいには着くだろう、と思った。着かなければ、夜通し走るだろう。それがダメなら、夜露をしのげるところなら、寝袋で野宿だ。

４時くらいに母親から、今夜の宿は決まったのかと、メールがあった。しばらく無視することに決めた。

５時になる頃、福岡市に入った。それから少し走ると、どんどん建物が増えていき、かなり雑多になってきた。線路が通っており、たぶんＪＲだ。ここがどこらへんなのかはわからないが、博多駅への標識があった。川か湖かわからないが、酷い悪臭を放っている。目の前に大きなマンションがあって、ここの住民は病気になると思った。悪臭から逃れたくて、俺はチャリを速く走らせた。珍しくりゅう君より前に出た。悪臭が消えた頃、小学生と思われる男女の集団と、横断歩道を待っていた。小学生達は自分たちを見て何やらひそひそ話している。俺が見ると、一人と目が合い、何か問いかけたいようでもあり、どこか絶望している目のようだとも、俺は思った。横断歩道が青になり、俺とりゅう君は小学生を残して進んだ。

「小学生が何か自分らを見て言ってたよ」

「言ってたねぇ」

「どこかに連れていって欲しかったのかな」

と俺が冗談めかして言う。りゅう君は笑う。俺はどうしようもないことは、世の中にいっぱいあるのだ、と思い、笑った。

りゅう君は雑誌と地図を見て、何やら迷っているようだ。俺に何か説明したようだが、俺はわからない。とりあえず博多駅行ってみれば、と俺は言った。駅に着いて、北口方面だか南口方面だかわからないが、俺には理解不可能のことをりゅう君は言って、俺には何が何だかわからなかった。少し走ってみたら、また同じ所に戻ってきた。それでもお互い何やら話して、りゅう君は目的の方角を見つけたようだ。俺はついて走った。こちらの方面は何やら都会的な雰囲気で、道はひらかれていて、その囲いのように高いビルのような建物が立っており、空間的に空が広く仰げる。仰いだ空は長方形にきれいになっている感じで、道路が滑走路のように、見えない階段が空へとつづいているように思えた。俺はカプセルホテル、と書かれた看板がビルに掛かっているのが見えた気がして、泊まるところは問題ないだろう、と思った。高級そうな老舗の和菓子店や、広いお寺と思われるものもあり、特色あるところだと思う。

何やらりゅう君は目的として捜していたホテルを見つけたようで、俺にとっておきのようにそのホテルに書かれている内容を見せてくれた。なるほど、とても安い。

「素晴らしいね」

と俺は言い、俺とりゅう君はチャリを駐めて、鍵をかけた。お互いの期待が高まるのを感じて、ホテルに入って行った。とても小さいホテルだが、安ければ文句はないはずだ。

「すいません、予約してないんですけど、空いてますか？」

とりゅう君が聞いた。

「あっ、予約はしてないのですか、申し訳ありませんが、本日は予約でいっぱいになっております」

男性の店員が愛想よく答え、頭を下げた。

「空いてないですか、そうですか、ありがとうございます」

そうりゅう君が言って、ぼくらは会釈してホテルを出た。

チャリの鍵を外して、俺が「どうする？」と聞いた。

「俺ばっかり決めさせないでくれよ」

とりゅう君が少し怒ったように言った。俺はちょっと戸惑ったけど、この状況じゃ無理はないなと思った。もう朝っぱらから12時間も走っている。俺ももうくたくただ。

「カプセルホテルがさっきあったけど、ちょっとその本見せて」

そう言って、俺はりゅう君の地図か雑誌かに載っている、安い宿の項目を見た。そして一番上に載っているホテルを見た。これに電話して聞いてみるのはどうかな？

俺がそう言うと、りゅう君は電話してくれた。空いてるとのことだ。

「あとは迷わず行けるかだね。はやく休みたいよ」

と俺は言った。それから15分ほど走ると、着いた。

ツインベッドの部屋にチェックインして、つかれたぁ、と言って、俺はリュックをおろして、ベッドに倒れ込んだ。

「つかれたつかれたつかれたつかれたぁ〜」

だだをこねるように少し手足をばたつかせて言って、けどこれくらいいいだろうと思い、少しすっきりした気がした。りゅう君は呆気にとられているように見ているかもしれないが、俺はこのまま寝てもいいと思った。それでも少しそのままぼんやりしてから、起きて荷物を整理した。りゅう君も少しだるそうな感じはあるが、なぜか不思議と元気そうだ。

「晩飯何食べたい？」

とりゅう君が聞いてきた。俺は別にコンビニですましてもいいと思った。

「いや、特に決まってないけど。あるいは何でもいいかな」

「屋台で食べない？」

「屋台？」

「そう、博多は夜屋台が出てるんだよ」

「へぇ〜、いいと思うよ」

りゅう君は雑誌に載っているものをいくつか紹介して見せてくれた。その中の一つに屋台があって、ここからの道のりも完璧に載ってある。なぜか不思議と、俺も元気が出てきた。

そんなことを話しているとき、俺の携帯電話が鳴った。知らない番号からだ。

「はい、岬です」

「あっ、岬くーん、茨城オクラホマ大学教務部の青島だけど、今お電話大丈夫かな？」

「はい、大丈夫です」

「えーと、実は、岬くん大学院の願書出してくれたよね？」

「はい」

「その願書の中に卒業証明書が必要なんだけど、岬くんの願書の中に入ってたのは卒業見込み証明書なんだよね」

「あっ、はい」

たしかに、自分も証明書を発行するとき、卒業の証明書のようなものが二つあるのを確認し、適当に上の段のやつを発行してしまった。それはたしかに、卒業見込み証明書だった。明らかに自分の失敗だ。

「それで、申し訳ないんだけど、卒業証明書をもう一度発行して、持ってきてもらいたいんだ。お金は振り込んでもらってあるから、受理されないことはないんだ」

「そうですか、わ、かりました」

「じゃあ、よろしくねー」

そう話して、俺は携帯電話を閉じた。自分の失敗に対するばからしさと、こんなときにこんなことが起こるなんて、といううんざりした気持ちが一緒になって、俺はおおきな溜息をついた。走ってきた疲労は一瞬忘れた。とりあえず試験は3月1日。今回の旅は特に期間は決めていないが、それまでには戻ると決めてあった。

「あーあ」

「どうしたの」

俺は先のことを簡単に説明した。

「うん、まあはやく帰ってもいいし」

「いや、気にしないで大丈夫」

とりあえず手を打つとしたら、母親か彼女に頼むしかないか。俺はインフルエンザにでもかかって、少しの間学校に来られないことにでもして。彼女は身内でもないから、格別避けたほうがいいだろう。そう思って母親に電話した。それにしても、母親の状況、彼女の状況、自分の帰る日取りの状況、教務部の都合の日取りの状況、どれをとってもよくわからず、特に格別急ぐ必要がある、ということはないのはわかっているが、まったく頭が混線していた。母親も混線した様子で、それに平日は厳しいから土曜日になってしまう、と言った。俺は気にしないでいいし、それに知り合いにも頼んでみる、と言って電話を切った。そして彼女に対してのメールで、博多のことを伝えて、ついでのように、ちょっと用事ができて都合がよければ電話したい、と付け足した。できれば母親にお願いしたい、と思った。しかし、母親に嘘をつくのをお願いするのは心苦しい。彼女に対しても、だ。とりあえず、ちょっと様子を見よう。それに、俺も少し時間をとって、落ち着いて考えた方がいい。いったん博多の夜を楽しもうと思った。

少し考えていると、俺は教務部や学生部に対する不審の念がむくむくと湧いてきた。それに、学生時代の嫌悪も思い出した。今はそうでもないが。俺は事務的な手続きが大嫌いで、それが嫌で、途中からサークルの部長をりゅう君に任せた。今でも、あの事務的な世界には、社会の奥底に潜む、化け物に触れるようで、近寄りがたく、理解し難い。

とりあえず、何とかなるだろう、そう気をとりなおして、夜の街に出掛けた。

行く途中、りゅう君は以前ここに来たことがあることを話してくれた。バスで街中まで行き、ショーウィンドウのある街中を通っていった。そこを出ると、夜なのだが、橋の近くで、遠くに宿から川を眺められるような光景があり、暗闇にほのかに明るい景色は、こころあたたまるものがあった。自分もいつかあのような場所でゆっくりしたい、と思った。川沿いを歩いて、その景色を見ながら進んだ。少し行くと、屋台街のような、湯気を立てる屋台がいくつも並んでいる。人も、祭りのようにぎゅうぎゅうづめではなく、たくさんいる。夜のあたたかい光景だ。少し品定めするようにりゅう君が屋台を見て、一つの屋台に入った。

酒と焼酎を飲み、おでんと豚骨ラーメンを食べた。湯気がひっきりなしに立ち上り、頬を濡らした。自分たちはどこかゆっくりと飲んでいるようで、他のお客と店の人との間に、微妙に違った空気が流れている気がした。心なしか、他のお客はみな老けているような気がした。若いと思う人もいるのだが、どこか共通の話に夢中で、今を精一杯生きている気がした。暗闇の中の、この屋台のようなのかもしれない。俺は飲んだ焼酎がすっきりしていて、気に入った。名前を覚えようと、後で何度もりゅう君に聞いた。

けっこう酔って、屋台を出た。どうするか、もう一つくらい行くか、と話したが、りゅう君は少し高くついた、と言って、腹も満たされたし、戻るか、ということになった。バスを降りて、ホテルまで歩く途中、りゅう君はコンビニで何か食べ物を買った。それにしても、ビルが立ち並んだ広く空間的な街並みは、文明的だと思った。

ホテルに着いて、メールを見ると、彼女から電話はいつでもいいとあった。俺はやっぱり大丈夫だから気にしないで、と送った。そしたら、彼女から電話を楽しみにしていたことと、何か返事をした方がいいと思わせられる内容だったので、失敗か成功かわからないが、事のあらましを述べることを試みた。彼女に電話して話すと、彼女のでだしは明るい声が、仄暗い声になった。俺は別に無理して引き受ける必要はないし気にしないでくれ、と言うと、彼女は明日学校行く予定があるからいいよぉ、と言った。そしてお互いどこか気持ちを地べたに引きずるような重い感じで、電話を切った。この旅と一緒で、これから先どうなるかわからないな、と思った。りゅう君と俺はお互い疲れていることもあり、眠った。

旅の回想録　2月15日㈮

AM 11：00 謝罪と連絡

あまり意識していないが、ゆっくり寝たと思う。メールを見ると、夜中の2時頃に彼女からメールがあり、案の定とも言えるが、きついことを言われている。俺はメールで謝って、気にしないで大丈夫なことを強調した。天気は晴れている。このままゆっくりしたい気持ちになった。

それでも、お互いもそもそと起き出してきた。俺は際限なくゆっくりしたい気持ちで、チェックアウトまでいる気もあったが、りゅう君はそれよりも早めに出ることを言った。と言うより、今の俺は何かを言われなければ、まったく動く意志がなかった。

朝日を浴びて、出発する。りゅう君は地図を見て、国道までの道をチェックして進んだ。俺は荷物を軽くしようと思って、ワンゲルのまな板と小さな包丁のセットを、コンビニの燃えないゴミ入れに捨てた。しばらく走ると、街を抜けていった。頭の上を、高速道路と思われる建造物が、道なりに走っている。ふと、携帯電話がふるえていることに気づいた。りゅう君にとまってくれるように言い、見ると彼女からの着信で、電話に出たが、電波が悪くて、切れた。

見るとメールが入っている。

〝なんでこんな緊急の時に電話つながらないようにしてるの？〟

その5分後のメールで、

〝自分で頼んどいてそれはないんじゃん。いい加減にして〟

とあった。俺はまた電話をして、なんとかつながった。

「もしもし」

「なんでつながんないの」

「電波が悪いんだよ」

全ての悪の原因は電波だ、とでもいうように言った。

「教務に行ってきたんだけど、本人じゃなきゃダメだって。インフルエンザだって言ったら、医者の証明書をもらってきてって言われた」

「そっか、いや、ありがとう。あとはこっちでなんとかするわ」

「なんとかって、どうするつもりなの」

気まずく、鋭い言い分だ。

「とりあえずは、母親に頼んでみようかな、と思うけど」

「あんた、昨日もメールで言ったけど、親に頼りすぎなんじゃない。自分でそのくらいできないの。あんたが変わる気ないいんなら、私は一緒にいるつもりはないから」

実際のメールは昨日ではなく、日付としては今日の2時頃だが、余計なつっこみは入れない方がいいだろう。

「わかったよ、俺が連絡して言っておくよ」

俺は少しうんざりして言ったが、自分で話をつけるのが最善だと思った。それでも彼女はなんでこんな朝っぱらからこんな目にあわなきゃならないんだ、とか知り合いが教務にいて知られてしまって恥を掻いたなど話をして、俺はたしかにその通りだと認め、謝った。最後に私が行ってすぐ電話されるのも嫌だから、少し経ってからにして、と言われて、俺は同意した。

「大丈夫なの？」

とりゅう君が電話を切った俺に聞いてきた。

「うん、なんとかね。悪いけど、11時くらいに電話したいから、その時またとまってもらえるかな」

りゅう君はいいよ、と言った。空を仰ぐと、青空を飛行機が飛んでいった。けっこう近い。福岡空港があるからだろう、と思った。頭の上の道路を車が走りまくっているのがわかり、これで昨日のような天気だったら、気分は最悪だったろう。

1時間くらい走ると、太宰府に入った。

「寄ってく」

とりゅう君が問いかけなのかわからないように言った。なんのことか聞くと、太宰府天満宮があるとのことだ。俺はどっちでもいい気がした。正直、今はほとんどのことに興味が湧かなかった。

「まかせるよ」

と俺が言い、りゅう君は迷ったようで、たぶんりゅう君もそれほど興味があるわけでもないのだろう。それでも行ってみよう、と言い、俺もなんとなく行きたくなった。近づくにつれ、道に、お寺のような雰囲気が出てきた。俺は気持ちのいいところだ、と思った。ついでに、気分がいいところで電話してみようと思い、チャリをとめた。俺は電話をかけ、コールが鳴る。りゅう君は離れて、気持ちよさそうに歩いている。

「はい、茨城オクラホマ大学教務部です」

「あ、おはようございます、あの、岬なのですが」

そう言って、電話の相手は先日の青島さんと違い、女の人だ、と思った。そしてなぜか、口調が打ち解けた感じになった。

「あ、はーい、岬くん、どうしたの？」

何があったの、と聞かれたように感じた。たぶん朝の俺の代理に行ってもらったことを、知っているのだろう。

「えーと、卒業証明書の発行についてお話ししたいのですが」

「うんうん」

「朝、知り合いに行ってもらったのは、ちょっと自分がインフルエンザにかかってしまって、いつ自分が行けるか心配になって、代わりに行ってもらったんですよ」

「あ、そうなんだ、医師の診断書はもらえる？」

「あの、それがちょっと自分は今遠くに旅行に出ていて、診断書を持って行けないと思うんですよ」

「お医者さんに言えば、ＦＡＸで送ってもらえると思うけど」

「えっと、あの実は医者には行っていなくて、熱はあるんですけど、ちょっと二、三日熱が引かないから、インフルエンザだと思っているんです」

「じゃあ、旅行からいつ戻ってこられるかわからないってこと？」

「ええ、まぁ、そうです」

俺はどきりとしたが、おどおどしたように答えた。と言うより、俺は全体的におどおどしていた。なぜか、見抜かれた、と思った。本当に病気になったような気持ちだ。

するとその人はあっはっはっはと陽気に笑った。俺はなんだかほっとした。ただ俺の客観的な視点は、お前のお道化が伝わったんだ、と言った。たしかに、まるで、綱渡りだ。

「だーいじょうぶだよ。まだ日にちあるし。それに発行はしておくから、岬くんが来て手続きだけしてくれればいいから」

「あのー、いつぐらいまでに行けばいいのでしょうか」

「できれば来週中かなー」

俺はぎくりとした。

「再来週になったらまずいでしょうか？」

「うーん、月曜日には必ず来てほしいなー」

「あ、わかりました、その日には必ず行きます」

「あ、うん、よろしくね」

「はい、ありがとうございます、では、失礼します」

俺は電話を切り、脱力したようにほっとしたような気分になり、日にちを確認した。25日だ。まあ、それまでには、大丈夫だろう。鬱蒼したものが消え去ったように、なぜか俺は神に感謝した。ふーっと息を吐き、空を見て、息を吸った。とても静かで気持ちのいい場所だと、再び気づいた。意識して気づいてはいないが、平和な気持ちだった。

「25日には帰りたいのだけど、いいかな」

俺はおずおずして言った。

「いいよ」

「うん、ありがと」

そう言って、俺は母親と彼女に先の話の主旨を伝え、お手数かけたことを謝ったメールを送った。

「お待たせしました、では、行きますか、太宰府天満宮」

そうして日射しを受けて、町中を走った。途中銀行があったので、お金を少しおろした。それから少し走ると、色々と店が出ていて、そこからはチャリで入るのはできなさそうなので、目立たないところにチャリを駐めた。店が出ている道を歩いて行くと、見たことのないうまそうなお菓子を売ってるお店があったので、帰りに寄りたいと思った。

太宰府天満宮の中は広かった。なぜか俺は鹿島神宮を思い出し、鹿でもいるのかな、と思った。正直、こういう建物を見るだけなら、興味はなかった。しかも人がたくさんいてにぎやかで、観光地になりきってるような神社や寺は、嫌悪感すら湧く。金をもらって、人の世俗的な欲求を満たす場所とは、本来異なる世界としてあるべきものだと思う。むしろ静かで、霊的な存在を感じさせてくれるような場所がいい。一人の孤独を肯定してくれる場所。自分にとってはそういう場所だ。

裏の方を回って歩いていると、でかい、かなりでかい木があった。と言うより、とんでもなくでかい、と言うより、太い。近づいてみると、俺が両手を広げたよりももっと太く、大人五、六人が手をつながないでも、この太まわりに到達できるか、疑問に思った。俺はすごいと思い、感動と昂奮が入り交じった様子で、りゅう君に写真を撮ってもらった。これだけで来た価値はあると思った。

満足して戻ると、先の途中の店に寄りたいと思った。

「俺、あのお菓子気になるから、買ってこようかな」

「じゃあ、ちょっと休んで、食べてく？」

りゅう君が目配せするようにして言う。

「いいの？　じゃあちょっとだけ休もう」

そう言って、店のお菓子を頼んで、売り場の隣の腰掛けに座った。リュックをおろし、休んだ。座ると、疲労が出てくるのを感じた。行き交う人を眺めて、少し江戸時代みたいだ、と思った。ゆっくり、ぼんやりしてお菓子を食べていると、人が何人か来て、お菓子を買っていった。ゆっくり、うまそうに食っていたからかなぁ、とどうでもいいが思った。三人くらいお菓子を買うのに並んでいて、誰か座りたい人がいるかもしれない、と思い、食べ終わったし、

「ごちそうさまでした」と言って、席を立った。

チャリまで戻り、また走り出した。りゅう君は標識や地図を見て進んだ。俺はよくこんな見知らぬ土地を進めるなぁ、と思った。しばらく延々と進んでいて、途中佐賀県に入った。と言っても、ただの道路だけなので、特別何かがあるとも思えない。アメリカに行ったとき、移動は車で延々と走っていて、その時ニューヨーク市に入ったと看板にあったが、景色は牧草地だ。牛や馬がいた。景色を見ているのは楽しいのだが、名前だけで新天地を期待できるわけではなかった。

　３時頃、メールがあり、見ると彼女からだった。

〝心配して、余計なことした私が馬鹿でした。試験頑張ってください。別れよう。〟

とあった。俺はうんざりするのを感じるのだが、どこか逆境に追い込まれることにわくわくするようなことも感じてしまう。たしかにこの彼女の変化はおもしろいと思うのだが、うんざりさせられることに呑みこまれてしまったら、おもしろいなんて思っていられないだろう。そして恐らく、彼女はこちらをうんざりさせることに、全身全霊をかけてくるだろうなぁ、と思った。とりあえず、俺は後でメールを返そうと思った。

　５時頃、母親からメールがあり、宿は決まったのか、と聞いてきた。場所は久留米市か八女市という辺りで、宿を探すならここらだろう、と思った。途中グリーンパークという建物があり、なんとなく俺は小さな宿のように見えた。途中コンビニにとまって休憩した。彼女には謝りの言葉を入れて、緊急じゃないときにはそんなに過度に慌てることはないよ、といった内容を返した。少しするとメールが返ってきた。

〝私の気持ちは考えてくれないの？

忙しい中やってて、私だっていっぱいいっぱいなのに、岬の心配までしなきゃいけないの？　あげく、俺にとってはそんなに緊急じゃないって言われて、何で私がいらないストレスかかえなきゃいけないの？　自分が落ち込んだ時は、他人どうでもいい？　自己中もたいがいにして。

自分が落ち込んだ時に毎回そんなんやられたらたまったもんじゃない。私はあんたの便利屋じゃない。〟

とあった。俺は面倒だな、と思った。俺が考えていると、コンビニから出てきたりゅう君が、声をかけてきた。

「ちょっと聞きたいのだけど」

「うん」

「こっから先進むと山越えになると思うんだよね。それでこっから先宿があれば泊まれるんだけど、なかったら野宿になるかも」

「宿があればいいね」

「野宿でもいい？」

「ん、いいよ。て、え？　野宿したいの？」

俺は少し驚いて言った。

「野宿してえ」

りゅう君は異様な決心を固めたように言い、俺は少し呆気にとられて、口がぽかんとあいた。

「はは、したいんだ。じゃあ、頑張って進みますか。まあ、俺としては宿があればいいと思うけどね」

母親には、グリーンパークに泊まると、メールを送った。チャリを進めていると、どんどん暗くなってきて、町並みが薄暗いものに、沈んでいくような気がした。先の母親のメールにあった、野宿はだめだからね、氷点下だからね、という言葉を思い出した。町並みはどこか中途半端な気がして、日本のどこにでもある国道沿いの道のようで、泊まっていく客が訪れるような場所とは思えなかった。同様に、宿があるとも思えなかった。俺は少し不安になり、引き返した方がいいのではないか、と思った。いつの間にか雲が出ていて、夕暮れのわりには、不気味に所々に燃えたような赤が、沈む方角に見えていた。

八女市を抜けたようで、道は徐々に人気がなくなり、林道というような道になっていった。太陽はもう沈んだのだろう。電灯もなく、暗闇に目が慣れてきたようで、薄暗い道をチャリの小さな電灯が照らした。道もそれほど広くなく、時々大型車が勢いよく、吸い寄せるように音を立てて過ぎて行った。ただ直線的な道なので、自分たちがいることをわからせられれば、避けて行ってくれるだろう。カーブの時は、車が来ない時を見計らって進んだ。それにしても、野宿するとしてもどこでするつもりだろう。りゅう君は道の駅がどうとか言っていた気がするが、俺にはそれがなんなのかもわからない。かなり薄暗くなった頃、どうやら道の駅というものに着いた。しかしそこは真っ暗な建物で、コンクリートの少しばかりの駐車場がある。ここではどうしようもない。そう言って、また先に進んだ。

本当に、山越えのようになってきた。と言うのは坂道が多い。上っては下って、という感じだったが、しかし寒さは和らぎ、むしろあつくなったり寒くなったりした。ただそういう寒暖の変化や勾配の変化は、少なからず今までにない道で、楽しませてもらえたし、集中していて、不安も和らいだ。そうしてしばらく走り、下りの斜面を下っていると、今度はおおきく、そして電気の灯っている道の駅に、着いた。

PM 7：20 もくろみと夜

「とりあえず、中に入って何か食べようか」

食事処を兼ねているようで、お互い自転車を駐めて、りゅう君が言った。中に入ると、そこは木を基調としたしっかりとした、そして和みのある所だった。土産物が置いてあり、特産物が珍しい。初めて九州らしく、九州に来た、という旅行で味わえるような気持ちを覚えた。

端の方に食べる座席があり、靴を脱いで上がった。俺は山菜うどんを頼み、りゅう君は何やら特産物を使った、俺がまったく知らないようなものを頼んだ。今夜はここの外で野宿かぁ、と漠然に思った。木枠でこの建物によく似合う窓を見ると、鍵が掛かっていない。しかし、この窓は開くスペースが限られていて、人は通れないな、と思った。外には広い公園にあるような遊具があり、目を通しておいたが、夜露はしのげなさそうだ。ただ縦横の壁のようになっているものがあったから、そこなら気分的に少しマシかな、と思った。銀マットを敷いて、寝袋は二つあるから重ねて、ワンゲル用の小さなガスコンロもあるから、それで暖まることを試みたりするのかな。

店の人が料理を持ってきてくれた時、りゅう君がここは何時までやっているのかを聞いた。どうやらあと30分くらいだ。料理は少しおおめで、自分の山菜そばは十分満足させられるものだが、りゅう君のは何やら豪華に見えた。

食べ終わると、俺はトイレ、と言って、奥の方に行った。そしてトイレに行って、トイレの窓を見た。ここも入るのにはきつそうだ。どのみち店の人が閉めてしまう可能性もあるから、無駄なことかもしれないし、この試み自体がそうだ。トイレから出ると、店の人たちの使う通路に入って行ってみた。見つかったらトイレの通路と間違ったと言おう。店の人たちのロッカールームに来たが、ここにも奥に窓があるが、これもきつそうだ。それにここに入ってまで事をしでかしたくない。素通りして進むと倉庫のようにだだっぴろい一室。ここには何もない。さらに進むと、用具入れのような狭いスペースがあり、そこの窓は人が通れそうだ。俺は鍵を開けて、通路を戻った。戻ると少しそこら辺を見るようにふらふらして、奥の方の木枠の大きなガラス戸を見ると、開けられるようになっている。昼間はここを開けて、土産物などを外に出したりするのだろう。そのための通路になるガラス戸だ。俺はここもさりげなく開けておいた。店の人たちはどこか余裕のないように見えて、こちらに気を配っているようには見えなかった。もちろん帰る時に閉めたのなら、それはそれでいいことだ。自分としても夜中に侵入する自分を想像したら、それはそれで後ろめたい。ただ、最悪凍死することも考えると、やれることはやっとこうと思った。それに、これは今回の旅で、りゅう君は担っていない、俺の部分だ、と思った。

戻ると、りゅう君は少し不審顔のような気がした。実際戻るのは遅いし、奥の方をふらふらしているのを知っているのだから、不審がるのは無理はない。

「遅かったね」

「うん、ちょっと奥の方見てきた」

りゅう君はどこか顔を背けているように、遠くを見ているような様子になった。俺は窓枠に背をもたせかけて、今のうちに体温をできるだけ保っておきたいなぁ、と思った。

「ちょっと見てくる」

そう言って、りゅう君は土産物を見に行った。俺は見たら何かほしいものが出てきそうで、だからといって、これから荷物になるのがわかっているのに、そこまでしてほしいとは思わなかった。

店の人を見ると、おばちゃんたちが片付けに入っている様子だ。時刻は7時半になり、予定では閉まる時間だ。

「出ますか」

俺は覚悟を決めた様子で、外に出た。

「さて、どうするつもり？」

暗闇を歩きながら、俺はりゅう君に聞いた。

「うーん、ちょっとあそこに行ってみよう」

そう言って、暗闇の中に建つ、簡易の小屋のような休憩所と思われるものを、りゅう君が指した。見るとまったく電灯もついておらず、俺は今になってこの小屋の存在に気づいた。俺には絶対閉まっているように思われた。

「開いてるかなぁ」

「わかんねぇ」

りゅう君はそう言って、不安そうにお互い進んだ。歩く砂利の音だけが、暗闇に響き、生気を失っているような建物に近づいて行った。近づいてみると、スライド式のようなドアに、取っ手のようなものは見えず、中も真っ暗に沈んでいる。近づいて、りゅう君がドアの前に立つと、なんと自動で開いた。

「開いたぁ？」

俺は驚いて叫んでしまった。中にはいると真っ暗で、どこか海底に沈んだ鯨の胃袋の中にいるような気がした。それでもピノキオがじいさんに出会ったように、俺は喜んだ。

「たぶんりゅう君だったから開いたんだよ。俺だったら閉まったままだったな」

「あの口に入れたら抜けなくなる石みたいに」

語尾を上げて、りゅう君が笑って言った。けど俺は本当にそう思った。

「でも、これから閉めに来るかもしれない」

と俺が言い、りゅう君も同意した。

「そしたら出るしかないか」

「ああ」とりゅう君。

少しの沈黙で、お互い小屋の中央に立ち尽くした。天井にはセンサーのようなものが付いており、動くたびに小さな赤色がピカピカと光った。

「まあ、とりあえず、しばらく、というか来ないことを俺は願うが、ここで待機していよう」

「そうだね」

そう言って、お互い端の方の、暗がりに浮かぶ少し広めのスペースが奥にあるので、そこに靴を脱いで上がり、腰掛けた。センサーは頭の上の天井にある。

メールを見ると、母親からのメールで、グリーンパークってホテル？　それとも公園？　とあった、俺はホテルだと送った。

「ここなら野宿ではないし、道の駅っていうホテルだ」

俺は母親のことをりゅう君に言って、冗談として笑った。

時刻は午後の8時になった。先ほど食事をした道の駅は、完全に電気が消えていて、人の気配はない。

「これ、大丈夫なんじゃね？」

「大丈夫そうだね」

「野宿できなくて残念？」

「いや、俺もそこまでってほどじゃないし」

「そっかぁ」

「奥の方で、鍵開けてたの？」

ストレートがいきなりきたなぁ、と思った。

「え、ああ、ははっ、まあ一応だよ一応、念のため」

「なんか怪しかったから」

「まあねぇ、でも別に悪いことするつもりはないし、それにもし最悪凍死しそうになった時、開いてたらラッキーじゃん」

俺は弁解するように言った。

「はは、明日の朝刊に、いや、夕刊か、大学生二人の凍死体が発見されました、て載るんじゃん」

「二人は茨城県から、フェリーで九州に上陸し、自転車で走行中、野宿を試みたことによるものと考えられます」

そう言って、お互い軽く笑った。でもそんなニュースは聞いたことがないなぁ、と俺は思った。どうやらここで、一晩明かすことになる。だからといって、まったく危険がないとはいえない。自然の寒さよりも、人間の方が恐いことだってあるかもしれない。

「じゃあ、寝る準備をしますかぁ」

とりゅう君が言って、リュックから銀マットと寝袋を取り出し、用意をし始めた。

そう言えば、彼女にメールを返していないことを、俺は思い出した。見直して、考えると、言われ思いのないようなことが書いてあると思い、正直、意味のわからないことを伝え、最後の便利屋という言葉に対して、自分は便利屋にしているつもりはないよ、と付け足した。メールはすぐに返ってきた。

〝意味わかんない？

便利屋にしてるのはあんたで、心配させるようなことしてんのもあんた。分かってんの？〟

とあった。俺はまたさらに意味がわからない気がした。俺は前のメールを読み直し、起こった出来事と話の脈絡がどう一致させていいのか、理解に苦しんだ。俺は、分からない、それに今日の出来事とどうつながるのかもよくわからないから教えてくれ、と返した。するとまたすぐにメールが返ってきた。

〝じゃあ、今日のやつやらなくてよかったの？　やらせといて、私がいっぱいいっぱいの時に心配しなくていいって矛盾してるんじゃない？〟

と返ってきた。俺は別に無理にやる必要はない、というようなことを言ってあったと思うが、と返した。すると彼女から電話がかかってきた。

「ごめん、ちょっと電話してくる」

俺は少し焦って、靴を履いた。

「ごゆっくり〜」

暗闇の中、りゅう君がのんびりと言った。外に出ると、暗闇に目が慣れていたのもあり、小屋に入る前は見えなかったものが見えていた。

「もしもし」

そう言って電話に出ながら、木製と思われる広いテーブルとイスがある方へ向かった。

「今日のやつやらなくてよかったの」

暗い声で聞いてきた。

「いや、さっきもメールで言ったけど、無理にやる必要はないよ、って言ってあったと思うけど」

「じゃあなんで電話してきて頼んだの、頼んだのはそっちじゃん」

「ああ、その通りだ、謝るよ」

俺は少し顔を引きつらせて言った。彼女は少し黙った様子になったので、俺は話はこれで収まるかな、と思った。俺はイスに座り、少しの間、沈黙が流れた気がした。

「私がどんだけ辛い思いしてるのかわかってんの」

彼女は何か突きつけるようにして言った。

「といいますと？」

「朝早くから不安で学校行って、私はいつも岬のせいで苦しまなきゃならない。クリスマスも誕生日も、全部私が行くとこ決めなきゃならないし、岬はそういうことは何も考えない。昨日だって、バレンタインだったのに。私と会うよりもりゅう君と一緒の方がいいんでしょ」

最後はひねくれた言い方で、こちらを軽蔑するような気持ちが伝わってくる気がした。

「私はいっぱいいっぱいで、そんな中それでも頑張って、いっつも私が一人でどこに行くか調べたんだよ。いっつもそう。岬は何もしないで私が一人で辛い思いしてる」

言葉が詰まる気がしたが、何か言った方がいい気がした。

「何もしてないわけではないと思うけど」

このようなことは前から何度も言われていて、俺は彼女に指摘されて、遅まきながらプランを立てたこともある。だが、彼女は既に用意していたプランがあったようで、前日くらいに俺にそれを伝え、俺は了承した。

「だって実際そうでしょ」

そう言って、以前にあったことを列挙してきたので、俺は先に思ったことを、事実の列挙として言った。そして最後に「だから何もしてないわけではない」と言った。彼女は口をつぐんだような気がした。

「今日教務の人に本人じゃなきゃだめだよ、って怒られた」

暗い声で、なんとなく泣きそうな声だ。

「もう怒られるのは嫌なの！」

そう叫ぶように言って、彼女は電話を切った。怒ったわけじゃないと思うけど、と思い、それに悲愴な女優のようだ、とも思った。それに、誰に、何に、対して本当は言いたいのかも疑問に思った。俺は電話をかけ直したが、出なかった。実際の時間はどうだかわからないが、けっこうな時間が経った気がした。静寂と寒さが辺り一面を覆い、時々走り去る車の音とライトが横切って行った。ただ頭には激しい振動数が流れているようで、寒さの震えが、走っているような運動に思われた。俺はまた小屋の中に戻ると、りゅう君は寝袋の中で横になって、携帯電話をいじっていた。俺は座って、「ちょっとメールしない？」と書いたメールを送ると、少し経って返ってきた。

〝もうしたくない

別れよう〟

とあった。俺は少し戸惑って、なぜかを問うメールを送った。少し経っても返ってこないので、俺は寝る準備を始めた。寝袋を二つ重ね、二つのホッカイロを袋から取り出して、足の方に一つと、上着のポケットに一つを入れた。俺は横になったが、この異様な場所で、目が覚めたばかりのような、目が覚めたらここはサハラ砂漠でした、というような気分になった。考えたら、こんな場所で寝るのは生まれて初めてで、普段寝るような気持ちで寝れると思ったら、そううまくいくものではないだろう。気温は室内とはいえ、かなり低いと思った。冷え性の自分は、この場所この状況で、手足が温まることなどあり得ないのではないかと思う。眠れるかどうかも自信がない。ただ、眠れなくても、横になれるだけでも十分な気がした。こうやって、思いを巡らしているうちに、朝になる。それでもいいと思う。

りゅう君が携帯電話を閉じたので、話しかけてみた。

「この素敵なホテルの感想はどう？」

りゅう君は笑って、その後、ちょっと寒いかもね、と言い、何か飲もうかな、と言って体を起こした。たしかに自販機がすぐそこにあるので、俺も操られるように意識が向いた。りゅう君はココアを買い、俺はコーンポタージュを買った。少しでも栄養価の高いものを、と思ったが、ほとんどどうでもいいことはわかっていた。おいしいと思う気持ちもあったが、どこか絶望的な気持ちもあり、こんな気持ちで飲み物を飲むのは初めてだと思った。飲み終わって戻ると、むしろ酒があったらよかったのではないかと思い、りゅう君と冗談めかして話した。実際はこんな所で酔って隙だらけになるのはまずいのだろうが。お互い寝床につこうと思うと、俺の携帯電話が震えた。見ると彼女からで、俺は外に出るのをためらって、その場で電話に出た。

「もしもし」

「じゃあ、もう別れるってことでいいの」

暗く、決断とも選択とも取れるような、天秤の重りを、左右を一致させる、どこかの答えに向かうような声に聞こえた。俺はやはり外で話そうと思い、靴を履いて外に出た。

「どういうこと？　俺は、別れるつもりはないけど」

「私は別れたい」

俺の言葉に反応したように言い、言葉の裏にあるものを感じた。表面的に引っかかってくるものに、気をつけた方がいいと思った。

「そうだとしても、俺にどうこう決める権利はないよ」

権利、という言葉は、逆に自分で何かに引っかかったような気がした。

「じゃあもうメールも電話もしないで」

「しょうがないね」

「じゃあもう別れたってことだよね」

なぜか声の調子が上がり、しっかりしている。

「え、いや、まかすよ」

「まかさないで！　岬はいっつも私に決めさせる」

「だって、別れたいって言ったのはそっちなのに、なんで俺が決めるの？」

これは、心理戦だ。どちらが相手の心を折るかの。さらに言えば、どちらが相手の悪意や諦めのようなものを出させるか、恐らく、負けた方は相手に心を奪われて、負けじと相手に食らいついて、依存することになる。

「別れるようにさせたのはあんたでしょ」

声の調子が変わる。人格障害みたいだ、と思った。

「うん、まあ、申し訳ないね」

「じゃあ、あんたが原因で別れることになったんだから、原因つくったあんたが責任取って決めることでしょ」

俺はなるほど、と思う気持ちがあったが、何か違う気がした。

「なんか、違くない、それ？」

「違くない」

「じゃあ、俺にどうしてほしいの？」

「別れるって決めて」

俺は「な・ん・で・だ・よ」と内心おもしろく思った。

「普通別れるって決めた方が、決めるものなんじゃないかな」

「関係ない」

たしかに関係はないと思った。もう理屈で言おうとしても、特に浮かばなかった。あとは意思表示くらいしかないと思った。

「俺には決めれないね」

それでも、自分の意思表示というよりは、やはりどこか相手任せにしているような言い方だな、と思った。それに少し、投げやりという感じでもあると思った。戦いの勝負を諦める、というわけではなく、この勝負自体に意味を投げかけるような、あの客観的な、それでいて絶望的な、視点。

「決めて！」

と彼女は強く言った。強くもあり、それでいて幼いようでもあった。

「俺には決める理由がない」

声が、無機質なものになっていた。一瞬間があいた気がした。

「なんで決めてくれないの、どうして、どうして」

と彼女は泣いたようにわめいて言った。俺は無機質的なものから、扉を開けて隣の部屋に移ったような、少しあたたかみのあるような部屋に移った気がした。

「どうしてと言われても、俺には決める理由がわからないんだよね」

そう言うと、彼女はまた声の調子が変わったようでもあり、泣き声が交ざったように、震えた声で言った。

「じゃあ別れるから」

そう言われると、俺は無機質なものと、その隣の部屋の扉がある、その中間にいるような感じで、そこには理由という明かりが中間を照らしていた。その明かりに照らされたように、無機質的なものの中にある、潜んでいた悪意や諦めといったようなものが蠢き、それらが影のような手を伸ばしてきたようでもあり、それとともに、無機質なものの冷たさを拭い去って、あたたかいものを得ようと努める気持ちで、どちらにも引っ張られるような気がした。

「そう言われたら、俺にはどうしようもないね」

冷たさを、完全に拭い去ることはできない。あの勝負に戻った気がして、諦めや悪意といったようなものが、出そうになる気がした。

「じゃあ別れる」

彼女の声の調子が、変わった時のように戻った。俺はなんと言っていいのかわからず、黙っていた。

「じゃあ、もういいや、ばいばーい」

そう彼女が言って、電話は切れた。

少しの間ぼんやりして、どっちもありだな、と思った。ただ途方もなくうんざりしたような気持ちがあったが、やれることはやったという、達成感というには意味のわからないが、少なくとも後悔はしないだろう、という想いはあった。


寝袋の中に戻ると、体はすっかり冷え切っていた。ぼんやりと暗い天井を見て、今日はこういう日なのかぁ、と思った。ただ、それだけだった。考えることも眠りに落ちることもなく、まんじりともせず、ただ何度も寝返りを打った。そのたびセンサーが赤く光った。

たぶん、11時ぐらいだと思う。1台のバイクが駐まる音がして、一人の、恐らく男が入ってきた。たしか灰皿が置いてあったと思う。男は煙草を吸った。俺は、その男の影をぼんやりと見ていた。こういう、相手の影しかわからない夜は、恐らく数がものを言う。ただ、そこに不安や恐怖のようなものがなければ、話は別だ。しかしもし、不安や恐怖のようなものに呑まれれば、動く影にその恐怖や不安が投影され、敵と見なし、相手か、または自分になる場合もあるが、同じような領域に引き込まれる。俺は何パターンかこれからの動きを想像したが、どうでもいいように思えた。ただ無闇に動く必要はないと思い、目を閉じた。男は少し経つと出て行き、バイクは去っていった。

旅の回想録　2月16日(土)

PM 1:00 山登り

朝早く目が覚めると、天気は晴れていて、早い時間なのに、日の光は景色を変えていた。窓から外を見ると、砂利が広がっており、その一つ一つが形を持って目に入った。案外寝れるものだな、と思った。横向けになって寝ているりゅう君を見ると、寝袋にくるまった姿は、おとなしい小動物のようでもあり、それでいてどこか強く、なめらかで美しいと思った。野宿したいなんて言うだけのことはあるよ。俺はどうなのだろう。俺は野宿はもちろん、こういうとこで進んで一夜を明かそうなんて思わないだろう。だけど、その理由は?

原始時代のような絶対的な日々の不足が、つきまとっているわけでもあるまいし。だから原始時代のような野宿は避けるべきなのだろうか。しかしその理由はない。りゅう君にあって、俺にないもの。たぶん、俺は根本的に、人やこの世界に対して、よくわからない不信があって、その点、りゅう君は信用している、その違いなのではないか。それとも、お互いなにか共有している二つの部分があって、俺が不信なものをりゅう君は信用していて、俺が信用しているものを、りゅう君は不信なのかもしれない。少しの間ぼんやりと考えていたが、どうでもよくなってきた。ただ俺は目が冴えてしまって、それにまた眠りにつく気にもなれず、りゅう君が起きるまで待っていた。

それほど待つことなく、りゅう君は起きた。りゅう君は伸びをするわけでもなく、あくびをするわけでもなく、頭を動かしたことに俺が気づいてみると、目はすでにぱっちりとあいていた。ほんの少しの間、もしかしたらもっと長い時間だったのかもしれないが、りゅう君はそのままでいて、それからのっそりと上半身を起こした。

「おはよう」

と俺が言った。

「おはようございまーす」

とりゅう君は寝ぼけているのか、それとも寝ぼけているのを演じたのか、よくわからないがボケたように、朝からテンションが高いように言った。

「朝からテンション高いね」

と俺は笑って言い、

「すがすがしい朝だよ」

と何かを気にする様子もなく、後ろの窓から外を見て言った。そうだね、とりゅう君は言い、早くも寝袋から出始めた。俺としてもここに長居したいとは思わないし、する理由もないな、と思った。俺も寝袋から出て、そのまま靴を履いて外に出た。こんな場所で一晩過ごして、朝になったら肉体と精神はどうなっているのだろうと、昨夜は心配していたが、冷たさに慣れた体は、外の寒さもすがすがしく感じられ、精神もどこか、この澄んだ空気と交ざったように冴えていて、健康そのものだと思った。ただ、これから先のことに絡んだ、不安のような、あの無機質なものに潜んだ視点が、重く、朝日を受けた影のように、俺にまとわりついているのを感じた。

中に戻ると、りゅう君は既に寝袋を片付けてしまっていた。なんとなくりゅう君は急いでいるような気もして、俺も、広げた寝袋を素早く片付けようとしたが、久しぶりに使った寝袋はうまくたためず、何度か袋に入れるのに失敗して、たたみ直し、朝からうんうんと唸るようにして、集中力を必要とした。袋に入り終わった時は、一仕事したような気分になった。

「じゃあ、行きますか」

りゅう君が朝日を浴びて言った。

「うん、集中して、ちょうど目が覚めたような気分だよ」

本当に、頭が発光したように、神経を使った気がした。朝日と共に、よしやるぞ、という気持ちが強く湧いている気がするが、こんなんでこれから先大丈夫か、という思いもあった。

お互い外に出てチャリの所に行き、砂利の音を響かせながらチャリを引いて、また小屋の前に戻ってきた。そうして、お互い世話になった小屋に別れを告げて、俺はもくろみを抱いた道の駅を、少し申し訳ない気持ちで眺めてから、走り出した。

それから軽快に山道を走り、しばらくすると、町中に出た。コンビニが数分おきにあり、りゅう君は「朝飯食べる？」と聞いた。食欲はなかったが、俺はこういうとき、あの理由のない、不安のようなものに、なぜか選択権を与えてしまうようで、食べといた方がいいだろう、と思ってしまう。そして俺はコンビニで、何か食べたいものがあるように、自分の中のわけのわからない期待にこたえるように、何かを選ぶ。だからだろう。りゅう君がコッペパンと牛乳、という最もシンプルと思われる朝食を取り、それで事足りてる様子を見て、内心多少の驚きを覚えたのは。りゅう君にとっては食べなくても不安はなかったのだ。当然といえば当然。腹がへったら食う。それが食の基本なのに、いつから食事が儀式のように、無機質で味気ないものになってしまったのだろう。その味気なさをカバーするために、害毒のような調味料を必要とするようになったのではなかろうか。

俺はなにか、どこか深い深層に至ったような気がして、コンビニの外の端の方に行き、景色を見ているふうで、そして朝食を咀嚼しながら、その咀嚼について思いを巡らしていた。たぶんもう、こうやって、無理に朝食を買って食べるようなことはしないだろう、と思った。

それからまたチャリを進めた。近くに何か有名な神社があるようで、それと関係があるのだろうが、なぜか足湯ができるところがあり、そこで少し休んだ。そしてそれからずいぶん長く走った気がするが、特に不調はなく、宿無しでも変わらないのなら、お金が浮いた分だけ得な気持ちになった。しばらくすると、農業のような景色が広がった道を進んだ。

標識も道路印もほとんどなく、信号や電柱もない。俺はこの道で本当に大丈夫かと、意味のわからない不安に駆られた。天気もよく、景色も美しく落ち着いているのに、逆にそれが俺を不安にさせたのかもしれない。この道が永遠に続くのでは、とわけのわからない想像をした。恐らく何か危険や困難な存在に依存していて、不安がなくなる不安、という悪循環を求めているようだ。そんなことは、まっぴらごめんだ。

道中で、不似合いにコンビニがあり、俺はとても汗をかいていたので、ジャケットを脱ぎ、もうパーカーも脱いだ。タオルを取り出して拭いてもいいと思ったが、あまりにあつくなっていたので、体が冷えるのにまかせた。一つお菓子を買い、それで十分だと思った。

それから、またしばらく走っていると、車の行き交う、いつもと似たような道路に戻ってきた、少しずつ、空腹を感じてきた。俺は少しずつ、お菓子を食べて、それを紛らわしていた。りゅう君は朝あれだけ食べただけで、他に何も口にしていない。よく平気だなぁ、と思った。

正午少し前、りゅう君が突然とまった。

「ここで食べていい?」

赤い店頭の、どこか雰囲気のあるような、定食屋かラーメン屋か判断しかねるような店の前で、言った。

「いいよー」

俺は突然で驚いたが、ちょうどいいような気もした。自転車を駐めて、中に入ると、どこかいい雰囲気がした。カウンターの席と靴を脱いで上がる座席があり、一人のお客がカウンター席に座って食べていた。お客と話していた、店主の奥さんと思われる人がこちらに来て、いらっしゃいませ、とにこやかに言った。

「席はどちらがいいですか？」

と愛想よく問われ、りゅう君がどっちがいい、と俺に聞いてきた。

「座席の方がいいんじゃん。荷物が置けるし」

俺がそう言うと、そうですねぇ、と女の人が言った。この店の雰囲気のよさは、この店を成り立たせている二人の雰囲気なのだなぁ、と思った。注文をして、作っている店主と思われる人を見ても、そう思った。この作っている男の人を見ると、店主という雰囲気を俺は感じなかった。料理人、この店を成り立たせている二人のうち一人、そういう言葉も遠からずとは思うのだが、どこか違うと思う。ただここはこの人達の世界であり空間なんだ、と思い、関係ないが、ただきっと出されるものはうまいだろうなぁ、と思った。頼む前、りゅう君は熊本は豚が有名で、黒豚もあると言った。そう言われ、自分としても興味があるので、俺はトンカツを頼んだ。りゅう君はそれも捨てがたいが、と言い、豚骨ラーメンを頼んだ。九州は豚骨ラーメンも有名のようで、本場の味を知りたいとのことだ。待っている間、りゅう君は阿蘇山に行こうと思うんだけど、と言った。

「阿蘇山？」

「うん。今まで南に来たけど、もう少ししたら東に向かうと思う」

南とか東とか言われても、走っている時の感覚しかない自分には、方向感覚というものがまったくわからなかった。走っている時、たまに自分は北に向かっているとか南に向かっているとか思う時があるが、地図を見るとまったくの逆方向のことがよくあり、地図を見て、自分は今、南に向かって走っているとわかっていても、自分は今北に向かって走っている、という感覚がよくあった。とにかくよくわからず、ピンとこないまま、いいんじゃない、と言った。

頼んだものが来ると、それは期待に沿ったうまさだった。俺とりゅう君は満足して食べて、店を出た。また来たいと思ったが、ここの地元に引っ越すようなことでもないと、来る機会はないだろうなぁ、と思い、チャリを走らせた。

またしばらく走っていると、理由はわからないが、なんとなくにぎやかな様子の印象を、与えられている気がした。大地が広がっていて、日の光や湿度や雲の影響もあるのだろうが、空が高く感じられた。その天と地をつなぐように、ある種の踊りのように、現代文明の中に原始の息吹を感じた。これが熊本県の持っているものなのかなぁ、とぼんやりと思った。

少しすると、りゅう君が地図を何度も見ている。どうやらそろそろ阿蘇山の方へ向かいたいらしく、通じる道を確認している。しかしだだっ広くて東西南北もわからない始末だ。りゅう君はこっちだろう、と怪しげに進み、俺ははじめ逆方向に進んでいる気がしてならなかった。りゅうしばらく進み時間が経ち、俺はこれで間違っていたら取り返しがつかないな、と思う頃、遠くに山が見えてきた。はじめは一つの大きな山があるのかな、と思っていたが、近づくにつれ、たくさんの山々が見えてきた。山の壁のようで、あの先には違う国があるのではないかと思えた。

近づくにつれ、山は大きく、そして遠く感じられた。山を登ることを考えると、平地の何倍、もしかしたら何十倍もの苦しみが待ち受けている可能性がある。以前真夜中にとある山に、一人チャリで迷い込み、遭難しかかったことがある。あれもたぶん、時期的には今と同じくらいの冬だった。とにかく夜までには、絶対に山越えはしたい。

どんどん山に近づいていきて、案の定、坂道が多くなってきた。今までの道路沿いのように、民家や建物はなくなったが、みやげ物屋や、食事処などの観光用のお店が、時々ある。

しばらく走ったが、正直、しんどい。ずっと、登り坂がつづいた。リュックがなければ、これほどしんどくはならないが、そうも言っていられない。チャリとリュックと山登りの組合せは、かなり悪い気がした。りゅう君は本当に限界近くにならないと、チャリを降りないな、と思う。俺はついてく立場上、勝手にチャリを降りて押してくわけにはいかないので、一人だったら歩くところを、ほとんど意地で登って行った。

たぶんお互い、かなり疲れ果てていた。平坦な道になり、一軒のうどん屋があった。どちらと言わず、休憩しようということになった。りゅう君はなんでここに来てうどんなんだよ、というような不満を感じさせ、俺はまあうまいかもよ、と言ってなだめた。店の雰囲気はよいと思った。漆黒の木が床や柱に使われていて、火鉢を囲んで座った。鍋料理などがメインなのか、頭上にある横に通った柱から金具が下りていて、鍋が吊るせる。粋な感じだ。

「おっ、鴨鍋がある」

とりゅう君が言った。

「何それ、うまいの？」

「うまいかも」

「微妙にシャレになったね」

俺は薄く笑った。りゅう君はああ、ほんとだ、と言ってなぜかがっかりしているような顔だ。メニューを見ても、特に食べたいと思うものはなかった。店員さんが来たので、りゅう君は何かおすすめはありますか、と聞いた。店員さんは鴨鍋、と言ったが、りゅう君がそれ以外で、と言った。予想通りと言えば予想通りで、鴨肉のうどんと言われ、お互いそれの小を頼んだ。俺は内心、今回カモられたのは自分らかな、と思った。店に対してではなく、あの何かわけのわからない不安のようなものに対してだ。

店の中では他にも客がいて、7〜8人で鍋を囲んでいる人達がいた。俺は何かの仕事の組合の人達かな、と思った。何やら豪快な感じで話していて、昼間から年配の人達は酒を飲んでいる。話は聞こえてくるが、別に悪い気はしない。これが熊本県民なのかなぁ、とまったく根拠なく勝手に思った。ただこの豪快なペースがいつまでつづくのだろうと、俺は不思議に思って聞いていた。俺にとって豪快なもの、あるいはそういう人とは、多少なりともまわりに嫌な感じを与えるものだと思っていた。俺がちらちら見ていたのが気づかれたのかもしれない。俺に敵意はないのは明らかだとしても、少し意識されたような気がした。こちらはでかいリュックを置いて、明らかに旅行者。お互いのもつ温度差、というのか、それとも、県民性？

異文化交流の時、あの違う温度差の空気が混ざりあうような、あの妙な意思疎通があった気がする。俺は勝手に気まずくなって、自分たちの方に視線を向けた。それでも話は聞こえてきていて、ペースが落ちてきても、うまくまとめるなぁ、と思い、話はうまく持ち直している、と思った。

食べ終わって店を出ると、お互いまあ休めてよかった、という感じだ。またこれからチャリでリュックを背負って山登りかと思うと、億劫さを感じた。どうしようもない虚脱感のようなものがあるのだが、お互い何か自分の意志とは別のものが働いて動いているように、チャリをこぎ始めた。たぶん、自分たちには、自分たちの存在の確かさ、みたいなものが薄いのだと思う。疲労や限界といった観念も、同様にして薄いのだ。

かなりの山道と登り坂を進んだ。一度りゅう君はどこまで登るんだ、と思わせるくらい登った。自分でもよくついて登れたな、と思い、そこからは遠くに他の二つの山が見えて、高かった。木々が茂ってきて、トンネルやら残雪やらで、山道っぽくなってきたと思う。しばらく進んでいると、どうやら頂上を、仰ぎながら通り過ぎていくようだ。頂上付近の山肌には、ほとんど植物が生えていない。俺はてっきり頂上に行くものだと思っていたが、りゅう君にそれはこのルートでは行けない、と言われた。また山道に入ると思われる頃、風に揺れる木の枝葉が、手を振っているように見えた。

日が少しずつ落ち始め、風が冷たくなってきた。道が平坦になり始め、整備された道を出ると、町と思われるものが見えた。広い道路もあり、車もけっこう走っている。俺はまったくこの地理がわからなかったが、観光地のようなものかと思った。長い橋のような道を渡った。

平坦な道が少しの間つづいたかと思うと、見事な山道になってきた。前日山越えした時の林道とはまったく違う。時折上り下りはあったが、それほど苦労する必要はなかった。徐々に道が下りに傾いてきて、俺はもうそろそろ阿蘇山とはお別れか、と思った。もし機会があれば、今度は頂上に行ってみたいと思う。

下りの道はとても壮観だった。美しい山々、景色を眺めながらのサイクリングは、至高の喜び、贅沢の一つだと思われる。登りに費やしたあの苦しみからは、それに見合うだけのものが与えられるのだ。足を宙に浮かせ風に触れて山道を進む心地よさは、過不足のない、一種の完全性に近いようなものを感じさせる。

夕暮れが少しずつ近づき、景色と影の交わりを意識し始める頃、小さな村、というのだろうか、民家が建ち並び、その中を通って行く。道を探しながら進んで行くと、一つの小学校があった。そこで特に目を引いたのは、道沿いの細かい砂利が引かれた区画に、ウルトラマンとガンダムがいた。俺はなぜか喜んで近づいた。２メートル以上はあり、横幅も広くがっしりしていて愛着があり、色合いもきれいではっきりしていた。とてもよくできていたので、今回の旅ではあまり写真を撮らない俺だが、それらを前にしては、りゅう君に写真を撮ってもらった。

それからまた長らく進み、日が暮れ影はきえた。晴天のおかげだろうか、薄暗くはあるものの、視覚的ではなく、なんというか、感覚的に、どこか白みがかっているように見える。それでも、この道はどこまでつづくのだろうか。林をかきわけるように進んでいる気がした。これから待ち受けているところは、どこかお伽噺じみているに違いない。舌切り雀を探しに行くように、穴に落ちたおにぎりを探しに行くのか？

そしてまた、幾たび味わったかしれない不安を覚え始める頃、高千穂町に着いた。

ＰＭ　５：35　高千穂町

俺はなぜか、ここは海沿いの町のような気がした。

「とりあえず町中を目指してみようか」

とりゅう君が言った。俺は同意し、この未知なる町に入っていった。町中は商店街のようでもあり、しかしどこか落ち着いている。山並みが見える町と、その独特の雰囲気のような特徴を併せ持つ様子は、どこか京都のようでもあり、しかしその人影の薄さは、夜を知らないかげろうの活動力のような、永遠のはかなさに満たされている、汲み尽くせない海の荘厳さを思わせた。

一つ、ホテルと思われる高い建物が見えた。近づいてみると、けっこう古く、寂れた様子を思わせられた。中に入ってみると、暗い雰囲気で、ビジネスホテルだと思わせられる。受付に誰もおらず、呼び鈴を鳴らすと、扉から驚いたように人が出てきた。火事でもあったのかといった様子だ。尋ねると、部屋は満室とのことだ。呆気なくホテルを出て、俺とりゅう君は、お互いどうすっかねぇ、と言ってまた宿を探し始めた。

適当に走って道とそのまわりを見ていると、交番があった。少し上がったところに、値段の高そうな、温泉街に見られるような宿が見えた。自分たちは宿にはあまり興味を引かれず、できるだけ、むしろ一番低価格の宿を探していた。持ち前の不安なのか疑い深さなのか不思議だが、この町にはゆとりか豊かさなのかなんなのかはわからないが、たぶんこちらの心の貧しさとでもいうものが嗅ぎ当てる、劣等感のようなものが動かされる何かがあった。交番の駐車場に自転車を駐めて、俺とりゅう君は交番で安い宿を聞くなんて馬鹿げている、のようなことを話し合ったが、その結果、「じゃあ俺が聞いてくる」と俺がりゅう君に言って、交番に入っていった。中にはいると、入口の近くの椅子に、誰かを待っているのか、女の人が座っていた。大きなリュックを背負った俺を見て、その女の人は異世界の人を見るように、自分を見ていると思った。その女の人の服装や様子からは特段目立った点は見受けられない。ただその人との相対的な比較から、自分が肉体的で粗野で荒々しい人間だということを思わせられた気がした。後で思うことでもあるが、自分のような肉体的で粗野で荒々しく、そして心の貧しいような人たちが、この町の人たち、ある意味でこの民族をみんな殺してしまおうとしたら、それは容易く行われたことだろう。しかし、それは高貴なものとの比較からくる劣等感のような貧しさが原因で、その貧しさは肉体的なことで解決できるものでは決してないだろう。これはもっと、途方もない時間と、地理的な、神秘的なものが関わって形成された高貴さのような気がした。一瞬の間だったが、俺は女の人から目を離して、中のお巡りさんに声をかけた。

「すいません」

そう言うと、デスクワークか何かをやっていたのを、ちょうどいい辺りで中断した様子で、それからこちらに来てくれた。

「はい」

と言って、その中年くらいと思われる男性は、受付台越しに、こちらを見るともなく見ている。俺はこの人はどこを見ているのだろう、と一瞬思ったが、あの、自分の思い通りに事を運ぶことしか考えていない警察官とは違い、俺は気持ちが緩むのを感じた。

「えーと、実は自分ともう一人自転車で貧乏旅行をしていまして、さっきビジネスホテルに行ったら満室と言われ、今夜泊まるところがなくて困っています。それで、もし近くで安い宿をご存じでしたら、教えて頂ければ、と思って立ち寄ったのですが」

俺がそう言っていると、お巡りさんは俺を見ていて、それはまるで、言葉を聞きながら、俺の人柄とでもいうものを見ているようでもあった。俺は一瞬その様子を見ると、なぜか目線を下げて話していた。

「そうですか、じゃあ、ちょっと調べてみます」

そう言って、その人は電話帳のようなものを見て、電話をかけ始めた。俺は呆気にとられた様子で立ち尽くし、あっどうも、と聞こえないのはわかっていたが、言った。

「10分くらい待っててください。そこにかけててもいいので」

俺がぼんやり立っているのに気づいて、声をかけてくれた。俺は荷物をおろし、女の人と席を一つ空けて座った。まったく、今思うと、先に述べたこの町の永遠のはかなさ、のようなものに満たされていた。この町全体が、神的な空気、のようなものに包まれているのではないだろうか。自分の存在は満たされ、それでいて、自分の存在による、何かよくわからない力、のようなものは、けしさられている気がした。こんなことははじめてだと思う。今までは、どこへ行っても、存在をはじき出すような何かがあった。こういった、受付の窓口越しでも。特に、こうやって、男と女が席を一つ空けて座るといった時はなおさらで、腹のさぐり合い、とでもいうのか、変なものが絡み合ってきて、頭をおかしくさせる。そう言った絡み合って生じてくるようなものから、切りつけられ、それをかわすことを考えてきた俺は、行き場を失ったような気もした。まったく、俺は精一杯下手にでたつもりだった。大抵の相手はそれを見て取って、ほっぽり出すような態度に出るか、それでないなら上手に出て、何かちょっと自分の自尊心を満たす仕事として、恩着せがましそうに助言らしいものを言ってくれるかのどちらかだと思っていた。そんなことを考えている俺だから、この人達が、そういう絡み合いから動いているのではないことは、俺にははっきりとわかり、驚かせられもする。

お巡りさんは何軒かの宿に電話して、親しげに話している。部屋は空いているか、値段はいくらか、を聞いて、メモしている。あ、いっぱいですか、という声も聞こえた。自分の知っている絶対、と普通、からはあり得ないことだった。しかしそう思うには、ここではあまりにも普通のことのように見えて、ただここではこうなんだ、とだけ思った。ただ自分の貧民で貧しい心が、ここは観光で食ってるからだ、と言った。

女の人は、待っている人が来たのかなんなのかわからないが、わかる術もないだろうが、出て行った。俺もふと思い出したように、荷物を置いて外に出た。りゅう君はぼんやりと立ち尽くしていて、どこかを見ている様子だ。りゅう君に事の次第を話し、少し待っててくれと言った。りゅう君も意外そうな顔をして、了承した。少しして、お巡りさんが調べたことを教えてくれた。そして最後は、地図まで書いてくれた。俺は地図を説明されて、半分くらいしか理解できなかったが、それでも、いつもと違って、理解しようと努めた。交番を出る時、俺は心を込めて礼を言った。それでも、後になって、その時貧しい心が出ていないか疑問に思う。様子を見ていたのだ。お巡りさんは意に介さない様子だった。

りゅう君にその宿名と場所と値段とが書かれた地図を渡し、そしてお互い地図を見ながら少しの間話し合っていた。その時一人の少女、と言っても、推測だが中学生くらいと思われる女性が近くを通り過ぎた。その女性は明らかに幼い様子を思わせられた。と言うのは、先の二人とはまるで違う空気であり、それは自分たちに近く、服装などからも、自分たちの地元の街中に戻った気がした。その少女と思われる女性は、こちらを見て、その目には憎々しさ、とでも言うのだろうか、ただあの抑えがたく絡み合いから生まれるものが、澄んだ空気の中で行き場を失い彷徨っているように、はっきりと、そして素直に浮かんでいるようでもあった。俺はここで生まれて育つ思春期の少女が、どのような心境で育つのかは、計りかねるものがあった。

地図を見てチャリを進めていたが、辺りはほぼ真っ暗になっていった。しかも結局地図を見てもよくわからなくなった。それで坂を上っている時、一つの宿の看板が見えたので、そこを目指した。一つ横道に入り、坂を上っただけなのに、そこにははじめ民家と思われるような敷地で、砂利がしかれていた。砂利道を進むと、平屋を横に長くしたような、民宿とも宿とも家とも言えるような、言えないような、そんな建物があった。俺とりゅう君は近づいて、入口の近くにチャリを駐め、まったく明かりと言えるような明かりは見えないこの建物を眺め、入っていくのに躊躇した。目が暗闇に慣れていたせいか、薄暗がりの中ぼんやりと佇み、庶民的な家のような気もするが、どこか非現実な世界のようでもあった。それでもお互い、行ってみるか、と言って中に入って行った。扉を開けると、電気が点いていて、その下に照らされるソファやテレビが見えた。中にはいると玄関は広く、十人くらいの団体で入ったとしても、優に入れる。すぐそこに受付の窓口と思われるものがあり、明かりが奥を照らしている。覗くと、右奥に台所というより、調理場があり、正面の奥には、明かりに照らされた、くつろげるような部屋が見える。さらに奥の方から、犬と遊んでいるような、くつろいだような、と言っても、先の二人の大人と同じ雰囲気を持っていると思われるような、女性の声が微かに聞こえる。

「すいません」

とりゅう君が窓口から中に向けて言った。少し経ったが、何も動きはない。俺はこんな時間にお客かしら、とでも言うような会話があるのでは、と思った。

「すいませーん」

とりゅう君がまた言った。また少し経っても音沙汰なしで、俺は帰った方がいいのでは、と思った。少し経つと、女将さんと思われる中年の女性が出てきて、こんばんは、と言った。着物か髪かはわからないが、多少の整えを今しがたしてきたのではないかと思った。これもやはり、とでも言うような後から思ったことであるが、この町の独特の空気のようなものなのか、あえて言えばあの絡みつくものがないもので、恐らく今までの自分たちであれば、空いてる部屋ありますか、と事務的に、絡みつくものの関係を考慮に入れて話を進めただろう、それなのに自分たちは自然に、こんばんは、と返していた。女将さんの言い方が、まったく自然にそうさせた。それから女将さんはこちらに出てきて、上がってください、と言ってスリッパを出した。それだけで、一息入れて休めた気がした。

「今夜泊まるところを探しているのですけど、部屋空いていますか？」

とりゅう君が聞いた。

「ええ、あいてますけど、でもお夕飯は終わってしまったんですよ」

上品に、優雅に、いや、そんな言葉では表せない品の良さだと思った。あえて言えば、そのようなものを通り越して、少女のような素直さと落ち着き、を兼ね備えているような気がした。しかし、どこか残念そうでもある。

「素泊まりでいいんで、今夜泊まれますか？」

なんとなく惹きつけられるようにして、そして熱心そうに、りゅう君が言った。

「ええ、素泊まりでよければ」

と品の良さは相変わらずだが、なんとなく、目は暗くなって、残念そうに言った。後で思ったが、夕飯を出せないことに、もてなしができないことに残念がっていたのだろうか。だとしたら、貧民の心を持ち合わせている自分には、驚きだ。お金を払って寝床を提供してもらう、くらいしかまともな考えは持ち合わせていないから。そんなんだから、お夕飯はどうなさるのですか、と尋ねられて、言葉に詰まったりゅう君に変わって、俺は平然と、外で食べてきます、なんて言ったのだと思う。女将さんは、そうですか、と言って、じゃあお部屋にご案内しますね、と言って、部屋に通してくれた。今思うと、自分は平気で人の気持ちを踏みにじっていたのかもしれない。

部屋に入ると、女将さんが中に入り、電気を点けた。畳がしかれた和風の部屋で、和紙が巻かれた木製の電灯がぶら下がっている。

「後でお布団を敷いておきますから」

品のよさに加えて、こちらを嬉しくさせるような微笑みを浮かべて言い、丁寧さを感じさせて、そして女将さんの存在を小さくするように、こちらのくつろぎと自由を最大限尊重させるようにして出て行った。人によっては、思わず引き留めたくなるのではないだろうか。なんだか、阿蘇山の登り降りなど忘れてしまったように、ここの雰囲気に浸っていたが、二人になると、落ち着いてはいるが、自分たちのむき出しの生き物のようなものを感じた。俺は部屋の様子を観察して、扉の鍵も、トイレも風呂も部屋には付いていないことに、多少の驚きがあった。金庫もない。エアコンもどこか古風だ。しかし広い窓や、部屋の雰囲気など、どこか趣を考慮に入れ、わざと現代的なものを避けて、というよりは、より求めるものを求めてこうなった、というようなふうさえ感じられる。いや、求めるということすらないのかもしれない。ただ何かに気後れをしているような気配は微塵も感じられない。

「先風呂入っちゃわない」

とりゅう君が言った。たしかに、今日は汗まみれの山登りだ。これから外出て湯冷めするだろうけど、りゅう君はさっぱりして夕飯を、と言うより酒を飲みたいのだろう。俺も汗まみれで夕飯は少し嫌だと思い、同意した。部屋を出ると、女将さんが違う部屋から出てきたところで、ちょうどよかった。

「すいません、お風呂入れますか？」

とりゅう君が聞いた。

「ええ、入れます」

と女将さんは嬉しそうに、少女のように微笑んで言った。そして場所を教えてもらった。それから用意をして、お互い風呂に入りに行った。薄冷えする脱衣所から風呂場に入ると、二面あるうち片方に湯が張ってあった。お互いゆっくり風呂に入り、今日のこととか、この宿について話したりした。まあ、やっぱり俺が長風呂なのか、りゅう君が先に上がって、俺も少しして上がった。部屋に戻り、さすがにさっぱりした気分になった。

「じゃあ、ちょっと外に出てきますか」

とりゅう君が言った。

「そうだね」

「あと、できたら洗濯もしてこようかな」

と言った。俺に向かって言っているようでもあり、じゃあ、俺も、と言って用意をした。そういえば、この旅を始めて洗濯したことがない。

部屋を出て少し廊下を歩くと、玄関と部屋の間くらいに大きな木の扉があり、開けてみるとトイレだった。玄関に行くと、女将さんが、なんというのかな、よくわからないけど、偶然会った、というのだろうけど、自分たちが部屋に戻った様子を察して、すぐ出てくるのを予想して待ち受けていた、とも俺は考えるのだけど、本当は自分たちを見送るために、ずっと待っているつもりで待っていたのかもしれない。もちろん今思うとだけど、そんなことは俺の理解をほとんど超えている。

「この近くにコインランドリーとかってありませんか？　洗濯しようと思ってるんですけど」

りゅう君にしては積極的な言い方だな、と俺は思った。どこか言葉に熱を帯びている。

「ええ、ありますけど、でもここにもありますので、もしよければお使いになれますよ」

と女将さんは言った。ただ、真意はわからないが、お客との一線のようなものを引いたようなな、顔色に影のようなものを感じた。言葉の抑揚や話し方は相変わらずと思うのだが、どこか違う。もちろん洗濯を頼んだとしても、当然のように了承してくれるだろう。ただ俺がこの時思ったのは、親と子の関係での、最高解のようなものがここにある気がした。

「いや、大丈夫です」

とりゅう君がゆったりとこたえた。俺はりゅう君はどうこたえるのかな、と思ってみていたが、俺が同じ言葉を言ったとしても、俺の場合はどこか切り落とすようになっていただろう。

「そうですか、コインランドリーはですね」

と言って女将さんが道筋を説明してくれた。俺には相変わらずこういう説明を聞いても理解できない。りゅう君は「はい、はい、ありがとうございます」と相変わらず言葉に熱を帯びているようで、アイドルを前にしたファンみたいに、何かやらかすんじゃないかと思ったよ。そして女将さんは、あの品のよさに加え、こちらを嬉しくさせるような微笑みでもって、見送ってくれた。貧民の心で言えば、つけいる隙がなく、まったくこちらを抑え込んでしまう。これほど心を満たす接客が、というよりは対人関係が、存在するとは思いもよらない。どんな立場であろうとも、みすぼらしく見せるか、傲慢に見せるかが、そういう虚栄的な要素が人間にはつきまとっていると思うのだが。あの人には、と言うよりはこの町の大人には、と言っても三人しか知らないが、そういうものがまったく感じられない。

神話の町っていうだけあるのかなぁ、と暗い道を歩きながら思う。少し歩くと、まるっきり電灯がない。道沿いに白く照らす電灯はあるのだが、少し離れて、遠くを見渡すと、これこそ神的なほどに闇に包まれている。どんなに貧しい村でも、こんな雰囲気は出せない。本当にここは有名な観光地なのかと、一瞬ぞっとするように思った。遠い昔、貧民に追い立てられた神話の世界の民が、集まって出来た町なのかも。とか本当に思いたくなる。

少し歩くと、駅みたいなのがあった。たぶん駅なのだろうけど、あまりに薄暗くて、自分の目すら疑うくらいだ。線路も見えた気がするが、この雰囲気の中では、本当に走っているとは到底思えなかった。昔走っていたんだな、と思った。そんなわけないのに。妖怪でも出てきた方が、俺にはまだ現実味があったのかもしれない。その近くに場違いに明るく、たぶん飲食店があって、その下にコインランドリーがあった。その飲食店は、なんというか、外食系チェーン店の一世代前といった感じで、中には客がちらちら見えた。俺とりゅう君はここで夕飯を食べる気にはさらさらなれない、といった様子で話し、何か買ってきて、コインランドリーで洗濯物の様子を見ながら食べるか、ということになった。階段で下におりると、ダーツができる少し洒落た様子の部屋があった。と言っても、今思うと、これもかなり独特だと思う。コインランドリーの一室だけは、今までになく現代的で明るい。何台かが中身をぐるぐると回している。それでも少しの間この空間にいると、この町の、夜の静けさみたいなのを不思議と感じてくる。お互い洗濯物を中に入れて、動かした。乾燥まで終わるのにけっこうかかりそうだ。それからまた少し歩くと、けっこうな道路に出て、車がよぎって行った。先の方にチェーン店のスーパーが明るく見えて、端のまたさらに端に設置されているように思え、それがふさわしいものに思えた。実際土を削ったのか、または削られていた場所を利用したのかわからないが、ちょっとした山と山の間の谷に設置されているようにも見える。店に入ると、至って普通で、当たり前と言えば当たり前だ。客もまあまあいて、これも当然と言えば当然なんだが、普通で、外見でどうこう判断できるものではないと思った。ただ、レジにいる男の店員は、なんでこんな時間にこんなことを、みたいなことを思っているみたいに、純粋にうんざりしている様子だった。俺とりゅう君は酒とつまみを買って、軽い夕飯も買った。ついでに靴下も一足買った。全部洗ってしまって、何とも言えず足が冷たかったから。そうして靴下を履いて、また少し長く暗い道を、真っ暗な夜空でも見ながら戻った。

コインランドリーに戻ると、予想通りまだごろごろやっていた。それで置いてあるベンチに座って、酒とつまみをひろげて、つたない晩餐をはじめた。と言っても、できるだけベンチの端の方でだ。まったく、こんなごろごろいってる四角い空間で酒を飲むほど、窮屈なことはそうないだろう。暖かいと言えるわけでもなく。正直、こんなところにいると、ちょっと頭がおかしくなりかけるんじゃないかな。それでも、ここから見える外の暗闇を眺めていると、不思議と開放的になって、ちょうど、なんというか、洗濯が終わるのを待ってるのにはちょうどいい精神状態、とでもいうのだろうか、漫然と過ごしていて、俺はそのことを話したりしていた。たぶん俺もりゅう君も、ここの独特の雰囲気を感じていて、それに浸っていた感はあったと思う。こういうことは口に出さなくてもいいと思うのだが、俺はこの口に出さなくてもいいのだろう、ということを口に出して言っているのだから、自分でも困ったところだと思う。酒もつまみもなくなった後で、若い女の人が一人、洗濯物を取りに来た。こちらを見るともなく見るように見て、洗濯物を取って去って行った。本当に感覚的なことなのだが、あの絡み合いのようなものがなく、こちらが視界に入っているのに入っていないようでもある。だからといって無視されているわけでもない。もし夜中この狭い場所で、延々とこの壁と明かりの下にいたら、どこかおかしくなってくるだろう。そこに一人の若い女の人が来たら、行動に移す人は普通いないだろうけど、変な気を思い起こす人はいるんじゃないかな。誰だってその変な気を少なからず感じ取っていると思うんだけど。なぜかその変な気も、というよりその感じ取るようなのを感じなかった気がする。まあ、まったく俺の思い込みかもしれないんだけど。ああでも、買い物の後ここに入ったとき、黒いパジャマの上下みたいな、なんというか、最近の若そうなやつらが着てるのを着た、中途半端に髪を染めた、メガネの女の人は、そうでなかったな。地元の街中に戻った気が一瞬した気がする。全部が全部、というよりは全員が全員、というわけではないな。

少しして乾燥が終わって、やっとここから出られる、という気持ちで洗濯物を取った。この現代的な場所は、気を狂わせかねない。外に出ると、けっこう冷たさを感じた。ただこれはあくまで気温が低いってことだ。たぶん、やっとあそこに帰れるってうきうきしていたのかも。お互い、わからないけど。でもやっぱり実際はお互い自分たちの現実感みたいなものを持って戻った、と思う。後は寝るだけだ、と思って玄関を開けると、女将さんがソファに座ってテレビを見ていた。それもソファにより掛かりもせず背筋を伸ばして、一人ぽつんと、という感じがした。テレビも見ているというより、ただつけているだけのような気もする。俺はただテレビを見ていたんだな、と思ったけど、今思うと、そこで一人でテレビを見ている理由はないと思う。一番最初、受付の奥から聞こえてきた声は、たぶん女将さんの娘さんかなんかじゃないのかな、と思うし。まさか自分たちを待っていたなどとは……。

「おかえりなさいませ」

と女将さんは自分たちを迎え入れ、またあの品のよさに加えた微笑とともに言った。出迎えられたことは嬉しい。しかし今回は先のこちらを嬉しくさせるような感じはない気がした。ただ、これはこれで客との線引きとしては最善だったのではないだろうか。ここでこちらを出迎えて喜ぶ印象があったら、犬か従僕のようで、俺だったら少しひいてしまう。りゅう君が、ただいまー、となんとなく機嫌よさそうに言って、俺は少し驚いた。

「あちらをあたたかくしてありますので、それにお夕飯の残りでしかないのだけれど、少しばかり用意したので、もしよければ食べていきませんか」

と先ほどと同じように女将さんが言った。俺は何か策略の臭いを嗅ぎ取ろうと思ったが、何も見いだせなかった。

「あ、是非頂きたいです」

とりゅう君が言った。なんというか、嬉しいのか驚いているのかわからないが、目が見開かれギラギラしているように見えた。なぜか俺はお前大丈夫かよ、と思った。

「ありがとうございます」

と俺は言って軽く一礼した。お金はどうなるんだろう、と一瞬思ったが、どうでもいいくらい大したことではない。荷物置いてきます、と言って部屋に戻ると、布団が敷いてあった。

「いやぁ、いい人だね」

と俺が荷物を置いて言った。それと財布とかをしまうために、少しリュックをいじった。

「ああ」

りゅう君も同じようなことをしながら言った。意外と冷静だな、と思った。でも内心は喜んでいるような気もしないでもない。

「ラッキーだよ。行きますか」

少し溜息をつくように言った。今思うと、俺はこういうさりげないところがひねくれているのかな。

戻ると、女将さんは床に置かれた藁で編まれたような椅子に腰掛けていた。それでも姿勢よく足はきちんと折りたたまれ、自分たちがソファに座っても、頭一つ分以上に低い位置だ。真っ正面を90度とするなら、俺は女将さんと斜め65度くらいの位置で、りゅう君にとっては正面だが、二人は向かい合うというわけではない。目の前の広い木製のテーブルには金網が引いてあり、下は火鉢のようになっていてあたたかい。炭なのだろうがまったく煙も匂いもない。薄く切った竹を編んだ籠に笹の葉がしかれ、そこに何個も白飯のおにぎりがある。それに女将さんはもう一つの籠から栗や銀杏を出して、金網の上におきはじめた。

「お飲みになりますか」

そう女将さんは言って乳白色の瓶を持ち上げて見せた。

「いいんですか？」

と俺とりゅう君がどちらともなく聞き、女将さんは「はい」と表情を変えずにこやかに言い、グラスを出して氷を入れた。そして手慣れた手つきで水割りをつくってくれた。

「すいません、頂きます」

と俺とりゅう君はそれぞれ手渡されるとき言った。女将さんは俺が礼を言ったときのお巡さんのように意に介さない様子だった。まったく、今思うとこの時くらい俺とりゅう君が少しちぐはぐみたいな、別に全然嫌な気分は何一つないのだけど、お互い他方が他方を補い合ってるみたいなものがなくなったような気分はなかったのかもしれない。

「ではわたしもいただこうかしら」

そう言って小さなキレイにカットされたグラスを出して、見たこともないようなお酒をグラスについだ。正直、自分がつぎます、なんて言い出せる感じではなかった。りゅう君なんてかなり言い出しそうなはずなのに。

「いただきますね」

そう言って女将さんは品よく一口飲み、ふぅ、と一息ついた。俺とりゅう君もそれを合図のように、いただきます、と言って飲んだ。それからちょっとゆったりした気分になった。大抵こういうときは気持ちを切り替えるみたいになるものだ。人によってはこれからどうしよう、みたいな絡み合いの気持ちが如実にあらわれたりもするんだけど。今回はそういうのはまったくなかったと思う。そういうのがないってのを少しの間共有した気がした。でも今思うと、女将さんはこちらの出方をうかがっていたのかもしれないけど。まあうかがうって言葉にするほどでもないし、こちらとしてもそこらは似たようなものだったのかもしれない。それにこのまま永遠に続くわけでもないことはわかっていたし。少しの間俺はぼんやりしていて、女将さんを見ると顔が少し曇っているようだと思った。扱いづらいんだよ、とか思ってるのかな、と勝手に思った。りゅう君も察したのか、これどこのお酒なんですか、と言って、乳白色の瓶を見せてもらった。俺は正直、初対面の相手と共通の話題を見つけて楽しく盛り上がる、くらいの心得はあるつもりだ。でもこれは散々の繰り返しだが、あの絡み合いみたいなものを意識してのことだ。今回、特にそういうのはないから、あっても俺とりゅう君との方が多い気がするし、俺はぽろぽろ思いついたことを言うくらいだろうなぁ、と思った。

「今日はどこからいらっしゃったんですか」

と女将さんが言った。どちらに尋ねたというわけでもなく、俺とりゅう君はどこかちぐはぐで、どっちがどうこたえればいいのだろう、と俺は一瞬思った。

「熊本の方から、阿蘇山を越えてきたんです」

りゅう君が最初質問して、女将さんが尋ねたんだから、こたえるのはりゅう君だな、と俺が思ったときに、ちょうどりゅう君がこたえた。

「何でいらしたんですか」

「自転車です」

「まあ、それはお疲れになったでしょう」

品のある言い方と微笑みだが、出迎えられたときのような最善の一線を感じた。

「はい」とりゅう君。

「いや、まったく」と俺。

「その疲れた後でこんないいところに泊まれるなんて、本当に幸運ですよ」と俺。

「たしかに」とりゅう君。

「それにこのようなあたたかいおもてなしを受けたことなんて、俺は今までないですよ」

俺は疑り深いけど、正直に思って、褒めるところは褒める。けど今思うと、褒めつつもどこか棘があるような気がする。言葉遣いの問題なのか、それともどこか極端なのか。女将さんはどこか苦笑している様子で、特に嬉しいというわけでもなさそうだ。それから俺は、おにぎりいただきます、と言って食べた。

それから女将さんは、この旅館のことを話してくれた。けっこう顔なじみのお客が何人もいて、それから有名人とかもけっこう来たりしてるとのことだ。その人たちのサインもあるらしい。この時は俺とりゅう君のちぐはぐが薄まった気がした。お互い話し手よりも、聞き手の方が性に合うと思う。特にりゅう君は。俺は途中から聞き手はりゅう君に任した。どこからか犬がやってきて、少し触ったりした。かなり小さな犬で、毛がふわふわと恐ろしく軽い。食べ物を欲しがっているのか、顔を上に向けている。しかし決してテーブルによじ登ろうとはしない。

「よく躾けられてるんだよ」

とりゅう君が、なんとなく愛おしそうに言った。そういえば、りゅう君はどことなく愛犬家なんだ。りゅう君は俺が見たことのなく和んでいる様子で、犬を撫でている。俺が女将さんに、この旅館はもう長くやっていらっしゃるんですか、と聞くと、亭主とわたしで始めた、とのことだ。そして亭主は今は旅行中とのことだ。

「あまりお金はいらないのよ」

と慎ましそうに女将さんが言った。

「だってそうじゃありません、あんまりお金があっても、そんなに使い道があるわけでもないし、それにお金を稼ぐためにお金を稼いでいても、それこそお金だけの人生になっちゃって、なんにも残らないじゃありませんか」

先に女将さんが自分でグラスにお酒をついだときのように、口を出せる感じではなかった。不思議と説得力のようなものがあり、「そうですね」と俺は言い、りゅう君も同意した。

少し経つと、女将さんは「そろそろおいとまさせていただきますね」と言って、喜んでいるように微笑んだ。

「ここはこのままにしておいていいので、ごゆっくりしていってください」

そう言って席を立つと、犬もついていった。

俺とりゅう君は食べたり飲んだりしながら色々と話した。俺は舞い上がりそうな気分もあった気がするが、ここにいると、どこか隣り合わせに静けさが佇んでいるようだった。携帯電話で写真を撮ろうと思って見ると、メールがあった。彼女からで、昨日は言い過ぎた、ごめんなさい、とあった。俺は気にしなくていいというようなことを返した。けっこう食べて腹がいっぱいになったので、余ったおにぎりは笹の葉に包んで、食べ物は袋に入れた。部屋に戻り歯みがきをして、布団に入ると、酔いが多少まわっていたが、ぼんやりと今回の旅の今までを思い出した。当然だけど、今までで最高だと思った。それからビジネスホテルの店員を、お巡りさんを、あの交番にいた女の人を、少女を、スーパーの店員を、コインランドリーで会った女の人を、女将さんを思い出し、それからこの町について思いを巡らしながら、眠りについた。

旅の回想録　2月17日(日)

ＡＭ　11：00　神話街道

いつになくすっきりと目覚めた。もう何泊かしたい気分だったが、そうならないことはわかっている。俺としては珍しく、ぐずぐずするようなことはなかった。少しの間テレビを見たりしていたが、特にすることもなく、8時くらいには宿を出ることになった。受付の窓口から女将さんを呼ぶと、昨日と変わらぬ様子で、窓口越しでなく、こちらまで出てきてくれた。こちらを嬉しくさせるような微笑みを浮かべている。

「よく眠られましたか」

と女将さんが優しく聞いた。

「はいっ、とてもよく寝られました」とりゅう君。

「はい、昨夜はお世話になりました」と俺。

「今日はどうなさるご予定なんですか」

「高千穂の滝を見てこようと思ってます。それから延岡市に向かう予定です」

少し前に俺に言ったことを、りゅう君は女将さんに伝えた。

「そうですか、お気をつけていってらっしゃい」

なんだか、女将さんの子どもになったような気分だった。

「いってきます、えと、お会計は」

とりゅう君は言った。ああ、はい、そうですね、と女将さんは言って、受付の方にまわった。そして値段を言い、自分たちがそれを出すと、まるでいらない、と言えるような顔でお金を受け取った。それからまたこちらに出てきて、あたたかく見送ってくれた。俺はまた是非来たいです、と言った。りゅう君も同じようなことを言った。それから外に出て、俺はこの人が親だったらなぁ、と思った。


空は晴天で、青い空が白く輝いているようで、太陽から果てなく飛ぶその輝きを、俺はその先を目で追い、俺はその果てない青空に目をやった。

「今日は気分よく走れそうだ」

と俺は言った。

「ああ、そうだね」

とりゅう君にしては珍しく、明るい感じで同意してくれた。

おお、この愛しき愛チャリよ、と俺はこの空に少し似て、青く輝くボディを見た。それからチャリにまたがり、りゅう君を追って進んだ。もう一度町中に戻って、道を探した。町中は、なんだか目が覚めたばかりのような感じで、どこか静けさを感じた。少し町中から走ると、人の気配というか、建物の気配が薄くなった。民家がないわけではないのだが、古びた、しかし貫禄というか趣というか、そういう壁に囲まれて景色と一体化しているようで、それに木もけっこうあって、どこか古びたようでもあり、にぎやかなようでもあり、落ち着いているようでもある気がした。すれ違ったのは、散歩しているおばあさんくらいだ。しばらく、多少迷いながら走ると、看板が見えた。それからかなりの坂を下って、俺は登りはとんでもなく大変だな、と思いつつ、下まで来ると、なるほど、よくわからないがそれらしきものがあった。滝が見える所に行くと、おっさんが一人いて、この人に頼めば筏のような小舟に乗って、滝の近くに行けるようだ。りゅう君がどうする、と尋ねた。俺は迷ったが、どっちでもいい気がした。りゅう君も少し迷っていたが、寒そうだからいいか、と言った。確かにここは地面に強烈なヒビが入ってできたような場所で、日の光があまり入ってこないし、空気はうすらさむい。夏だったらいい避暑地だね、と俺は言った。それでそこらへんを散歩して見ることにした。滝はけっこう奥の方まで流れがつづいていて、それに沿って歩いた。俺はここを囲む地面がむきだしになったような壁が、と言うより地形が神秘的だと思った。滝は、まあ神秘的だとは思うが、水が変な色だと思った。少し離れたところを、団体の旅行客がぞろぞろと歩いていて、一番前にはガイドと思われる男性が、なにやら説明のようなことを言っている。この団体客と滝が一緒の視界に入っていると、神秘的なんてものは一欠片も見いだせない。老人と思われる男性が、物珍しげに、そしてどこか卑屈な目でこちらを見ていて、目があった。俺は絡み合いのようなものを意識して、これなら場所がどこであろうと、神秘的な場所も近所の公園も、このようなものによって、どこも変わらないものになるものなんだな、と思った。俺はもうすっかり興味をなくした。

案の定、戻りの坂はきつかったが、昨日の山登りを思えば、かなり早く上がれたと思う。それからまた町中に戻って、また宿の方の道に行った。それから昨夜行ったスーパーの方の道路から、延岡市の方まで行くとのことだ。この道路まで来ると、ついにここともお別れかぁ、と思うと、さびしいというより、なぜかなつかしい気分になった。空を見ると、太陽が白く燦々としている。なぜか俺は、その輝きに照らされたまわりの地形を見ていると、まだ朝方なのに、夕方の手前のような日の光だと思った。それでいて、太陽を見ると、白い輝きが無数の矢のように、降り注いでいるようにも思えた。

それからしばらく走り、俺はいつまでこの何もないような平面を走り続けるのだろう、と思っていると、ずっと下り坂になった。それはもう軽快で爽快だった。ただいつのまにやら車がけっこう走り出していて、俺の横をびゅんびゅんと通り過ぎていくたびに気になった。いつも広い歩道が広くあったわけではないし、あまりスピードを出し続けていることに、慣れているわけでもなかったから。それにこの荷物が相まっては、素早い方向転換はできそうもない。やたら神経を使って走ったけど、それでも山間の景色はとてもよかったね。山間にできる光と影のコントラストが、これまで見たことのないくらいに見事だったよ。それを上から眺めながら、風を切っておりてくるのは、一瞬だけど空を飛んでいるような気分にもなれた。

それから途中にあった、道の駅のようなところに駐まった。何か食べようか、という気もあったと思う。そこは何やら奥に続く洞窟のようなものがあって、けっこう人目を引いていたと思う。少しがやがやとしていて、人がけっこういた。そういえば今日は日曜日なんだと、今気づいた。二人で観光地にあるような物売りの店に入ると、けっこう広い。奥行きがあって、全部見て回る気にはなれなかった。しかしどれもこれもけっこう興味を引くような感じで、りゅう君はさっさと行ってしまったが、俺はちょっと名残惜しかった。奥にトイレがあって、お互いリュックをおろして、かわりばんこに行った。待ちながら見ていても、それではなぜかすぐに飽きてしまった。店番のおばちゃんが愛想よくいらっしゃいませー、と言ったが、目はどこかどろんとしていて、疲れている様子だった。あの町との中間くらいにいる人は、こういうふうになるのかな、と思った。結局何も買わないで店を出て、洞窟のような穴の中に入って行った。穴の中はものすごい数のばかでかい樽が、ぎっしり壁際に並べられている。

「こういうの、興味あるんだよ」

とりゅう君が言い、「ちょっと見てていい」と言ったので、俺は「いいよ」とこたえた。ワイン樽かと思ったが、どうやら焼酎樽もあるようだ。俺はすぐに飽きて、逆にこれのどういうところに興味をもつのかを不思議に思った。木の材質とかかな。

少しの間りゅう君はじっくり、なのかどうかはわからないが見ていて、俺はここはあたたかいようなすずしいような、まあけっこう快適な場所だな、と思った。奥までゆっくりと見て、それから逆の壁側を見ながら戻った。

「思いがけない報酬だったね」

と俺がりゅう君に言った。今思うと、割と俺は皮肉で言ったのかもしれない。

「ああ、よかったよ」

とりゅう君は言った。でも少し嬉しそうな顔をしているようでもある。まあ、喜んでもらえたんなら、なんでもよいことだな、と思った。

それからまた走り出した。何か食べようと思ってたけど、気が乗らなかったから食べなかった。前日の朝のことを思い出したからってのもある。それに、何か食べてしまったら、あの宿でのことが薄れてしまう気がした。なぜかはわからないけど。りゅう君も同じかどうかはわからないけど、りゅう君も何も買わなかったし、食べなかった。食わなきゃ一歩も歩けないってくらいになるまで、別に食べなくていいと思った。それにこんな素晴らしいところをチャリで走ってたら、空腹なんて感じないと思う。それから永遠に近いくらい、チャリで緩やかな下り坂を走っていた。途中登りもなかったわけではないが、もうずっと下りっぱなしだった。本当に、なぜかわからないけど、俺はここに永遠を感じた。たぶん、宇宙みたいなもんなんじゃないかな。宇宙でピストルを撃ったら、その衝撃で永遠に吹っ飛び続けるって話だから。

途中で橋があって、そこからの景色は最高だった。俺とりゅう君はチャリから降りて、下を見ると川があって、ここが地面からどのくらいの高さなのか、ちょっと考えられない。とにかく俺はここから飛んだらっ、てことをずっと考えてた。別に暗い意味ではなく、それに本当にやって、ここの景色を汚したいとは絶対に思わなかった。ただ俺にはここから飛んで、景色を一望できるような気がしてならなかった。このチャリとか、防寒のための服とか靴が、なぜこんなものを使わなくてはならないのかと、煩わしくてしょうがなかった。

それからは、ずっとその川と一緒に走ってきた。しばらくすると、下り坂ではなくなってきて、上から見下ろしてきた川も、どんどん近くなってきた。でもそれはそれできれいな景色だった。俺は流れる川を見ていると飽きなかったし、川沿いの岸や、大小様々の丸石とかを見ているのも好きだった。それに大体川沿いには木が沿うようにしていて、たまに小舟とかも見かけた。それに魚が泳いでいるのが見えるときもあった。俺はつくづく感激していて、ばからしいけど、生きててよかった、とか思ったりもした。

それでも、そんな感激がいつまでも続くわけはないことは、どこかでわかりきっていた。けっこうな時間が過ぎて、川が下流になってきたことがわかる。次第に、木々が見えなくなっていって、代わりに藁みたいな細長い植物がたくさん見えてきた。そして遠目にも道路が見えて、車が無尽蔵に走っている。遠目から見ても、明らかに、今までの道と、これから通るであろう道が、別世界であるように見えてならなかった。近づくにつれて、妙に絡むものが意識され、胸がすかすかになるような、やるせなく、憎悪に近いものを感じた。

ＰＭ　２：00　延岡市

次第に海が見えてきた。風がびゅうびゅう吹いていて、どことなくうらぶれた気持ちになった気がする。そしてどこか戻ってきたような気持ちにもなったし、もう戻れないほど遠くに来てしまったような気もした。実際今いるところは海沿いで、何の標識もなく、右か左かに車がせわしなく走っている以外に何もないと思える。まったく行く当てがなかった。俺は絶望したようにりゅう君に付いて行った。もし一人でこの状況になったら、と思うと、取り返しのつかないことが起こるような気がした。それから少し走るとコンビニがあったので、りゅう君はそこでチャリを止めた。

「ちょっと何か食べたいんだけど、いい？」

とりゅう君が振り向いて言った。俺はその平然と、そしてどこか希望のある顔を見たら、なぜか自分も希望を持てる気がした。

「そりゃあ、もちろん、いいよ」

俺は少しおどけた様子で言った。それからお互い端の方にチャリを駐めた。

「トイレ行ってくるから、リュック見ててもらえるかな？」

とりゅう君がリュックをおろして言った。俺もおろした。そういえば、いつの間にか左肩の筋肉痛はなくなっているな、と思った。

「もちろん、ごゆっくり」

俺はそう言って、一人、風に吹かれて立っていた。けど、なぜかその時は希望を意識できた。もう西日に近いような太陽が、この乾燥した空気と風で、海が近い影響もあるのかな、とても目に染みるようだった。よくドラマとか写真集とかで使われるような、そんな感じだ。なんとなく泣きたいような気分なのかな、と客観的な視点が思ったようであり、貧民の心が、どうでもいいことだ、と言ったような気がした。そのうちりゅう君が何か買って戻ってきた。

「どうぞ、いってらっしゃーい」

となぜかりゅう君は声だけ明るく言った。目線は合わせなかったが。低音で細い声だからか、別に変には聞こえない。

「では、いってくるわぁ」

と俺はお風呂でも行ってくるように言った。気分的に盛り上がっていたわけでもないから、せめて言葉だけでも、と思うわけだ。俺はトイレを借りて、特に空腹でもなかったから、少しずつ食べれるようなお菓子を買った。それを外に出て、少し食べた。それからりゅう君が食べ終わるのを、茫然と待っていた。

「上に行きたい？　下に行きたい？」

食べ終わってゴミを捨てた後、りゅう君が何気なく聞いた。

「え、どういうこと？」

俺がそう言うと、りゅう君は地図を見せて説明してくれた。

「今ちょうど九州のまん中辺にいるから、上にも下にも行けるんだよね」

そう言われて、俺はなるほどと思った。

「なんとなく、下の方がいいかな」

と俺は言った。りゅう君もそうだよね、と言ったが、

「でもフェリーがどうなるか、23日か24日には戻りたいんだよね」

「うん、戻りたい」

俺は一瞬冷えた谷底に落ち込んでいくようなものを感じたが、すぐに冷静に考えなければ、と思った。

「どうすっかね、下の方でフェリーはないのかな？」

「志布志にあるんだけど、日にちがわからない」

「うーん、なんとかして調べたいね。街中に行けば、ネットで調べられるとこくらいあるんじゃないかな？」

「そうだね」とりゅう君は言った。相変わらずというか、でもどこか考えがあるような顔だ。

「よし、じゃあ探してみよう」

ここは俺の問題だし、俺が率先して動くべきところだろう。ただ実際は何がどこにあるかさっぱりだ。しぶし、とかりゅう君が言った気がするが、とりあえず俺にできることは、奮起を持つことくらいだ。

それから少し走ると、今走っている道路よりも、さらに大きな道路が見えた。車の交通量ももっと多い。けど、大きな標識があって、その道路を左か右かに行くことが、九州の上か下かに行く道だってのがわかった。

「どうすっかねぇ。このまま行ったら、どっちにしろどっちかに行かなくちゃならない」

と俺は言った。それに調べられるような場所が近くにあるようにも見えない。

「ちょっと延岡駅行ってみようか」

とりゅう君が地図を見ながら言った。この道路から行けるようで、それほど遠くではないところに、駅があるとのことだ。まったく、俺は使えないよ。自分の問題だってのに。

「そうだね。駅かその近くになら、ありそうな気もするし」

それからまたチャリを走らせ、大通りを左に曲がった。俺は九州に着いて、一番最初の、左か右かの道を選ぶ時を思い出した。あの時は俺が道先を助けたような感じだった。今回は、俺が助けられるのかな。爽快な空を眺めながら、ぼんやりと思った。少し走ると標識が見えて、町中に入った。道は真っ直ぐですっきりしていたけど、俺はなんだかごちゃごちゃしているような気分だった。

区画ごとにきれいにわけられているようなところで、もう駅がすぐ近くだってことはわかっているんだけど、やたら道のかどを曲がった気がした。それからやっと駅に着いた。なんだか南国風の椰子の木みたいなのが生えていて、コンクリートだけど、少し広いスペースがあった。そこに子どもと母親がいて、子どもは鳩を追っかけ回して遊んでいた。俺はそれをじっと眺めていて、なんだか俺も遊びたい気分になった。辺りの建物を見て、ネットカフェや本屋を探したが、なかった。その間も俺は鳩と子どもを見ていた。子どもたちは他にも何人かいてはしゃいでいる。一人の母親と、俺は目があった。それから少し経つと、その母親は子どもを連れて行ってしまった。チャリを適当な近場に駐めて、俺とりゅう君は、とりあえず駅の前まで歩いてみた。特に使えそうなものがあるとも思えず、俺は携帯電話のインターネットのようなもので調べてみたが、機能がしょぼいようで、まったく使えなかった。俺は駅員さんにその港の電話番号を調べてもらおうか、と言うと、りゅう君が何か思い出したようで、雑誌に載っているその港に電話をしてみたが、日曜日はやっておらず、機械的な音声が流れただけだった。俺は心底がっかりしている様子だったのかもしれない。

「最終手段を使ってみるか」

とりゅう君が出し抜けに、それに相変わらずの平然とした様子で言った。どうやら自営業の父親に電話して聞いてくれるとのことだ。確かに最終手段だと思った。俺としては、あと二、三時間探して調べられる場所が見つからなかったら、そのような手段を取ったかもしれない。

「本当に、ご迷惑じゃなければ」

俺はしぶしぶと言った。「うん、いいよ」とりゅう君は言い、電話をかけた。それからいきさつを簡単に説明し、調べてかけ直してくれるとのことだ。それからだいぶ待ったような気がするが、時間的にはそんなでもない。りゅう君は「おそいなぁ」と言っていたが、俺としてはいつまででも待っている気持ちだった。それから電話があり、りゅう君からの説明で、22日の昼頃発のフェリーがあるとのことだ。あと大体５日もある。ただ着くだけなら、余裕すぎるほどの余裕だ。

「それでいい？」

とりゅう君が言ったので、もちろん、とこたえた、それから礼を言い、お父さんにもお世話になったことを後で伝えといてくれと、お願いした。りゅう君は、うん、言っとくよ、と平然としてこたえた。今思うと、りゅう君はあの町の人たちと、どこか似通ってるのかな、と思った。

「ただ着くだけなら余裕だね」

と俺は言い、りゅう君はそうだね、と変わらぬ調子だったが、俺は少し後ろめたかった。自分の都合でりゅう君の旅を制限してしまったし、それに、自分としても、この旅のゴールを決めて行動することに、どこか抵抗があった。

「どうすっかねぇ」

と俺は言った。声は明るく言ったが、落ち着いた気持ちと、落ち込んだ気持ちが両方あったと思う。なんだかやるせない疲労がどっと出てきたような気がした。

「なんだか飲みたい気持ちだよ」

と俺は笑って言った。なんだか座り込みたい気持ちだった。もう日は傾きつつあって、俺はなんだかこの風景を見ていて、ひどい儚さとやるせなさを感じた。

「今日はここで休もうか」

考えた末のような感じで、りゅう君が言った。俺は少し疲れたような顔で、りゅう君を見たのかもしれない。

「うん、まあちょっと早いかもしれないけど、それに今から下の日向市に向かっても、着く頃には真っ暗になってて危ないかもしれないし、それにここはまん中で旅の中間点として、折り返すわけじゃないけど、折り返し地点みたいなもんで、気持ちを切り替えて休むのにはちょうどいいところだと思うね」

俺はなぜか地図を見ながら適当なことをしゃべり立てた。りゅう君はそうだね、と言った。なぜか俺はりゅう君がうんざりしているような気がしてしまった。実際そうかもしれないが、今思うと、あの絡み合うものや、無機質なものを、強く感じていた、と思う。客観的な視点が、こうなるとまずいぞ、と言っている。こういうときは、無闇に動いたり話したりしないほうがいい。余計に変なものが絡み合ってきて、お互い窮屈になって身動きが取りづらくなる。おとなしくして、様子を見ていよう、と思った。

「じゃあ、町中を走りながら、宿も色々と見てみようか」とりゅう君。

「うん、あとうまい料理とか酒がありそうな店も、できたら探してみよう」

りゅう君は、たしかに、とくすくすと笑いながら言った。実際、俺としてはそれくらいしか楽しみが見いだせなかった。

それから町中をけっこう走ってみた。朝食コーヒー付き、と電気で光る文字が流れている看板を見て、二階建ての家を少し大きくしたような、白くて洋風の宿を見て、俺はここはちょっといいんじゃないかと思った。値段も手頃だし、朝食コーヒー付き、に惹かれた。りゅう君に言うと、少し考えた様子だったが、もう少し探してみよう、とりゅう君は言った。そうだね、と俺は言った。他にもっと気に入るところがあるかもしれないし。でもそれから少しの間は、頭がミルクコーヒーの想像でいっぱいになった。客観的な視点で言えば、実際は目の前に出して飲んでしまえば、それはそれで、想像のような期待にこたえるわけではないことはわかっている。期待するに値するものとはなんだろうか、と思った。それからけっこう色々な居酒屋、料理屋が並んでいるところを見つけ、近くに宿はないだろうかと探した。それからちょうどよい感じに、近くにビジネスホテルを見つけた。今思うと、この町にも、この町の雰囲気があると思う。至って普通のような気もするし、どこかうまくまとまっているようにも思えた。中にはいると、ロビーがけっこう広くて、夕日が射し込んでいる。電気はまだついておらず、影がかった赤いカーペットと赤いイスが小気味良かった。しんとしていたが、どこかあたたかい様子だ。受付には誰もおらず、りゅう君が呼び鈴を押した。

「はいはい、いらっしゃいませー」

そう言いながら、気さくな感じの、少し髪が薄くてメガネをかけた、中年くらいのおじさんが奥から出てきた。自分たち二人を見て、一瞬びっくりしたような顔をした。ちょっとぽっちゃりとしていて、飛び上がるんじゃないかと思ったよ。

「部屋、空いてますか？」

とりゅう君が普通に聞いた。おじさんは気を取り直した様子で、自分たちをじっと見ている。目がきらきらとしている。

「はい、空いてます」

と気さくな様子で言った。それでいてどこか親しみやすい気がした。

「一泊したいんですけど」

「はい、ちょっとお待ちください、すぐお部屋にご案内しますんで」

そう言って、奥の方へ行き、すぐに部屋の鍵を持って出てきた。それから手際よく部屋に案内し、扉を開けた。それから自分たちを中に入れ、ちょっと部屋の説明をした。

「では、ごゆっくり、もし何かありましたらご連絡ください」

俺はありがとうございまーす、と言って会釈した。おじさんも会釈して、扉を閉めた。こういう最低限の必要なことに全霊かける、みたいな対人関係は、俺はけっこういいな、と思った。ともあれ、今回は今までにない早い宿のパターンだ。窓から射し込む夕日が、どこかうら寂しい。リュックをおろし、靴を脱いでベッドに横になった。りゅう君はテレビをつけた。俺は見る気にはなれず、メガネと時計を外した。時刻は午後5時を過ぎている。

それから俺はひどく黙り込んでいた。と言っても、二人でいたからそう思うのであって、一人でいたら、ゆっくりしていただけだと思う。ただやっぱりその人の空間みたいなものがあって、それが重なっているから、あるいはどこかこすりあっているから、そう意識したのかもしれない。テレビから聞こえてくる内容や、りゅう君の笑い声から、どうやらお笑いのコンテストをやっているようだ。それから少しして、りゅう君はシャワーを浴びてくる、と言ってバスルームに入って行った。俺はごゆっくりー、と言って、寝ころんでいたが、少し経って、りゅう君が消していったテレビをつけた。それでもお笑いもニュースもまったく頭に入ってこない。と言うより、見ているのに見ている気もしない。何やってるんだろう、と思い、こういう自分がいやになる。それでテレビを消して、また寝ころんだ。こうやってぼんやりしていると、虚しさからなのか、変な欲望がわいてくる。聞こえてくるのはりゅう君のシャワーの音だけ。俺は自慰について考えた。それというのも、りゅう君は欠片としても、こういう性的な欲望を表に出さない。俺の前ではってことだが。たぶんこの旅では全然そんなことは考えていないのだろうな、と思った。俺は旅立ち前、夢精の心配をしたくらいだ。それに実際、あの道の駅で野宿しかかった日、あんなとこで夢を見るとも思ってなかったけど、長い黒髪の、褐色のエロい女の夢を見た。それがエロいことをしてくるんだから、俺は目が覚める寸前、現実を思い出して不安が溢れかえってきたよ。こういう、どっか抑え込んだ不安があって、これがたまに手に負えなくなる。

シャワーの音が止み、少しして、りゅう君が出てきた。

「あ〜、すっきりしたぁ」と、肩にタオルをかけている。どっかのおやじみたいだ、と思った。それから服を着て、「どうぞー」と俺に言った。りゅう君はのんきだなぁ、と思った。俺はかなり神経を張り詰めているのに。俺は「ではお借りします」と言ってバスルームに入った。窮屈で、ゆっくりできるもんじゃない。だからと言って、広い湯船を求めているわけでもない。お湯がじゃばじゃばと出てきて、シャワーを浴びたり頭を洗ったり、そのことだけを考えていて、他には何も考えなかった。それでも、こういうとき、誰かが突然入ってきたら、と考えることがたまにある。そして相手に銃殺されるか、そうでなかったら、俺は相手を殺すかの、どちらかしか考えられない。現実にはそんなことは起こりえるわけはないのに、なぜか考えてしまう。顔の肌がぴりぴりと痛む。肌荒れがあって、水やお湯に触れるといつも痛む。だから、いつも風呂場でゆっくり、ってわけにはいかない。むしろ肌を引っ掻いたりして、余計いやな気持ちで風呂を出ることもある。でも、今回はそうなる前に浴室を出た。部屋は電気が点けられていて、りゅう君はのほほんとテレビを見ている。

「あー、あつい」と俺は言った。

本当に、こういうときは何かが暴れているようで、本当はぬるめのお湯に長く入ってるのが一番いいんだとわかっているのに、わかっているのにやらないいんだよ。顔の肌が痛むくらいにあつくて、少し出てきた汗を拭いて、少し湯冷めするのを待つ。でも湯冷めするときは本当にすぐに湯冷めする。下手をすると冷え切るくらいになってしまう。それで少し待って、急いで顔を冷たい水で洗う。顔を拭いて、それから急いでクリームを塗る。まったく、ろくでもない風呂上がりだよ。でも、それでやっと俺は少し落ち着いて、枕を立て掛け、そこに背をもたせかけた。

「エアコンの具合がわるいみたい」

とりゅう君がほとんどなんとなく、といった様子で言った。たしかに、部屋はそれほど暖かくない。

「壊れてんのかな」

と俺は漫然と言った。りゅう君は立ち上がって、空調管のような格子になったところに手をやった。

「あ、でも、風は来てるね」

「じゃあ、大丈夫なんじゃないかな。寒くてやばくなったら、カウンターに電話して温度上げれるか聞いてみよう」

「そだね」

そう言って、りゅう君はまたもとの位置に戻った。

「少し経ったら行こうか」

とりゅう君が出し抜けに言った。俺はなんのことか察した。

「ああ、うん。せっかくの風呂上がりだもんね」

そう言って俺は笑った。俺はどっちでもいい気分だったが、楽しみと言えば楽しみだ。

それから着替えて外に出た。夕日が沈みかかっていて、先に見つけておいた店が並んだところまで歩いた。ぽつぽつと電灯の灯火に彩られた店並びは、どこか心惹かれるものがあった。少し話して、一つの店に入った。話と言っても、もう一軒くらい行くつもりのような話だ。店中にはでかい水槽があって、当然だが魚が泳いでいた。俺としては、なんだかよくあるような光景な気がした。板前の男の人がわりと太い声でいらっしゃいませー、と言い、店員のお姉さんが案内してくれた。けっこう広くて客がいる。店内はかなり明かりがぶら下がっているようで、魚市場のようなにぎやかさを感じさせられた。開けっぴろげのテーブルが何個もあり、その一つに案内された。歩くスペースを挟んで、隣同士の仕切りはあるが、座席が何個も開けっぴろげにある。見ようと思えばほとんどの客を見れる。しかし客は他の人のことなど気にする様子などなく、一緒の人と陽気に飲んで話している。

「生ビール二つ、それとしめ鯖」

りゅう君が頼み、それから鮨を頼んだ。魚料理が自慢の店のような感じだからだ。俺はどこか落ち着かなかった。明るすぎるし、開けっぴろげすぎる気がした。俺がそう言うと、りゅう君は「あー、まあそうだね」と言った。それもあってか、けっこう早めにこの店を出た。二軒目は、先とは違う感じだ。というのはお客がそれほどいない。実際そういうわけでは全然ないが、少し古い感じがする。しかし、俺はどこか落ち着いた感じがあって気に入った。少し気が楽になった気がした。女の店員の人がメニューを持ってきてくれた。なんというか、まったくこちらの顔を見ようとしない。とりあえず飲み物を頼んで、メニューをじっくり見た。りゅう君が何やら珍しいものを発見し、飲み物が運ばれてきたときに、それを頼んだ。ここにはけっこう長くいて、それにかなりぐだぐだしていた。品数も多いし、それにどれもおいしかった。それでもたまに、機関銃を持った相手が出てくるってことを考えちまったりもするんだよ。それでどう対応するかも考えちったりもする。どうでもいいからすぐ忘れるんだけど。それからホテルに戻って、ちょっと早めに寝た。

旅の回想録　2月18日(月)

ひた走り

この日、幸いだと思ったことと言えば、晴れてたことぐらいかもしれない。ただひたすら国道を走っていた。でも、昼飯にラーメン屋で食べた、豚骨ラーメンが俺はうまかったな。スープを残さず飲んでくれ、みたいなことが書いてあって、俺はうまいと思って全部飲んだ。他にも色んな書き紙が壁やら柱やらに貼ってあった。りゅう君は俺がよくわからないようなラーメンを食べたけど、あまりお気に召さなかったようだ。景色はけっこう変わって、まあおもしろかったと言えばおもしろかった。途中、山の中のような道を上ったりもした。まあ、かなりつかれたよ。けっこう暇な気がしたから、りゅう君と60メートルくらい離れて走ったりした。つかれてたからってのもあったけど、まあ追いつこうと思えばすぐ追いつける。そうやって離れて1時間以上くらい走ったときもあった。何しろ一本道だったから、かなり自分の世界に入ってた。一回カゴから入れておいた帽子が落っこちて、少し後ろに戻ったりしたけど、もちろんりゅう君は気づかなかったよ。りゅう君は何考えてんだろう、とか思ったこともあったと思うけど、まあ俺のことは特に考えてなかったと思う。少なくとも後ろのことは。しょっちゅう気にする必要は逆にないからいいんだけど、でも俺としては、その気にしなさがすごい、と思った。ある意味俺を信頼してるんだよ、たぶん。それに山の中みたいなところは信号もないから、りゅう君が止まったときに追いつくこともない。

山の中みたいなところを抜けてからは、全体的に歩道は広かった。町中みたいな気がしなくもなかった。でも道をちょっと外れたら、何かあるとは思えなかったな。道路も広くて車は快適だろうなぁ、と思っていた。でかい車屋とかでかいショッピングセンターみたいなのも見えた。でも、どっちかっつうと荒野の景色がやっぱり広がってた。今思うと、あのほとんど一本道を走る以外に、文字通り道はなかった。でも途中だけど、かなりの町中に入ったときもあった。神社っぽいのもあったような気がする。でもその頃はなんとなく神経が痺れてるような気がして、町中を通ってもろくすっぽ目新しいことを見たという気にも、感動するようなこともなかった。RADWIMPS、ていうバンドの何かの曲で、「今僕が生きている　それだけで　幸せだということ」みたいな歌詞のそのサビのあたりを頭の中で反復してた。けっこう人とすれ違って顔を見ていたりしたけど、やっぱりこんな一瞬見ただけで、何かが得られるってことはあんまりないと思う。でもたまに知り合いにかなり似てるってときが何回かあった。まあ俺はすれ違いながら今の俺の全てをかける、みたいな気持ちで見てるわけだけど、当然だけど大半の人は目もくれない。ごくたまに目があったりする。だけどごくごくたまに、同じように全てをかけて、この一瞬で相手のことを理解しようっていうのを感じさせる人もいる。そういうのって意外と女子高生とか子どもだったりすることが多いような気がする。なんでかはわからないけど。

俺はまあ、少しずつお菓子でも食べながら進んでた。それでちょっとした旅行や遠足気分にでもなるかと思ったけど、全然ならなかった。常にペダルをこいでなくちゃならないわけだ。でかいリュックをしょって。でもちょっと思ったけど、仕事とかってこういうものなんじゃないのかな、と思った。たぶん徳川家康、だったと思うけど、人生とは、遠き道を重荷を背負いて行くが如し、みたいなことを言ったと思う。なるほどな、とは思うんだけど、それでもね。もう少しマシな考えがあると思うわけだ。例えば、こんなでかい荷物がなくたって、一宿一飯くらい世の中の大半の人が快く、損得抜きでほどこすのが普通の価値観の世の中だったら、もっとマシな世の中になると思う。ただ、今の普通は、見ず知らずの人間を泊めたりしたら、泥棒やもっとひどいこと起こすんじゃないか、ってことを思うのが普通の価値観だと思う。だからこんな荷物を背負わなくちゃならない。それとも、俺が単に人間不信なだけなのか？

実際、荷物もお金もほとんど捨てて、宿も飯も坊さんみたいにほどこし頼りで、信用してやれば、うまくいくのかもしれない。わからないけど。つまり自分の気の持ちようなのかもしれない。こっちが信用していなければ、あっちも信用しない、ってのはあると思う。当然、全員が全員一宿一飯をお願いして、断る人ってわけでもないだろうし、お願いした人を見て、気に入れば承諾する人もいて、気に入らなければ承諾しない、そういうことはあるだろう。でもそれで俺が思ったのは、見てくれのいい芸能人みたいに、外見をバッチリ決めてかかれば、成功率は上がるんじゃないか、ってことだ。でもこういうのって、結婚詐欺みたいなものだ。

それで俺は変な想像をした。それと高千穂町の人たちも思い出した。もしあの町の人みたいな人が、一宿一飯頼りの旅のようなことをしていたら、たぶん守護霊かなんだかわからないけど、変な直感みたいなものに従って、この家に行ってみるのだ、なんてことを思う。そしてあの雰囲気で頼めば承諾してもらえる。それというのもその守護霊みたいなのが霊的な世界でのコミュニケートのようなもので、どうなるかがわかっているから。守護霊みたいなのはその雰囲気のようなものを感じ取って、たぶん似たような人のところに行く。だからその人は似たような人のところにしか行かないし、似たような人としか会わない。もしどうしてもやむを得ない事情があって泊まれなければ、その人は普通にどこかで野宿する。何か変なのに守られてるから、そういう宿とか飯の事情で死んだりすることは決してない。けど、こんな話は今の俺には縁遠い話だ。そう思うと自嘲せずにはいられなかった。

少し曇ってきて、太陽も隠れて、傾き始めていたと思う。景色は道路と車と建物と、黒い小石を詰めたような歩道で、そこを自分たちは走っている。全体的にどこか灰色がかっているように見える。空は雲に覆われていて、平らな天井のようになっている。白一色とは言えないけど、俺はけっこう好きな感じだ。車道の白い線の外側を、本格的な自転車と格好をした、三人の人たちが少し自分たちの横に並んで走っていて、一番前の人の近くに後ろの人が寄って、あと100キロでどうとか、と目的地と思われるようなことを、今思うと自分たちに聞こえよがしに言ったんじゃないかな。わからないけど。一番前の人がそう言い、そして三人はまた一列になって、まあ早いこと、数十秒で見えなくなった。俺は何かのサークルみたいなものなのかな、と思った。なんとなく先輩後輩的な雰囲気を感じた。でも俺にはなんであいうことをするのかが、いまいちよくわからなかった。競輪のレーサーのようなものを目指していて、それの訓練なのかな、とそれくらいしか浮かばなかった。なんにせよ、自分たちが一日で行けるかどうかの距離を、たぶんあの人たちは数時間、またはもっと早く行くのだろう。俺は最初九州に到着した日に見た、あの少年のような男の人を思い出した。

「あの人たちは仲間？」

とりゅう君の横に付き、冗談めかして聞いてみた。

「仲間じゃない」

とりゅう君は、たぶん真顔で言った。というか表情があんまりなかった、と思う。かたく強張っているようにも見えた。というより、久しぶりに会話をした気がする。俺はあの人たちをネタに思ったことをりゅう君と話したが、なんだか、久しぶりにりゅう君と会ったような気にもなった。たぶんお互い少し頭がいかれてたんじゃないかな。今思うとその時りゅう君はポンコツのロボットみたいだったよ。まあこの時はお互いちょっと話せただけでよかったんじゃないかな。俺としては生きた実感みたいなものを取り戻せたのかもしれない。頭のいかれ具合を少しは調節できたと思う。でもやっぱりちょっといかれてたみたいで、のろのろとお互い走ってたからよかったけど、俺は歩道沿いの色々な店をなんとなく見ていた。その時焼き肉屋の看板で、変なホルモンの名前を見てたら、なんか道から飛び出てる棒みたいなものにまともにぶつかっちまった。俺は前のめりになって一瞬落ちそうになった。もし棒が俺の頭の高さまであったり、電柱だったりしたら、間違いなく頭を強打してたな。チャリが壊れたんじゃないかと心配したけど、大丈夫だった。俺は他にもビール一杯の安い値段の看板がでっかく出てるのに心奪われて、宿の確保もないのにりゅう君に寄って行こうと言おうか迷ったりしてた。そうとう気力みたいなのが失われてたのは確かだね。でもまあ、ぶつかって目が覚めたよ。りゅう君も目が覚めて生き返ったような顔をして心配してくれた。他人の不幸は蜜の味、って諺があるけど、この時のりゅう君にはそんなこと感じなかった。こういうとき人のすごさってのはわかると思う。それからしばらく走って、やっと宮崎市に入った。少し薄暗かったけど、どんどん暗いってわけじゃなかった。それからぐだぐだと走って、とりあえず宮崎駅を目指してみた。近くにホテルがあると思ったからだ。案の定というのか、福岡市で泊まったホテルがあったので、特に考えるでもなくそこに決めた。俺としては値段が手頃で、朝食コーヒー付きが価値に値すると思った。いつのまにか心構えが戻ってるな、と思ったが、残念ながらここは朝食付きじゃなかった。それならそれでどうでもいい。

チェックインして、まあ二度目でもあって、少しは慣れた気もあったが、けっこう部屋が窮屈な気がした。なんというか、心がちょっとかさついてたね。まともにものを考える、みたいな気持ちがなかった。俺はもう、前回このホテルに泊まったときもそうだったけど、もう寝ちゃいたい気持ちになったよ。俺はそれでさっさと布団の中に入ってしまった。眠るつもりはないけど、少し休みたかった。「寝るの?」とりゅう君が少し訝しげに聞いた。

「いや、別に寝るつもりもないし疲れてるとか気分が悪いとかではないんだけど、ちょっと頭がこんがらがっててまともにものが考えられないような感じがするから、ちょっとゆっくりしようと思う」

りゅう君はふうん、と言って、少し不思議そうな顔で俺を見た。俺はちょっと笑って、目を閉じた。

旅の回想録　2月18日・19日㈫

宮崎県海岸沿い

あのまま眠ったわけではなかった。少しゆっくりして、気分はだいぶ落ち着いて、それから駅前の夜の大通りをぶらぶら歩いた。ゲイっぽい二人がいて、りゅう君が俺に注意を促したんだけど、自分たちは後ろから見ていて、二人は怪しく触り合ってた。俺は思わずアナル・ファック！　て、叫ぶほどじゃないけど言っちまった。りゅう君は「相変わらずはっきり言うねぇ」と少し驚いたように言った。大通りには少しキャバ嬢のような感じの女の人も見かけたが、取り立てて目立ったものがあるとも思えなかった。でもなんでかわからないが、夜の闇が一段と濃いような気がした。高千穂の夜の中に商店街を建てたらこんな感じになるのかな、と勝手に想像した。夜とか闇とかいうとセックスや暴力絡みのことを想像するかもしれないけど、ここで思うのはそういうのとはまたなんとなく違うんだよな。けっこう長い間歩いた気がする。大通りの奥まで行って、それでまた戻ってきて、それからまた違う道に入った。二、三軒気になる店を見つけて、少し迷った末、そのうちの一軒に入った。俺が「これでいい？」と聞くとりゅう君も本当にどれでも満足できるだろう、という意を得たように「いいよ」と言った。中に入ると、その店は少し古ぼけた感じがあった。「いらっしゃ〜い」「いらっしゃいませ」と店長と若い女性のバイトの人が声をかけた。焼鳥屋で、自分たちはカウンター席に座った。他にもカウンター席に一人の女性が座っていて、テーブル席に三人の男女が座っている。瓶ビールと、焼き鳥のお薦めセットのようなものを頼んだ。お客はみんな店長と顔なじみのようで、何やら親しげに話している。話題は元芸能人の知事の手腕についてだったり、テーブルの三人の男女は何やらサークルのような活動を話していて、それについて店長の意見を聞いたりしていた。店長は九州に高速道路を作る話について、本当にできるのかどうか疑問に思っているようで、できたとしても、その頃には俺は死んじまってるだろうよ、と冗談とも本気とも取れる様子で言った。この冗談とも本気とも取れる発言は少し自分に似ているのではないだろうか、と俺は思った。カウンター席の女の人は笑って話を聞き、それから自分の話をずっと続けていた。時々三人の男女がサークルのようなことについて店長に聞くと、好きなことを悔いが残らないようにやればいいんだよ、みたいなことを一息で言い切った。そういう一言にこの人の全部が込められているようで、多分にカリスマ的な要素があると思った。この店長はいつ如何なる時でも同じ目をしている様子で、その様子はいつも心を開いているようでもあり、いつもどこか厳しさをたたえているようでもあった。その店長は自分たちにも気軽に話しかけてきた。自分たちが遠くからチャリでやってきたことを聞いても普通のような感じで、話を聞いている。それから少し話した後、店長はこれヅラなんだよ、と自分の頭を指しながら言った。俺は「ああ、やっぱそうなんですかぁ」と陽気に言ってしまった。スポーツ刈りとでもいうように短くカットされている黒髪はとても若々しく、恐らく50はいっている中年の店長はどこか少年っぽくもあり、俺は変な違和感のようなものを感じていた。え、そうなの、とりゅう君が隣で言った。店長はちょっと顔を背け斜め横の方を向き、笑っているが、少し苦々しい笑いの気もする。そこにバイトの女性が自分の斜め後ろから、本当はヅラじゃないですよ、と笑っているように言った。けど実際は笑っていない。俺はちょっと焦った気持ちになった。「あ、そうなんですか、いやなんとなく50歳前後に見えて、そのわりにはすごく若く見えるから、ちょっと不思議に思ってたんですよ」と俺が言うと、バイトの女性が「店長はバンドを組んで音楽活動をやっているんですよ、それで今でも時々仲間の人たちと演奏会を開いたりしてるんですよ」と言った。俺は「あー、たしかにバンドやってる人ってけっこう若く見えると思う」と話の筋がちょっと無理矢理な気がするが、なんとか言い切った。りゅう君がああ、そうだよね、とフォローが入った。それから、ちょっとの間、店長はいつもの表情でじっと自分たちを見た。そこでこの話は切り上がった。俺とりゅう君は焼き鳥がうまくて、それについて話を始めた。シソの葉が巻かれている焼き鳥が、シソの香りが合っていてうまかった。どれもけっこううまくて、焼酎も飲んだ。今思うと、けっこう頭がいかれてて、のぼせてるときって度数が高い酒もけっこういけちゃうんだよ。

けっこう酔ったけど、それでも思考はしっかりしていたと思う。酔ったせいでろくでもないことをしたくはなかった。土地勘のないところではとくに。それからホテルに戻って寝た。朝起きると、俺はなぜかひどくうんざりしていた。一日中走っても、もうそれほど疲れなかったので、寝起きも悪くない。ただ正直、この旅には飽きてきた気がした。だからといって、はやく帰りたいわけでもない。どうにも自分の居場所のようなものが不安定な気がする。自己同一性拡散ってやつか。それでも外に出ると、建物が邪魔だと思ったが、空は澄み渡って晴れていた。俺はもうほとんど何かを考えることをやめていて、りゅう君に付いていった。町の中をさっそうと走り、俺はいい町並みだと思って、ぼんやりと走りながら眺めていた。「ちょっと行ってみようか」とりゅう君が言った。俺がうん、と曖昧に言い、その後、どこに、とたずねると、ほら、あの有名知事のところ、すぐ近くだから、と言って、少し進むと、たぶん宮崎県庁と思われる場所に来た。腹くらいの高さで横滑り式の、鉄製の柵のような門が閉まっている。そして二、三十メートル先に、まあ立派な建物が建っている。それに南国のような植物がわざとらしく茂っている。なんとなく領事館みたいだ。この門の先の立派な建物にふんぞり返ってるような、または忙しくしてる知事がいるのかな、と俺は思ったが、りゅう君が、やっぱ有名になっちゃったから閉めたのかな、とほんのちょっと残念そうに言い、俺はなるほど、そうだな、と思ったし、それにりゅう君は知事をほんのちょっとくらい生で見たかったのかな、と少し不思議に思った。門の近くに門番なのか警備員なのかわからないような人がいて、こちらを窺うように、しかしどこか疲れているのか弱々しい様子で見ていて、目が合った。俺はなんだか不思議な気持ちになった。子どもか赤ん坊にでもなったような気分でこの人を見ている気がした。それからまた走り始め、椰子の木のようなものを見ていると、たくさんの車が列をなして走っている大通りに出て、そこを走り始めた。

しばらく走ると、車と、ごてごてとした建物は目に見えて少なくなり、植物が多く見られるようになると、澄み渡った空と相まって、道は落ち着いてきた。それからりゅう君が何か言い、球団巨人のキャンプ場に行ってみようということになった。そこに近づきながら、たぶんそこは運動公園なのだろうが、広さに驚かされた。一体どこまでがその敷地になるのだろうか。遠くに見える球場を目印にして、そこまでに続く道の長さと駐車場の広さを実感していた。この奥底へとつづく天井の見えない濃い青空と、冬の乾燥したかさかさの芝生の平面が、それを際だたせていたのかもしれない。駐車場の入口のような、球場へと続く道の入口のようなところで、一人の門番か警備員かわからないような人がいて、入場料を取っているような気もした。それでもチャリの自分たちを見たときは、どこか曖昧な様子で、自分たちもどこか曖昧な様子で、俺としては不思議な気持ちで、中に入って行った。球場に着くと、やはりと言うべきなのだろうか、それはとても大きい。俺はサッカースタジアムのようだと思った。近くにチャリを駐め、このばかでかいコンクリートの壁や柱を眺めながら進んだ。このでかいリュックを背負って、いかにも場違いな様子の自分たち二人が、このようなところを歩いているのは、なんだかとても滑稽な気がした。客席に出ると、やたら日射しがまぶしく、あつく感じた。そして実際あつかった。グラウンドには何人かの選手達が守備位置につき、バッティングをしている選手に向かってピッチャーが打たせるように、調整のように投げていた。他にも何人かのユニフォームを着た選手や、恐らくコーチ達がベンチ近くに立っている。素振りをしている選手もいる。すぐ近くの客席にけっこうたくさんの人が見物しており、俺とりゅう君もその近くに寄って座った。そして坦々と、しかし色々な音や黙々とした熱情が発せられている光景をしばらく眺めた。数分と経たないうちに、俺はこの日射しの下で、あとどのくらいいられるか疑問に思った。子どもの声が、しきりに父親にジュースを買いに行っていいか聞いている。そして少し経った後、父親は一緒に席を立った。前に座っている中年くらいのオヤジが、野球についで聞いた瞬間に忘れてしまうような内容の話を、知り合いと思われる誰かにしていた。俺は打ったり走ったり、捕ったり投げたり、こういう単純な動作の中に、鍛えることで無限に近いものがあるだろう、というのはわかるのだが、こういう単純で結果が目に見えてわかりやすいものが、祭り上げられる傾向にあることはどうにも切ない気がした。祭り上げる側の人たちのことを考えるとね。考え方もこういう単純なことしかなくなってしまうのではと、多少不安になるわけだ。まして大多数は祭り上げる側で、その人たちに育てられる、その子どものことなんかを考えると、なおさら、ちょっと。俺はこの場でもう少し普遍的で役に立つようなことはないかと考えてみた。それで俺は思いついたことをりゅう君に話してみた。打席に立っているのは、巨人の主軸のキャッチャーだ。

「あのバッティングはひどくゆったりしているように見えない？　リラックスして脱力するほど、そこから発揮される力は増すんだよ。だからかるーく打ってるように見えるけど、あんなに打った球は飛ぶんだよ」俺には今までのバッターより、今打っている姿がゆったりと、そして軽く打っているように見えた。りゅう君は、ああ、本当だ、軽く打ってるように見える、と少し驚きと発見が、しかしどこか不実な顔色が交ざった様子で、納得したくないが納得した様子で言った。というより、いきなりこんな話を出されて不審がっているのかもしれない。「こういうのはサッカーやバスケットでも同じで、もしかしたら何にでも共通しているのかもしれない。だからプレー中一番だらけている人が一番うまかったりするのかもしれない。まあ、そんなことはないと思うけど」それから一息ついて「だから、まぁ、もしかしたら寝てばっかりのだらだらしてるような人が、実はすごい人だってことになるのかもしれない」と言って、調子づいて作って笑った。それから、わからないけどね、と話を流すように言い、それから、飲み物でも買ってこようかなぁ、と自分でもわざとらしいと思うが言ってさりげないふうを装った。こんなことは勝手な自己満足、自己妄想なのかもしれないが、前のオヤジがしっかり聞いてそうなことは、微動だにしない様子から感じられた。

少し経って、りゅう君が行こうか、と言い、俺は同意してこの場を離れた。それから運動公園を出て、しばらく走ると、海岸沿いの道になった。そして一度海に出た。景色を害さない程度の堤防が続いており、それに沿って走った。それからまた植物が生い茂っているような道路を走った。それからなぜか白い砂浜の土地の中を、自転車を押して通った。俺とりゅう君は多少注意されたりしないかどうかと心配した。そしてまた海沿いの道に出て、海を見ながら進んだ。ちょうど道が行き詰まって、横道から道路に出なくてはならないとき、一人の、10代後半くらいの少年とも思えるような男の青年を見た。この付近にあるとは思わないが、危険な立ち入り禁止の釣り場にでも入っていきそうな感じで、俺が同じような感じで一人だったら、ケンカをふっかけるかふっかけられるかしそうな気がした。ただ自分たちは今二人で、それにでかいリュックを背負ってチャリに乗った、どこか風変わりな二人だ。青年は驚きと警戒が入り交じった目で俺を見て、俺はただぼんやりと青年を見つめた。それから横道に入り、車が何台か過ぎ去ったのを見て、道路を走り始めた。そこは坂になっていて、見上げるとチャリをこぐりゅう君と、白みがかった空が見える。綿糸のような濃く、それでいて透明に透き通ったような雲で、崖のような突き出た岩に隠れた太陽と、そこから漏れる光が、綿糸の合間を縫う針のように、雲を黄色に縫い染めている。坂を上りきり崖が視界から消えて、その光景を真正面から見た。それから海沿いの坂道を下った。右手は崖のようになっている。しばらくは海岸沿いを気ままに進みそうだ。そして本当にそのまま、しばらくは気ままに進んだ。それからなぜか、たぶんりゅう君が一度行ったことある、という理由もあったような気もするが、途中、鬼の洗濯板、というところを見てきた。歩く場所が、少し沖の方まで続いていて、そこから岩が見れた。けっこう観光客が来ていて、ひっきりなしに人が歩いている。たぶん中国か、韓国かわからないが、外国の人もいた。なんとなく母娘の観光なのか旅行なのかわからないが、その組合せを多く見かけた気がする。俺は名前を鬼の洗濯岩と何度も間違え、その度りゅう君が訂正したが、最後まで覚えなかった。それからまた海沿いを走り、坂を下りている途中で休憩所と売店があったので、そこで一休みすることにした。大型のバスが駐まっており、たくさんの、恐らく同年代くらいと思うが、同じように卒業旅行のようなものなのかもしれない。バスの出入り口の少し離れたところで、若い男女がはしゃぎあっている。何組かのグループがあり、先の六、七人の一組が場所的にどこか中心にいてはしゃいでいる。他にもトイレに行く二人の男組や、アイスクリームを買おうか迷っている女組。ちょっと見たが、どうやらここにしか売ってないというアイスクリームがあるようだ。他にもけっこうな人数がバスの中に座っている。りゅう君は何か食べ物を買ってくると言って、リュックを置いて売店の方に向かって行った。俺はお菓子が残っているので、それを食べた。まともな食事を食べる食欲はあると思うが、ないに等しい気がした。と言うより、まともな食事を食べる理由が俺には見いだせなかった。お菓子は、なんとなく口寂しいから食べてたんだと思う。それかあったから。俺はぼんやりと座って、はしゃいでいる男女を見た。どの男女も目の下に隈をつくって、ひきつって口が固まってしまったような笑顔をつくっている。女の目はかろうじて生気を感じさせる様子があるが、男の目は黒いガラス玉のように無機質に光っている。ここにしか売ってないアイスのことを買おうかどうかを大げさにぎゃーぎゃー騒いで、それからこれから行くであろう地名を言って、そこについて予想と言えるかどうかはわからないが、知っていると思われることをまるで未知なるものについての憶測か想像のように言い合って、大げさに騒いでいる。俺とりゅう君だったら、ここにしかないアイスがあるらしいよ、へえ、どんなの、なんとかアイスだって、なるほど、これからどこそこに行こうと思う、わかった、で終わるような会話だ。と言っても、そういうことを大げさに騒いでいないと、まわりから多少不愉快に思われても注目を浴びていないと、自分の存在が消えっちまうように恐れているんだろうな、ってのが俺にはなんとなくわかる。それにたぶん、まわりの人達だって、この人達が騒いでるおかげで、例えばバスの中とかで、この人達を意識してるおかげで、見たくもないものを見ないですんでいるのかもしれない。火が消えちまった暗黒のような沈黙とかね。それよりは多少は煙たくて息苦しい方が、まだましなんだろう。俺がぼんやりと眺めててわかることはほかにもあって、この人達は会話とその相手を意識するのと同等かそれ以上に、まわりの人を意識してるってこと。きょろきょろなんて絶対にしない。犬の鼻か兎の耳なみの鋭敏さで、視界の端で人を見ている。直視や、相手の目を両目で見るなんてこともしない。たぶんその間近で話し合っている人たちのこともね。俺にはこういうことは絶対にできない。たぶん意識を何個かに切り離さないとできない芸当だと思うんだよな。だからこんな芸当を何時間もやってられるようなこの人達を見てると、少しの恐ろしさと驚きとすごさを覚えたりもする。今も、視界の片隅で、悪魔の犬が鼻を鳴らすように、男が俺を見ている。口元には笑みを浮かべてね。女も、およそ位置的に顔の全体が俺には見える女が、まったくこちらを見ていないのに、こちらを意識しているってのがなんとなくわかる。顔には少し困惑の色が浮かんでいる。たぶん俺は口を開けて眠そうな顔で、景色を眺めるようにこの人達を眺めているように、光景としてはうつっているんじゃないかな。こういう大騒ぎに、羨望と不愉快の選択肢以外があるってのがわかると、女は知性を、男は獣性を取り戻すのかな。俺はこういう大騒ぎを間近で見てると、どれだけ無理してどうやって間延びして、どれだけ地べたを這いずり回ってるのかを、時間があるなら見ていて飽きない。けどこうやって見てると、女はばからしさと空虚さに気づいてくるようで、火は鎮火してきて、位置的に全体が見える女は何か言って、女は二人組になって、その場を離れて売店の方に行った。それから女はみんな離れてしまい、その場に男だけが残った。ただ男はたむろしている、とでも言おうか、女と離ればなれになったからといって、みじめな様子にでもなったわけではなかった。むしろ空虚に騒いでこぢんまりとした様子のときとは違って、堂々とした、男らしさのような威風ある様子だった。まあでも、うら寂しい様子がないってわけじゃなかった。男ってけっこう辛いんだよ。それからりゅう君は何か食べ物を買って戻ってきたので、俺はトイレに行った。戻ると、りゅう君が食べ終わるのをぼんやりと待ち、それから出発した。それから少し経つと、バスが追い越していき、バスに乗っている人たちを見ると、何人かと目が合った。海を左手に、陸を右手に、バスの後ろを見ながら、なぜか俺は、バスは大きな町に向かっているような気がした。

それからどれくらい走ったのかはわからないが、とてもきれいな海沿いを走っていた。ここもまた永遠に走っていても飽きないような気がした。すぐそこに、海が広がっている。それだけが視界の全てになるようで、そこに手をかざす。自分の手と、海。走りながら、あの永遠のような感覚に浸っていると、見えている手と海だけになったような気がした。それは世界を掴むようでも、包むようでもあり、世界からの産声のようでもあった。

少しして、りゅう君がチャリを止めた。そこは堤防兼ガードレールが、少し後ろに下がったような感じになっていて、少しの間一台の車を停められるようなスペースが確保してあるところだった。見ると階段があり、砂浜に下りられる。そこから海に濡れて、でこぼこして見える岩や岩礁がつづいている。見事で美しい景色だ。「ちょっと行ってみない？」とりゅう君が言い、俺は「とても素晴らしいアイデアだね」と言った。

「チャリ大丈夫かな」

そう言ったりゅう君の姿は西日を浴びていて、少しまぶしい。

「大丈夫でしょ。そんなに車が通るわけでもないし。まあ車が停まったり、いざとなったら急いで戻ろう」

チャリで走ってる人なんて見かけなかったし、ここでチャリが盗まれるなんてあり得ないと断言できると思うが、いちいち面倒だから言わなかった。ただもし戻ってきてなかったら、それはそれで途方もなく困る。だからってチャリを階段でおろすのは億劫だ。

「そうだね」とちょっと考えた様子の後、りゅう君は言った。それからチャリに鍵とチェーンをかけて、砂浜に下りた。もうなんとなく面倒になったので、そこにリュックをおろした。大丈夫でしょう、とりゅう君が言い、俺も大丈夫じゃね、と言った。なんというか、とても開放的だ。俺は脱がなかったが、りゅう君は靴と靴下を脱いだ。少し意外だが、りゅう君の方が俺より開放的な気分は一段と高いようだ。本当に。りゅう君は目を輝かせ、子どものように何度も笑った。それから海に濡れた岩の上をどんどん進んだ。りゅう君はズボンの裾をめくり、海水が溜まった岩の窪みの中を、気持ちよさそうに歩いている。小さな魚や、カニがいて、当然いるだろうということはなんとなくわかっていたが、それでも見つけると、なんとなく喜んでしまう自分も、少し不思議だった。途中で戻るつもりだったが、端まで歩いた。途方もなく大きなものを感じて、同じ海なのに、どうしてこうも受けるものが違うのだろうか、と思った。それは何かを語りかけているようでもあり、風のリズムがこだましているようでもあり、その音は捉えがたく大きく、その大きさ故に聞こえない、森羅万象。波が流れる、岩にぶつかる、音が鳴る、水しぶきが上がる、水滴が舞う、風が飛ぶ。上昇する気流は、水と、風と、光がまじり、とけあい、響き合う。永遠の空隙を満たす響き。この海と水平線、空と海の境界すらも、消えそうだ。全てはとけあう。この気持ちのまま死ねればな、と思う。だからって、そうはいかない。現実は物語と違って、めでたしめでたし、なんてものはない。この重い体を引きずって、歩かなければならないし、もしドブンとこの海に飛び込んだって、寒くてすぐ岩にへばりつくだろう。仮に喉をナイフでかっ切ったとしても、りゅう君はびっくりするだろうし、死体の処理に、または俺の思いでなんかに、結局は死体の処理と同じようなものだと思うのだが、困る人が出てくる。こういうろくでもないものを纏いながら、安らかに死ねる、なんてあり得ない。俺は現実に戻って、りゅう君を見た。岩の窪みの海水に足を入れていて、たぶん足下を見ながら、足を動かしている。なんとなく、自分の世界に浸っているように見える。さっきまでの俺がそうだったみたいに。ただ感じてる世界は全然違うだろう。りゅう君は子どもの時の世界にでもいるのかもしれないが、俺はそうではない。こうやってこれだけ近くにいても、これだけ違う世界を持っているってのが現実に突き詰められて、全てはとけあうとか、全ては一つだとか相互理解だとか、そんなことを言ってるやつがいたら、現実を見ろよ、って言ってやりたくなった。しょせんさっきまでの自分はさっきまでの自分にすぎなくて、さっきまでの自分の経験が今の俺にとって何かしら貴重な経験であったのは認めるが、今の現実は今の現実で、それが全てだ。俺はこれからチャリをこがなければならないし、もしそれを拒否して海に飛び込んでカニや魚に食われているのが発見されたとしても、死体の処理に困る人が出るだけだ。ただそれだけ。りゅう君がこっちを向いて、目が合った。驚きを含んでいるような気もするが、その目は暗黒の暗闇から浮かび上がってきたような、用心深く鋭い目つきのようでもあった。「そろそろ戻ろうか」とりゅう君が言った。俺と違ってりゅう君はまだ興奮しているようで、りゅう君は一緒に写真を撮ろうと言い、タイマー式のカメラで写真を何枚か撮った。りゅう君は変なポーズをとっていて、俺はかなりの温度差を感じながらも、同じポーズをとったり、両腕を上げてバンザーイのポーズをとった。りゅう君は写真のできにかなり満足しているようで、実際、こういうりゅう君はマジで珍しいよ。

それから、またチャリをこぎ始めた。ほら、これが現実だよ、と俺は思った。受験やテスト勉強や部活の練習や仕事だとしたって、そりゃ時々はすごい一体感や達成感や、これで死んでもいいって思うくらい幸せな時があるだろうよ。合格や勝利や取引やプロジェクトの成功とかね。けどその後に必ずその幸せには終わりが来て、ほら、これが現実だよ、って思うことは避けられない。そんなことはわかりきってることなんだ。だから全て物事は俺の予想通りだし、俺は望み通りの世界を望み通りに甘受している。俺の望みは叶っている。

それから少しずつ日が傾いてきて、海岸沿いの道から内陸の道を進んだ。俺はほんの少しずつ、頭がおかしくなってきているのを感じた。日が沈むにつれ、暗く、そして道がうらぶれていった。気温がぐんぐん下がっていくのを感じたし、自分の手は氷のように冷たくなっていた。ここは本当に国道なのかよ、と俺はくだらない文句を言った。実際何もない一本道で、細くうらぶれた木や植物に覆われ、コンクリートで舗装された以外手つかずの道だった。時々上り坂になったり下り坂になったりで、その度に俺はひどい汗を体中にかいて、それが急激に冷やされた。顔の肌荒れた皮膚はあつくなるたび、冷やされるたびにびりびりと痛み、頭を蝕んだ。それに急激に冷やされた汗も、ひどく神経をささくれさせた。手が氷のようで、もう何も感じなくなってしまえばいい、と思い、あえて手袋を外してみた。こういう自虐的なくだらないことで、自分はちょっとは優位に立ててるんじゃないかと、追いつめられてる時に限ってやってしまう。けどやっぱりばかさ加減に気づいて、それにあり得ないだろうが、凍傷で指が落っこちることを思うとやめた。ただ手袋を着けたところで、やはりあまり意味があるとは思えなかった。下り坂を勢いづけて下りて、りゅう君になんとなく追いついてみた。かまってもらいたいのかなんなのかはわからないが、ちょっとは気分が紛れるかもしれないと思ったからだと思う。りゅう君は「なに？」という感じで見た気がした。ただりゅう君はいつも通りという感じでもあり、余計なことに手出しするつもりはないよ、と言っているようでもあった。俺はそれを見て軽く笑い、少し気分が楽になったような気がして、後ろに戻った。そう、この苦しみは自分一人で耐えるしかないのだ。ただこういう時、手出ししないで一緒にいてくれる人がいるっていうのは、ありがたいことだよね。そうやって気分がささくれてく状態に、もがきながら耐えて進んだ。ぶちぶちと何かが切り裂かれていくのが頭の中で聞こえるような気がした。2時間か3時間かわからないが、果てしないような、終わりのない地獄のような気がした。「終わってくれ！」と何度声なき声が叫んだかわからない。ただ永遠に肉体を切り裂かれ続けることになったとしても、人間はいつかそれにも慣れるだろう、というような考えが自分を支えた。現に人間は不安というナイフに、いつも切り裂かれ続けているが、それが当たり前になってしまったかのような様子だ。いつもと違うナイフを見出したからと言って、それにつゆほどの違いがあるとする理由が見出せるわけでもない。動物だったら、環境の変化に習性が対応できなくてすぐ死んでしまうかもしれないけど、人間はそういうわけではないんじゃないかな。人によるかもしれないけど。ただ俺は途方もなくうんざりしてるってのは確かだ。「何のために？」「これが俺の望んだことなのか？」「死ぬこともできない」「自殺に何の意味がある？」「ただ永遠に苦しみは終わることはないのか？」

もうほとんど日が暮れて、俺はもう死んだ方がマシだという気分になっていた。ただその度に「自殺に何の意味がある？」という問いが浮かんで、そこからまた同じようなくだらない問いが次から次へと湧き出した。ただこうやって考えているから自殺はしないんであって、こういう考える力がなくなったら、自殺や、なんかろくでもないことをしちまうんじゃないかと思った。ただ問題は考える故に苦しんでいるということだ。もうここまでくるとどうでもよくなっちまった。全ては成り行き任せだ。少しして、うらぶれた木や植物が生い茂った道を抜けて、少しずつ民家やちょっとした商店などの建物が見えてきた。俺はもうさっさと休みたかったが、あいにく、まったく宿のようなものが見えやしないし、あるような気配もなかった。俺はまた気分がささくれだってきたが、町並みを見ていると、少しは落ち着いてきた。夕暮れが終わる寸前で、暗い屋根屋根が、一際浮き立って見える。やっぱりこんな気分が一生続くんじゃないかと思うと、ぞっとした。なんか俺はもう、吹雪の中を凍え死ぬんじゃないかと心配しているような気分で、走っていた。なんでこんな気分になったのかは、いまいちよくわからない。りゅう君がまた野宿をしたいだなんて言い出したら、どうなるんだろう。そんな気分で町中を走りながら、やっと宿を見つけた。古い感じはするけど、けっこう立派な気がした。「お、宿があるじゃーん」と俺は平静を装って言った。りゅう君はちょっとの間眺めて「ここでいいかな?」と平然と聞いた。「うん、いいんじゃないかな」と余裕を装って俺は言った。内心は「もうちょっと違うところを探してみようか」とかりゅう君が言い出すんじゃないかとはらはらしながら、言い出さないことを祈るように願っていた。それからチャリを駐めて中に入っていった。それなりにいいところだと思った。団体の客がいるようで、どこかの会社の、社会人のサッカークラブの人たちが泊まっているようだ。鍵を渡されて、エレベーターで上にあがり、薄暗い廊下を通って部屋まで行った。中はベッドが二つあり、わりかし広いと感じられた。洋風のどこか古っぽい感じがあるが、ワインレッドのように、どこか赤っぽさが部屋全体に染み込んだ、シックで落ち着いた雰囲気があった。俺はいつものようにベッドに横になろうと思ったが、どうにもそんな気分ではなく、ベッドに腰掛けた。どんなに金をかけた細工や策を労したとしても、この気分を払拭するものがあるとは思えなかった。あるとしたら、せいぜい寝ることくらいだろう。酒を飲みたい気分でもなかったし、ひどく神経がささくれていたから、りゅう君に対して嫌味な態度をとらないように気をつけたくらいだ。それから飯をどうするかを話し合い、買いに行こうか、ということになったので、鍵を預けて外に出た。チャリをゆっくりと走らせて、道を覚えながらスーパーまで行った。スーパーの中で、俺はくだらない考えになっていた。りゅう君がカゴに入れたチキン南蛮を見て、「お互い自分が食べたいものを買えばいいのかな？」なんて聞いた。いつも自分たちは一緒の食事を楽しみにしていて、お互い分け合って食べた。その方が色々味わえて楽しいからだ。りゅう君は顔を少し後ろに引いて、嫌悪と失楽が入り交じったような表情で俺を見た。今思うと、とても女性的な目だったと思う。「一緒に食べようと思ったんだけど」とかぼそい声で、しかし毅然とした様子は失っていない口調で言った。俺は一気に申し訳なさと気遣いが湧き返してきた気がした。俺は謝り、それに今気分が少し悪くて頭がまともに働かないんだ、と弁解した。りゅう君は少し心配した様子を見せたが、俺は気にしなくて大丈夫だと言った。りゅう君は、食べるの別にしたかったらしてもいいんだけど、と普段の様子で、こちらの意志を尊重する様子で言った。ただ俺のこたえはわかっていると踏んだ上でのことでだろう。俺はその必要はないよ、とこたえた。チキン南蛮は宮崎県の特産のようで、まだ食べてなかったから食べてみようと思ったんだ、とりゅう君は言った。それは楽しみだ、と俺は言った。俺にはスーパーで買うものにそういう違いや特産意識があることはわからないが、そんなことは言う必要はなかった。ただ俺の意識は強張った気がして、無機質的なものがすぐそこにあるのがわかった。こういうとき余計なことを言えば、余計に冷たく身動きが取れないところに行ってしまうのがわかった。それから他につまみとなるものを買って、ビールも何本か買って、部屋に戻った。りゅう君はシャワーは明日浴びる、とのことだ。俺はどっちでもよかったので、晩酌にしようか、ということになった。テレビを見ながら、思い浮かぶことを適当に話していると、気分が紛れた。チキン南蛮は、なんというか、うん、うまかった。少なくとも記憶に残るうまさだ。というより俺は、この甘いタレが好きだし、肉質も、どことなく他とは違う気がした。酒も飲んでみると、鬱々とした気分が少しは紛れた。ただやっぱりりゅう君がいたからだと思う。こんな時に一人で晩酌でもしようものなら、マジで死んじまっただろう。以前それに近いことがあって、今はもっと深刻な気がした。晩酌が終わって、りゅう君は寝た。入口のところの電気だけを点けておいたので、部屋全体としては暗い。俺はシャワーを浴びるかどうか考えたりしたが、全ての行為に「何の意味がある?」と言ったような問いがついてまわった。一切は無意味だ、ということが、以前の俺をどれほどまでに苦しめ、そしてどれほどまでに俺を束縛していたものをほどいてくれたことか。ただ、今の現実は一つの答えを得たとしても、それから?

シャワーを浴びてすっきりした、晩酌をして楽しかった、何かしら満足した、何かしら計画して成功した、または失敗して悲しかった、失敗を生かして成功した、それから?

俺は思考を停止してシャワーを浴びにバスルームに行った。こたえになるわけではないが、今と明日のことを考えると、これがベストだと判断したからだ。微妙に汚れとかが気になって眠りづらいし、朝シャワーの習慣は俺にはないから、あまりいい作用があるとは思えなかった。とりあえず、今ベストだと思われることをしようと思った。それから少しはすっきりして、ベッドに入った。束の間だとは思うが、安らぎを覚え、これがベストだ、とまどろみながら反芻し、眠りに落ちていった。

旅の回想録　2月20日㈬

AM 10：30　桜島へ

なんだかひどい夢を見たと思うが、覚えていない。酒を飲んだ次の日の朝は、何かしら影響がある。夢の記録を取る習慣があるから、わかるんだけど、意識状態とでも言うのかな、そういうのがいつもと違ってるってのが、朝起きるとわかるんだ。俺は少し残念に思った。それというのも、よく考えが切羽詰まったとき、夢の解釈から、色々と道が打開されることが、俺の場合よくあるんだ。でもまあ、気分は少しすっきりしていた。むしろ、昨日の俺はいったいどうしちまってたんだろう、くらいに思う。本当に少し頭がおかしくなってたと思う。今日はゆっくり景色でも見ながら走ろうと思った。

宿を出ると、空気がひんやりと冷たい。曙光が、白雲を黄金色に輝かせている。とりあえず志布志に行ってみようか、ということになった。それからチャリを走らせた。

しばらく走ると、海沿いの道に出た。と言っても、昨日のような道ではないし、道の周りには民家や商店など、ちらほらと建物があり、少し海からは距離がある。時々道が海に近くなったときや、建物がないときなどに、長く伸びた枯れ草を通して海が見えた。右手側には木に覆われた山があり、頻繁に、ピー、ヒョロロロロロロ、と鳥が鳴き、静かな空に響き、響き渡った青空はとても広く、のどかに思えた。鳥が青空の中を、とてもゆったりと、泳ぐように飛んでいて、時が止まっているようだった。こういうときは、時間の感覚が消えてしまっているように思えた。俺はアニメのドラえもんの一コマを思い出した。江戸時代のような時に戻って、服装も当時のような服を着て、道端の茶屋で、団子を食べるシーン。キャラクター達は道を歩いているときに、今みたいに鳥が鳴いていた。俺はその一コマがとてものどかだと思い、この鳥の鳴き声を聞く度に、この一コマをよく思い出した。

しばらく走り、志布志港に着いた。当たり前のように船はなく、静かだった。なんとなく周囲を走ってみた。ここから帰るのは22日の昼頃。あと二日どうするかりゅう君と話し合った。今日、明日とここの近辺に泊まるか、今日はどこか行けるところまで行って観光して、そこで泊まって、次の日ここに戻ってくるか。当然かどうかはわからないが、どこかに行こうということになった。北か南か西か、色々と迷った末、と言うか、無知故にハズレはないだろうということだと思うが、西の桜島を目指すことになった。知り合いで桜島のライブがどうこう言っていて、良かった、と言っていたのを思いだしたが、俺はそんなことはどうでもよかった。しかし自分でも不思議だが、なぜか桜島に惹かれるのを感じた。博打を打って、今日、明日とどこか観光地で泊まって、明後日の22日の朝早く宿を出だして、昼頃の出航までにここに戻ってくる、ってことも考えて言ってみたが、りゅう君はそれはいいんじゃない、と淡泊に言った。俺としても半分冗談で、半ば否定されることを願って言っていたので、そうだね、とさりげなく流した。

それから桜島を目指して、再びチャリを走らせた。俺は今の俺にとってのベスト、すなわち最善とは何かを、走りながら考えていた。しかも、半永久的に続く最善。俺は個体間の意識の違いについて考えた。お互い分かり合えない部分があるのはいたしかたないが、それでも分かり合ってるとき、理解し合ってるときは、その人たちにとっては最善だろう。それを永続させる方法が、果たしてあるのだろうか？

言葉や文章や肩書きなどでは、どうしようもなく最善とはかけ離れている。自分たちは分かり合っている、と言う人たちがいても、それがただの利害の一致なのかどうかはわからないだろうし。妬みや敵意のない従順関係なんてありえない。

結局は、自分で最善の状態をつくり出し続けるしかないのだろう。利害の一致が分かり合うことの一つだとして、妬みや敵意がなければ、それも最善と言えるだろう。りゅう君は前を走って、俺は後を追ってついていく。お互い利害は一致していて、妬みや敵意があるわけでもない。少なくとも俺には。いつのまにか景色はコンクリートだらけの車だらけで、下に道路が走っているその上を、橋のように通っている上り坂の道路を、自分たちは上がっている。この道路や車だって、利害関係は一致しているのだから、それを使っている人たちに妬みや敵意のないようなものがなければ、みんな最善なのだ。ただ俺が思うに、今の世の中、妬みや敵意のない人間なんているのか？

いないだろう。こうやってすれ違う車の中の人たちを見ていても、明るく生き生きとしているような、前向きで肯定感に溢れているような顔は、断じて見あたらない。とは言っても、運転しながら明るく生き生きした顔をしている人なんて、まずいないだろう。いたとしても、どんな理由があってのことだ？

そもそも、明るく生き生きした顔になる理由とは何だろうか。この前、世界陸上だかなんだか忘れたが、一着でゴールした人の喜んだ顔は、明るく生き生きした顔だと思ったな。けど、あれは一瞬にすぎない。俺が求めていることとは違う。やはりこれは俺の心掛けしだいなのだろうか。利害関係を一致しつつ、妬みや敵意を持たないことを心掛ける。うん、これだ。簡単に言えば、常に前向きに生きる、ってことだな。

それから少し走り、コンビニで休憩をとった。りゅう君は中に入っていったが、俺はコンビニの裏の方で、少しでつぱったコンクリートの上に腰掛けていた。走り去っていく車を眺めていると、リュックの重さによるものなのだろうか、それとも走りによるものなのだろうか、わからないが、ひどく変な疲労を感じていた。今思うと、何で自分はこんなことをしているのだろうか、みたいなことを考えていたんじゃないかな。

桜島へは、とても遠い道のりのように思われた。よくわからないが、極楽島のように、どこかで想いを秘めていたのかもしれない。その変な期待故に、チャリは早く進んだように思えた。りゅう君にも、言葉にしなくても共有して伝わるものがあったような気がした。それに、地図上から、そのうちにまた海沿いを走ることがわかっていたから、早く内陸の道を越えたい想いがあったとも思う。内陸の道はかなりごちゃごちゃしていて、ある種のにぎわいがあった。そのため途中迷いそうなこともちょくちょくあった。俺はなんだか変に疲れていて、宿を見るたび、ここで泊まっていいんじゃないかと思った。そして冗談でりゅう君に言ったりした。商店街のような道の時もあって、道はいつもそれほど広いわけじゃなく、歩いている人と、すれ違う車との関係で、チャリを止めたりすることもあった。

それからしばらくして、海沿いの道に出た。海は日の光を浴びてキラキラと、黄金色に輝いていた。そして驚くべきことに、まったくと言っていいくらいに波がない。湾になっているからなのだろうが、水平線が果てしなく続き、大地のように静まりかえった大海原は、静かに眠って呼吸をしているようだ。海面に揺れる小さく果てしない波紋は、眠っているものを起こさないようにして囁き合う、小さな無数の何ものかであるように思われた。俺はこの光景をうっとりとして眺めて進んだ。途中じいさんが庭に水を撒いていて、石垣を越えて道路まで水が飛び出していた。りゅう君は水の下をくぐるようにして進み、俺は避けて通った。りゅう君は少し濡れていて、たまにはこういうのもいいかな、と横についた俺に言った。

昨日や神話街道のような下り坂があるところとは違い、ここの道は延々と平らだったが、どこか似たような、果てしない永遠のようなものを感じた。たぶんこの景色がそうなんじゃないかな。朝も昼も夜も、一年中、たぶん何万年もそうだったし、これからもたぶんそうなんじゃないかと思うが、さざ波一つ立てずに、何かが眠り込んでいるようだ。そして桜島も、たぶん同じように眠り込んでるんじゃないかな。たまにモーターボートのようなものが通り、なんとなく苛立たせたが、この果てしなき静けさの中では、瞬きした瞬間に忘れてしまうようなものだった。ただ桜島が噴火でもするような時、この眠っているものも、一緒に起きるんじゃないだろうか。そしてそれを起こすものは、例えばモーターボートを１００万台走らせるとか、１００万人の観光客のばか騒ぎのようなものであるのではないだろうか。そしてこれは一時的なことということではなく、長い目で見たことによるものなのではないだろうか。ただ１００万人が集まったとしても、人間と自然の調和のようなものがあれば、穏やかな眠りと穏やかな目覚めが約束される。人間と自然との関係にある何か度を超した、理解を超えた何かの働きが人間に禍をもたらし、理解を超えた何かに対して何かをしなければならないという恐怖心による考えから、ばかげた儀式や生け贄を苦渋の選択としてか、それともばか騒ぎの延長としてか行い、そこから誤った悪循環の道を歩んでいる人間がいるのではないだろうか。

いつのまにか変に深刻に考えてしまった。こんなことを考えたって、説明のしようがない。ただ何か、このような思想は、俺の内部の芽生えを育む、大事な役割を果たしているような気がした。そして、だいぶ走ったと思い、そして少しずつ日が傾き、雲が出始め、景色が灰色がかってきた頃、ようやく桜島が見えてきた。

PM 6：30 桜島の旅館

それからもまた大変だった。ここら辺で泊まってもいいとは思ったのだが、どうせなら、ということで桜島を目指し、登ろうということになった。道のりがわかるわけでもなく、ただひたすら桜島を目指した。りゅう君がかなり急いでチャリを走らせているのがわかる。俺は引き離されないようにがんばる始末だった。それというのも、自分たちは蠢く暗闇にひたされていく、その波の中を泳ぐ魚のようだった。自分たちは海岸沿いを走り、地形のせいだろうか、波しぶきが立ち、音が響き、空間自体が暗闇によってゆらゆらと漂っているように思われた。俺はどうにでもなれ、という気持ちだった。もしかしたら、りゅう君も似たようなものがあったのかもしれない。ただ自分たちは何か困難を欲していた。目指す場所を、登る山を、闇に包まれるその一歩手前の瞬間を、扉が閉まる、そこから漏れる光から中に入り込むスリルを、限りなく光に近く、そして永遠に扉が閉まってしまうのではないかと恐れさせる闇を、欲していた。それは山のような怪物であり海から伸びる触手であり、自分たちの存在を消し潰す闇であった。そのようなものが存在していることを望み、喜び、震え、走り、そのようなものがいつでも自分たちを捕まえられるように見ていることを、追っていることを、それが一つの生きる証しだった。それこそが自分たちの望む世界であり、生ある自分たちの存在を感じさせ、これこそが自分たちの現実だった。いつも怪物がいて暗黒のような暗闇が佇み、自分たちの存在を消し潰してくれる。それでも消えない自分たちは何ものなのだ。もがき、苦しみ、それでも窒息死や溺死するわけでもなく、足が砕けるわけでもない。体中を食い荒らされても八つ裂きにされたとしても、そこに残るこの意識は何なのだろうか。日が消え闇に包まれる、この一瞬にこそ、自分たちの存在を確認する永遠の秘密のヒントが隠されているのを探すように、何度でも何度でも、永遠を繰り返しているように思われた。

桜島はいまや眼前たるもので、闇と同一化していた。どこにどのくらいの距離で何があるのかも、旅館の当てがあるのかどうかもわからない。「途方もなく疲れ果てて登っても、ただ暗闇の中、同じ道をまた途方もなく戻るだけになるかもしれないぞ。途方もなく疲れ果てて、それでもまた同じくらいの疲れを舐めなくちゃあならない。理論的に考えてもこれはあり得ないことだ。理論的に考えてあり得ないことを、行う理由なんてないだろ」、と貧民の心が言った。どこか客観的な視点の声も、交ざっていたのかもしれない。「別に、帰りは下りだろ、なんとかなるだろ」と俺は小さく呟いた。「それにだよ、途方もなく疲れ果ててしまったとき、つまりエネルギーがゼロになったとき、そこからエネルギーが発生することはないんだ。無から有は生まれないんだよ。それにだよ、本当にゼロになったとき、つまり考える力すらもなくなったときだ、お前は自分がどうなるかもわからないんだよ。お前が考えることをやめたとき、お前は自分を失うしかないんだ。お前は海へ身を投げるかもしれない。車に飛び込むかもしれない。りゅう君を殺すかもしれないねぇ。お前は気が狂っているから、チャリを振り回して、平気で何でもいい、建物やら止まってる車やらを、破壊し始めるかもしれないよ。免許がないから、車強盗は意味がないな。それに仮に下って戻ったとしても、その頃には宿はみんな閉じちまってるよ。きっと真夜中だ。お前は眠りに落ちることもできず、夜の間中、意識を失わない程度の苦痛を、どうせ野宿だろ、寒さや地面や、お前と同じように狂った輩が、お前を脅かし続けるさ。夜中耐えることはお前には不可能だ。お前は永遠に闇に閉ざされ、扉は開くことはない。発狂か、もう一生取り戻せない何かに脅えながら、記憶喪失者かロボットのようになって、それでお前は終わりさ。地獄か、もっとひどいことになるだけだ」と生々しい声が言った。「限界なんてないんだ」と俺は睨みつけるようにして言った。「何を血迷ったことを、油がなけりゃ火は燃えないように、油がなくなりゃ火は消えるしかないんだよ。どんな人間だって、手首を切り落としてそのままにしておけば、出血死するさ。それが限界だ」声は自分の内から聞こえてきているというよりは、自分を包む闇から聞こえてきているような気がした。「お前に俺の何がわかる。結果を見てからいいな」と俺は言った。「それは楽しみだ」とその声は深く潜んだ残酷さと、喜びと笑いを含んだように言い、闇に戻っていった。

　俺はアホらしくてわざとらしい会話に何の意味があるのかわからず、すぐに忘れた。こんなことに気を取られるのは自作自演の恥ずかしいことのように思われた。坂を上る途中、車からおばちゃんに呼び止められ、車の窓からみかんの入った袋をもらった。おばちゃんにはどこか強迫観念的な様子が見受けられ、車が止まっている時間が限られているせいなのかなんなのかはわからないが、どこから来たのか、これからどこに行くのか、などを半ば強迫観念のように尋ね、りゅう君のこたえに対して何かを一方的な感じで言った。俺とりゅう君は好きなだけ相手の話を聴いてますよ、というような雰囲気を醸し出していて、その裏にはどうせ時間は限られている、という裏打ちがあったのだろう。案の定、車は動きだし、おばちゃんも一緒に進んで行った。

「親切な人だったね」

と俺は言った。今思うと言わなくてもよかったかなと思う。

「そうだね」

とりゅう君は普通の様子で言った。それでも顔にはどこか喜びと明るさがあり、それは火とは違う、どこか電気のような明るさだった。それからとりあえず今上っている坂を登り切り、平面の道になった。電灯がぽつぽつと続いてるだけで、車がたまに通る以外、何も見あたらない。俺とりゅう君はちょっと立ち止まった。

「当てもないけど、進もうと思うんだけど、いいかな？」とりゅう君が言った。

「うん、いいよ」と俺は言った。

「宿あるかなぁ」

「大丈夫でしょ」

俺はほとんど確信じみて言った。それがなぜなのかはわからない。何かに蓋をして見ないようにしていたとしても、それがなんだろう。りゅう君は少し励まされた様子が見え、俺としては満足だった。それからまた走り始め、坂を上ったり下ったりが続いた。それから海が見える高台のような、きれいに整えられたところに出て、そこにはなんとなく豪華なホテルがあった。俺とりゅう君は高そうだな、と話し、調べると、実際値段が今までに泊まったところに比べると高くて、もう少し探してみよう、ということにした。それから少し進むと、二つ、三つと泊まるところがあった。他に比べるとちょっと古い感じの旅館があり、それでもかなり大きい。値段はどれも似たり寄ったりだが、そこにした。ちょっと出費は大きいが、夕食と朝食付きだ。もう九州も最後だし、ゴージャスに行こうということだ。チャリを駐めて、多少戸惑いながら、どっちが先に入るか少しもめたくらいだ。旅館に入ると、玄関は広く、上がったところからは赤いカーペットがしかれている。それでも電灯が明るすぎず、穏やかな感じがあった。女将さんが出てきて、部屋が空いているかどうかを尋ねると、空いている、とのことで、和風か洋風かどちらがいいかを尋ねられ、俺とりゅう君は和風にした。いい人で、玄関の中にチャリを駐めておけばいいと言ってくれたので、自分たちはそうした。それからエレベーターで上がり、長い廊下を通って部屋に案内してもらった。広くさっぱりとした部屋で、開放感があり、やはりというべきなのだろうか、どことなくリッチな感じがした。五人くらいの家族連れでも、布団を敷いて楽に寝れるだろう。俺とりゅう君は部屋に入り、リュックをどさっと、文字通りの感じで、壁にもたれかけさせるようにしておろし、それから帽子やジャケットをばさばさと脱いで、リュックの上に投げた。「わー、ひろーい、いいところだー」などの本音ともリップサービスとも言えるようなことをお互い言い、女将さんは多少の説明をして、「後でお布団を敷きに参ります」と言い、出て行った。それを自分たちは入口まで見送り、礼を言った。高千穂の女将さんと比べたら、遙かに客に対しての均一化したような印象を受けたが、このでかい旅館では致し方ないのだろう。奥には障子で分けられた部分があり、テーブルを挟んで二脚のイスがあり、和風の窓枠がある。そこからは暗闇しか見えず、窓を開けると海のさざ波の音が聞こえる。きっと朝の景色は見物だろう。暗闇からの、この音を聞いていると、とたんに、気持ちが落ち着いてきた。なぜだろう、九死に一生を得たような気持ちだ。俺は窓を閉めて部屋の中央に戻り、一瞬沈黙した。

「お茶、飲む？」

と俺は見るともなくりゅう君に尋ねた。

「ああ、うん」

とりゅう君は言った。パチンという音がして、見るとりゅう君は爪を切っている。俺はお湯を沸かす準備をして、部屋の中央のテーブルの上にあるお茶の葉を、急須に入れた。おばちゃんからもらったみかんをテーブルの上に転がすようにして出すと、小さいみかんがたくさん出てきた。みかんはみかんでありがたいのだが、二、三個腐っているのがあり、腐ったみかんの例え話で、箱の中の一つのみかんが腐ると、全部がだめになる、つまり一人のクズがみんなをだめにする、みたいな嫌な話を思い出した。

「みかん、二、三個腐ってるわ」

俺は子どものように言った。

「あらー」

とりゅう君はひょうきんに言った。俺は今になって言わなければよかったと思ったが、今更どうしようもないし、取り返しもつかない。

「実は闇の組織が自分らを狙ってて、それでおばちゃんの行動を見越して、そいつらはみかんをおばちゃんに売ったのかもしれない。なんてね、んなわけないか」

俺は一人でちょっと笑った。

「やべえ、気をつけなくっちゃ」

とりゅう君は爪を切りながら言った。こうやって不思議と合わせて気をつかってくれるのは、嬉しいね。ちょっと俺が勝手に気まずかったのは、そこで流れた。腐ってるのは捨てて、一つ皮をむいて食べると、それはとてもうまかった。「おばちゃんに感謝だわ」と俺は言った。お湯が沸いたので、お互いのお茶を入れた。りゅう君は礼を言った。それから少しの間、沈黙が続いた。俺は寝転がってぼんやりして、たぶんりゅう君はぼんやり座っているのだろう。お互い嫌な気分はなく、むしろこの沈黙も心地よさがあると思う。お互い何かしら考えているのだろうなぁ、と俺は思い、ただ、相手のことを考えることで、唯一共通していることは、相手は今何考えているのかなぁ、みたいなことだろう。お互い相手が何を考えてんのかわかんねえなぁ、ってことをたぶんお互い分かり合っている。そう思うと、何だか面白いことであり、感情的な悲しさでなく、理論的に悲しい気がした。このことを口に出して説明したり、相手はそう思っているのかを聞いたりしたら、たぶん余計に距離が遠くなって、分かり合っている、と俺が今思っている気持ちは、なくなるだろう。確信があるわけでもないが。もし仮に、ああ俺もそう思ってた、と言われたとしても、それはそれで本気に悲しくなるだけのような気がする。分かり合うことが悲しみと決裂を招くなんて、俺は少し暗いものを思い出した。あのアホらしくてわざとらしい会話。結果当然のように宿を見つけたんだ。ただ、なんとなく嫌なことが頭をよぎった。俺と分かり合えるのは、俺を本当に分かってるのは、あいつだけなのではないだろうか。どれほど近くにいて、旅をしても、やはり分かり合えない部分は避けられない。生まれたときから20年くらい一緒の家に暮らしたとしても、きっとそうだろう。家族間には役割や位置関係がどうしても生じる。どんなに近くても、どんなに近づきたくても分かり合えない辛さは、家族や恋人を殺すことが実際にあるのだ。離婚だってしょっちゅうだ。しかし、いくらなんでもりゅう君のことが殺すほど好きってことはないだろうし、よくわからないけど、お互いそこら辺は踏み込みすぎないように、意識しているのかな。俺は体を起こして、お茶を飲んだ。りゅう君は携帯電話をいじっている。それから少しの間ぼんやりしていると、りゅう君が「風呂でも入ろうか」と言い、俺は同意し、下着やタオルを袋に入れて、準備をした。

風呂は二つ三つあった。一つは室内の大浴場と、もう一つは露天風呂。露天風呂の途中で、一つの小さな風呂があった。なんのためにあるのかは、よくわからない。大浴場か露天風呂か迷ったが、露天風呂に行こうということにした。大浴場は明日の朝にでも入ろう、ということだ。小さな室内の風呂の場所から、室外に出た。石段になっており、半円を描いて下に続いている。平べったかったり四角に近いような丸くでかい石がたくさんあり、立派な庭園のように雰囲気を醸し出そうとしているのがわかる。木や植物も目についたが、暗闇の中では細々とした数えられるくらいの枝が、空中に突き出ている様子が浮かび上がり、少々不気味だった。石段を下りると、一人の客が露天風呂に入っていた。丸い石によって円が囲まれ、そこから暗闇に湯気が立っている。上から一つのライトによって露天風呂は照らされ、近くの脱衣所からオレンジの明かりが漏れている。そして風呂からは、眼前に真っ暗な、水平線が黒い濃さをまして広がって見える。そして頭上に広がる暗黒の天空には、花火のように煌々と心躍らさせられる、最高潮に盛り上げてくれる恐怖のアドベンチャーを天が与えてくれたように、この暗黒と海と天空を引き立たせ、この景色の中、最も輝き暗黒を照らす丸い月が、少し欠けて浮かんでいた。俺とりゅう君はわくわくしてきた。これほど暗黒の天空を引き立てさせる月明かりはそうはないだろう。この暗黒の広さと深さを照らす月は、こちらを吸い込むように魅了する。俺とりゅう君を見てか、風呂に入っていた人は風呂から出て、脱衣所に入って行った。俺とりゅう君はちょっと遠慮して、その人が出るまで外で待っていた。さすがに、パジャマのような薄着では、外はけっこう寒い。自分たちは震えて待っていた。別に待っていなくてもよかったのだが、これから風呂にはいることを考えれば、どちらでもいいことだ。その人が出て行ってから脱衣所に入り、薄いタオル一つで素っ裸になって外に出た。桶でお湯をすくってとりあえず体に浴びせ、もう面倒だったから、そのまま入った。ちょっとした儀礼的な落ち度は、この暗黒の天空と海が呑みこんでしまうような気がした。それから俺とりゅう君はとてもリラックスしていたと思う。この眼前に広がるとてつもない暗黒の天空と海が、今や世界の全てであるように思われ、この狂気のような暗黒が輝き、今や自分たちを包み込んでいるように思われた。遠く遥か太古から続いていたであろうこの暗黒は、グレートマザー、太母のように思われた。この広く深い暗黒の世界での陸地には、赤や小さな黄金色の発電された発光色が光っている。この広く深い暗黒の世界では、このような小さな光は、美しい女性を際だたせる、一つの小さなイヤリングにすぎないものに思われた。俺とりゅう君は酒があればなぁ、と話したが、この心ゆくままに世界を広げられるような世界を目の当たりにし、その触媒となるような心地よいお湯の中で、四肢を伸ばし立ち昇る湯気と暗黒と共に思考を馳せることは、これ以上ない幸福のように思われた。この幸福のために、今までの苦楽をともにしたりゅう君との旅が、あったのではないだろうか。

旅の回想録　2月21日㈭

再び、志布志へ

昨夜はあれから豪勢な夕食を食べた。思うに、豪華な宿は、食事も豪華なんだよ。と言っても、出される量が多くて、自分としては少し困るわけでもある。俺は小食の上食べるのがやたら遅い。大抵あたたかい料理も食べ終わる頃には冷めてるし、量が多いとどんなにおいしくても、最後には飽きてしまう。食事を残すってのは、俺の主義に極力反することなんだ。そういうのもあって、酒は頼まなかった。もう少しこういうところで場数を踏んだり、金銭的なことや、色々と余裕があれば、もう少し違った楽しみ方がわかってくるのかもしれない。それでも、朝飯は意外と質素なんだ。納豆とみそ汁と卵焼きと焼き魚とひじきと、あとちょっとしたおかずが出るんだけど、それでもなんとなくゴージャスに見える。それにこれでもやっぱり夕食と同じくらいの量を腹に溜めさせるから、なんとなく不思議だ。

そういえば昨夜、彼女と久しぶりに電話をした。意外と淋しそうな様子があったけど、それでも多少つっけんどんではあったね。なんというか、女性ってのは終わりのない旅の象徴みたいなものだよ。俺は何かしら話をまとめようとしたり、答えを出そうと考えちゃったりするんだけど、そういうのって相手を納得させるのに役に立つわけでもないんだよな。廊下に出て話してたんだけど、窓から暗闇に桜島の影が佇んでいた。俺はこういうなんとなくすごい景色とか発見とかの喜びとか、他にも何かの怒りとか悲しみとかの興奮を言葉にしてしゃべっちゃうところがあるんだけど、けっこうこういうのって、相手の嫉妬とか対抗心とかサディスティックな部分を引き出したりするんだよね。お互い子どもなのかもしれないけど、とにかく異性関係には、とにかくゆったりさせられるときと、とにかく不安を掻き立てられるときの両極があるよ。

そんなこんなで夜を過ごしたけど、朝の景色はやっぱり素晴らしかった。布団に入った後、波の音が静かに響いていて、何だか分からないけど、期待できるようなものがあったんだ。朝、窓を開けると、光で水平線が見えなかった。もう全部が光になったみたいに、頭上の太陽を見たときみたいなわけじゃないよ、ちゃんとその光の景色があるんだ。浜辺みたいに、岸からすぐそこの海は青いんだけど、それはほんの少ししかない。海は鏡みたいになっているから、上も下も、まあほとんど全部光ってってわけ。空だって光みたいなもので、あってないようなものだった。それは見ごとだったよ。昨夜の暗黒があったせいかもしれないけど、これほどまでに同じ世界に違う世界は存在しているんだってことを、教えてもらえたような気がする。ただこちらの世界は、昨夜の世界とは違って、自分たちを引き留めようとするようなものはなかった。もののの数秒で、自分たちは旅だって行くんだなってことを意識した。引き留めようとする意志はそこにはなく、ただ、あたたかく笑って送り出してくれる。天使の微笑みのようだった。
それから、まあついでのようだけど、朝風呂に入った。室内の大浴場にね。室内はなんとなく蒸し風呂のようで、外のベランダのようなとこの小さな風呂が気に入った。朝っぱらから風呂にはいるのは、そう習慣めいたことじゃないんだ。それでもこの大海原を眺め、青空ではなく白光した天空の下で風呂にはいるってのは、なんだか天国にいるような気分だったよ。お湯はそれこそわき水のようで、真に清らかさを白光から与えられているようだった。心と体の、およそ不純なものはすべてこの世界から得ることはできなかった。こういったもの全部が、次に自分たちが旅だって行くんだってことを、示しているような気がした。

それからまた走り出したんだ。当然だけど。それと旅館を出るとき、女将さんが外に出て見送ってくれた。俺とりゅう君は、どこか心も体も軽くなったようだった。本当に。それで何だか気分は愉快だった。走りながら、煙を出す桜島を見て、なぜか俺は寝ている犬を思い浮かべた。大きくてけっこう強そうな犬だよ。人間はアリみたいに小さくて、俺は近くをよちよち歩いている。たぶん今そんな感じなんだ。だからって別にびくびくしているわけではない。その犬とぼくであるアリは話せるんだ。犬は寝ているけど、実は起きているみたいに物事を聴いていて、大体のことは把握している。こちらが必死で訴えかければ、ちょっと目を開いて眠そうにこっちを見て、話を聴いてくれる。その訴えがどうでもいいようなことだったら、鼻息でこちらを吹っ飛ばしてしまうか、ちょっと尻尾を振って、地面を叩いて揺らすなりこちらをひっぱたこうとして、ぼくは逃げるしかない。でも、ぼくの訴えが真っ当なものだったら、その犬はぼくを頭の上に乗せて、力を貸してくれる。よくわからないけど、そういったものが自分の心の内に芽生えていた。

それからは遠ざかっていく桜島を眺め、近場の宿を眺め、昨夜野宿したらどうなっただろうなどと考えてみたが、考えるだけ無駄だと思った。昨日のことは昨日のことだ。景色が流れ、進み、風は清らかで涼しく、快かった。田んぼや小川、海でもいいが、澄んだ水は光を反射していて、その下で、流れたり、じっとしている砂。自分は今、じっとしていて、流れている、その砂のようなものだと思った。ひどく、心が落ち着いている。流れている景色は表面的なものにすぎず、それでいて愛おしいものに思われた。たぶん一度通った道だからってのもあるだろう。海や、塀、木や昔ながらの家々は陽を受けて輝き、透き通っているかのように、柔らかいものに思われた。しばらく走って、コンクリートだらけの道のときは、よく空を見ていた。車には最低限の注意は払って、安全は確保してある。そして極力意識が奪われないように、自分の意識を保つために、空を見ていた。とても移り変わりが遅く、静止しているようでもあった。そして自分の視野は広くなり、空と、陸と、両方の世界がおさまり、よくわからないが、何か見えないところで、何かが一つになりつつあった。

志布志に着く頃には、空は白いふかふかの絨毯を敷き詰めたようになっていた。灰色がかっているわけでも、黒く影がかっているわけでもない。相変わらず心は落ち着いていた。俺とりゅう君は志布志港に向かい、発着場を確認して、それから志布志の町の中に入って行った。それから発着場から遠くない場所で、宿を見つけた。二階に食事を取れるところがあり、三階から上が部屋になっている。二階は洋風な感じがあり、朝はバイキングだと説明され、俺は朝のコーヒーを楽しみにした。部屋に入ると、そこは前に延岡市で泊まったところと同じようなところだと思った。ただ今回は前回と違い、気持ちは落ち着いている。荷物をおろし、楽な姿勢でベッドに腰掛けた。「明日で九州とはお別れか」そうぽつりと呟くように、言葉という形が、意識可能な形を纏って、頭に浮かんだ。俺はひどくゆっくりと視線を移動させ、この移動の一つ一つ、一瞬間一瞬間に、何かを纏って、絡みつく糸のような、水中の中の水の感触のようなものを意識し、その中を移動するように、窓へと視線を移した。雲の天井ができており、建物や道路が並んだ景色はどこか陰鬱な様子だったが、俺はそれでもどこか、明るい何かがあるように思われた。

夜になり、自分たちは夕食のために外に出た。街路をぶらつき、車や、歩く人達とすれ違った。どこかすれ違う人達は明るく、どこか帰る家を持っているんだな、と思った。そう思うと、自分にも帰る家があるのだな、と思えることが、喜ばしいことに思えた。何軒かの居酒屋を見つけたが、なぜだろう、俺とりゅう君はいまいち気分がのらなかった。今思うと、どうも「夜」という気分ではなかった。昼間に昼食屋を探しているような気分で、そのような気分で夜の店々を眺めるのは、磁石の反発力のようなものを思わせた。それと一緒に、夜の店には夜の雰囲気があるものだということを知った。それから少し歩くと、白光で照らし付けるようにしてコンビニがあり、ここで夕食を買えばいいか、ということにした。店員がいらっしゃいませー、と言い、ここでは昼も夜もほとんど変わらないのだな、と思った。夕食と、一応一本ビールを買ったが、やはりそれほど飲みたい気分でもなかった。それから部屋に戻り、九州最後の夜に乾杯をして、夕食を取った。それから思い思いに、静かにこれまでの九州の旅に耽りながら、眠りに落ちていった。

旅の回想録　2月22日㈮

PM 2：00 九州とのお別れ

朝、目が覚めて外を見ると、雨が降っていた。昨日と同じように雲の天井ができており、そこに陰りが、古くなったタオルのシワのように、無数にある。雨はしとしとと、細い無数の絹糸が、下に引っ張られては、等しい間隔で、切られて落ちるようであった。山側の窓から外を見ると、屋根の縁から、天井から流れ落ちてくる雨水が集まり、行き場を失って左右どちらかに流れ、他の集まりと合流し、ぼたぼたと落ちていった。なんとはなしに、ベッドに戻り、しばらくまどろんでいた。少し経って、りゅう君が起き出し、朝食に行こうか、ということになった。「そうだね」と俺は言い、食券を持ち、二階へ向かった。食堂でコーヒーとパンを取り、席に着いた。何人かのお客が席を埋めており、それぞれが思い思いに食事を取っている。俺は窓から外を眺めたり、洋風の室内を眺めた。室内はこだわったような特徴があり、窓からの景色もいい。昼食として利用したいところだ。落ち着ける。りゅう君は先に食事を終わらせ、部屋に戻っていると言った。「もう少ししたら戻る」と俺は言って、コーヒーをお代わりした。客はだいぶ食事をすまして、いなくなっていった。自分一人になり、コーヒーを飲んでいた。店のマダムのような品のある女の人が、コーヒーを飲みますか、と愛想よく聞いてきた。「あっ、大丈夫です」と俺は言った。それからコーヒーを飲み終えて、「ごちそうさまでした」と言って、女の人に会釈した。その人は響きのいい声で見送ってくれた。部屋はオートロックだったので、ドアを叩き、りゅう君に開けてもらった。部屋の中にはテレビの音が流れていた。テレビを見たが、見ている時に、見ている映像を忘れている。俺は見るのをやめて、シャワーを浴びた。それから出発の用意をした。

外に出るときに、久しぶりにカッパを着た。いざ外に出るとなると、雨粒は大きく見えた。雨量が多くなったのかもしれない。傘を差さずに外に出るのは、奇妙なことに思えた。それでも、カッパは雨をはじき、レインカバーはリュックを覆い、雨は冷気を帯び、自分たちにふれては、流れ落ちていった。出発した初日に戻った気持ちで、よたよたとチャリを進めた。体は重く、町並みを通り過ぎながら、雨が風に揺れ、花吹雪のように、左へ、右へ、揺れては、自分たちや、地面に落ちていった。灰色の電柱は高く、見上げると、白い空へ、縦へ、顔を傾けると、横へ、突き出て、くるくると回り、目がくらくらした。左手には、古くからあるようなお店があり、右手には、コンクリートで固められた土手がある。土手の上の方は、植物が生えている。田舎のような雰囲気で、それでいて古都のようでもある。こういうところが、近場にあるのは、羨ましい気がした。先を見ると、一本道がずっと続いている。

港に着いた。海は、相変わらずとても広い。両手を広げたよりも、もっと。景色はどこか灰色がかっていて、風雨のせいか、海は少しどう猛な生き物のように、波立っている。船はなく、だだっぴろい、船を目的にして来た自分たちにとっては、無風景だ。近場の、明かりのついている建物に入って、見てみると、おばちゃんが受付のようなところにいる。近寄って、声をかけて、目的にしているフェリーについて聞いてみた。2時頃出航の予定なので、1時半くらいに乗船とのことだ。あと3時間以上もある。とりあえず、乗船のチケットを買うことにした。なんとなく面倒だったたが、無事買えた。建物を出て、俺とりゅう君は、お互い、少しの間、外を見ていた。木に覆われた、濃い緑の山が、景色の奥に見え、奥から手前へ、いくつものコンテナが、すぐ手前には、南国風の木、と雨。雨は奥まで降ってるのだろうけど、なんだかここだけのような気がした。ここも見納めか、と思った。

「どうすっかねぇ」と俺が言った。

「どうしよっか」とりゅう君。俺はあー、ともうー、とも取れないようなことを言っていた。深海魚のようだと思った。

「ちょっと町中行ってみようか」とりゅう君が、相変わらずの、不思議な感じの明るさで言った。「うん、そうだね」と俺は同意した。チャリに向かいながら、俺は「東京を出るときも、東京に出るときも雨だね。不思議なことかもしれないけど、それを除いては雨は降らなかったね」と言った。

「俺らとの別れが悲しいのかもね」とりゅう君が言った。

俺は冗談かと思ったが、どこか言葉に真剣味があり、笑いそうになったのをやめて、ちょっと驚いた。「なるほど、そういう考え方はちょっと思いつかなかったな」と俺は言って、この雨が意味深に思えた。「たしかに、10日間くらいだけど、九州縦断したんだからね、しかもチャリで。色々思い出深いし。きっとお互い別れは悲しいよ」俺は第三者のように言った。りゅう君は「ああ、うん」と言った。自分で言って、なんとなくはわかるのだが、正直、悲しいと言うことがよくわからない。思い出は、自分の中で生き続ける。そういうものなのではないだろうか。


雨の中、チャリを進めた。また、傘を差さずに外に出るのは、奇妙に思えた。雨が顔に張り付いてくる。車が横を通り過ぎ、運転をしている女の人が、濡れなくて羨ましく思った。陸側を眺めると、建物や景色が、空も灰色がかっているように思えた。

町中を進むと、本屋があったので、入ってみた。俺は文庫の棚を眺めていたが、手に取る気にはならなかった。それで少ししたら飽きてしまった。りゅう君は雑誌を見たり、ぶらぶらしていたが、俺と同じように飽きている様子だった。

「行こうか」

とりゅう君が言った。「どこに?」と思ったが、俺は「うん」と言った。こういう手持ち無沙汰な時間は、太陽にじりじりと焼かれるようだ。避難場所を探す気持ちで、雨の中、ゆっくりとチャリを走らせた。

安さが売りの一つである、チェーン店のファミリーレストランを見つけて、少し、いやかなり早いが、昼飯にして、ここで時間を潰そうか、ということにした。りゅう君は「いいかな?」と気遣う様子を見せた。俺は「いいよ」と言い、それから、「いいともー」と冗談めかして言い直した。りゅう君はちょっと笑った。入ると、中はとても広い。50人くらいは座れるんじゃないかと思った。自分たちは禁煙席の、狭い方へ案内された。空いていたのは七、八人用の大きなテーブルだけだったので、そこを二人で使うことになった。客が詰まっているわけではないので、別にいいや、と思った。店員の女の人は明るく、言葉の発音が少し違った。方言がある人が、標準語に慣れていないのだろう。「別に合わせる必要はないのに」と俺は一人で言った。ドリンクバーと、丼ものを一つ頼んだ。りゅう君も一つ料理を頼み、飲み物は水でよかった。それから相当だらけていた。こんにゃくかところてんみたいにぐにゃぐにゃした感じだった。りゅう君はそんな俺を気にせず、携帯電話をいじっていた。料理が運ばれてきて、食べた。ゆっくり食べたが、意外にぺろりと平らげてしまった。それから俺はゆっくりコーヒーを飲んでいた。でも二杯目くらいでもういいや、と思った。1時間以上そこにいた。俺はコーヒーを飲みながら、他の客を観察したりした。自分が、他人に与える影響。どのような、なんというか、体勢や雰囲気、態度とか言ったりするか。そういうものが、相手を緊張させたり、不快にさせたり、気持ちを楽にさせたりするか。こちらがどのようにしていれば、まわりの他者は、気持ちが楽になり、話がはずんだり、笑ったりしやすくなるか。こちらが突っ伏して寝たような体勢の時はどうだろうか、軽くお喋りしているときは、黙って片手を腰骨辺りに回し、片手は顎を押さえて、考えている様子のときは、こんにゃくみたいにだらけているときは、こんにゃくみたいにだらけて、軽くお喋りしているときは、少なくともこういう自分とまわりの雰囲気みたいなものが、何かしら影響があるのがわかる。できれば自分たちもまわりの人も、楽に笑って話せればいいものなのだが、なんとなくはわかるのに、それをどうすればいいのかは、はっきりとはわからない。

それからしばらくいた気がするが、他の客が入ってきたのもあったし、これ以上ここにいるのも気が引けたから、店を出た。もうどうにも手詰まりのようで、また港に戻ってみた。少なくとも、あと1時間くらい余裕はあった。チケットを買った、船の発着場の待合室のようなところで、「思い思いに、好きに時間を使おうか」と俺が言った。「そうだね」とりゅう君は言って、ベンチに腰を下ろした。それからりゅう君は携帯電話をいじっていた。俺は景色を眺めながら、少しの間ぶらぶらした。それからりゅう君と同じベンチに座った。いまいち気分が落ち着かなかった。帰れる嬉しさのような気はしたが、この気分はよくわからない。自分の心のうちのように、外では風がびゅうと吹き、海は地震のように揺れていた。何十分か待ち、ばかでかい船の姿が見えてきた。少し経つと、「乗る人はこちらに来て待っててください」と男の人に言われ、狭い会議室のような部屋に入った。部屋の隅には中身の入った段ボール箱が積み上げられ、壁際には小さな様々な荷物が置かれていた。この部屋の別の出入り口から、船へと行くようだ。俺とりゅう君はチャリをこちらの出入り口付近に移動してもいいか、と男の人に尋ね、丁寧な言葉と態度で、是非そうしてくれとのことだ。俺とりゅう君は出入り口付近にチャリを移動させて、部屋に戻った。部屋には暖房がきいていた。しばらく経つと、かなりあつくなってきた。それで上着を脱いだが、それでもあつかった。他にも二人の男性が入ってきた。自分たちと同じ年くらいと思った。ただあちらは、髪を少し金色に染めて、黒と金色の黄金虫のような印象を与え、髪はちりちりで、耳にピアスをしていた。似たような二人だ、と思ったが、こちらも似たような二人だと思う。ただ雰囲気は対照的だ。最初なんとなくピリッとしたような雰囲気が走った。手前に座っているりゅう君は、顔を背けて素知らぬ様子だ。二つくらいのパイプ椅子を空けて、その人たちは自分たちの横に座った。俺は横目で観察した。外見を過度に飾っているのは、外見を意識しているからだと思う。声の大きさ、小ささも、そうだろう。何事も過度な様子は、外への臆病から来ている。だから中庸はいいのだな、と俺は思った。俺は適度な気分でりゅう君と話をした。そうすると、雰囲気は和らいだような気がした。それから穏やかな雰囲気の中、少し経って、船へ乗り込んだ。

旅の回想録　２月22日・23日㈯

船内

船の先の方に、四角く切り取られたようなところがあり、そこから船と陸とを鉄板が繋いでいた。そこから車が船の中に何台も入って行った。自分たちもそこからチャリを押して入り、見やすく、車の邪魔にならないところに置いて、さっさと外に出た。それというのもその中は工場みたいにやたらドカンドカン音がしていたからだ。それにこの鉄板も、車が乗り込むたびに派手な音を出していた。そして階段があり、みんなが乗り込んでいくのについていくようにして、乗船した。なんだか昔風の映画で見たような乗船の仕方だと思った。船の中は、なんというか、まあ普通だった。入ってすぐのところに、イスやテーブルがあって、座って外を見たりできたりすることと、食堂があることとは、最初のフェリーと似たようなものだ。ただこのフェリーには本は置いてなかった。別にいいんだけどね。ただちょっとまいったのは、まあ少し驚いたくらいなんだけどね。広い正方形のスペースに、みんながそこに寝るってこと。広い、って言っても実は広くないと思う。縦横10メートルくらいかな。みんな当然だけど、壁際に場所を取ってた。何人くらいだろう、たぶん20人くらいじゃないかな。ぎちぎちに狭いってわけじゃなかった。1人1メートルで計算すれば、40人は布団を壁際に敷けるってわけだ。人数はその半分くらいなわけだから、隣同士1メートルは幅が空いてるってわけ。わお、そりゃリッチだ、って思う人はいるかな。100年くらい前だったら思うかもしれない。いや、それともっと詰め込んだ方が100年前はリッチに感じたんじゃないかな。でも今の世の中、こんながらがらじゃ商売潰れっちまうかもしれない。俺は何を心配していいんだかよくわからなくなったし、色々考えや想像力が掻き立てられた。もしこれが修学旅行みたいに、小学校か中学校くらいの同じ学年の生徒だけだったら、壁際どころか中心部を含めて、文字通り足の踏み場もないくらいに布団を敷き詰めたって、けっこう楽しくやれると思う。実際はそうとばかりは限らないだろうけど。けど今の現実は、20代、もしかしたら10代もいるかもしれないけど、30代、40代、50代くらいも、もしかしたら60代かと思われる人もいる。白髪のおじさんがラジオを小さな音で聞いているんだよ。さっき待合室みたいなところで会った自分たちとは対照的な感じの二人もいる。どちらかといえば、中年くらいの男性が多い、と思う。女性はいない。いなくてよかった、となぜか思った。もし女性が一人か二人いたら、この男だらけの中ろくでもないことになるんじゃないかと心配したけど、でもなぜそんな心配をしたのかいまいちよくわからない。たぶんお互いまったく無理解で、そういうのが不安を掻き立ててるんじゃないかな。それでまあ、そういう不安を掻き消すためなのか、何かしらお互い共通したことで団結するってことがあり得るんじゃないかと思うわけだ。もしみんなで自己紹介しようということになったって、名前や出身地や学校や勤め先くらいを話して終わりなんじゃないかな。こういうのって不毛な議論と同じで、一日かけたってなんの役にも立たないし、相互理解なんてほど遠い。たぶん余計ないらつきとかうんざりさせるものや欲求不満を掻き立てるだけだ。まあそれでも一時しのぎみたいなものにはなるのかもしれない。この船旅は二日だから、あと一日我慢すればいいわけだ。そういうのって、場合によってはあり、なのかもしれないけど、けどどうせ陸地に上がったら、その憂さを晴らすために、何かしらろくでもないことが場所を変えて持ち越されるだけなんだよな。まあ大抵そういうふうになるのがみんなわかってるから、たぶんみんなお互い知らんぷりをするわけだ。ああよく見りゃテレビが一個付いてるわ。俺はテレビの前で何人もの年食った男達が、とろけたような顔でこの白いうらぶれた絨毯に座ってテレビを見ている光景が、リアルに想像できた。こういうのって、脳みそがとろかされた子どもたちが、口をぽかんと開けてテレビの前に座ってるのと同じなんだよな。子どもじゃなくて年寄りたちでもいいけど。けどこういうのって、さっきの一時しのぎとまったく同じか、それ以上にタチの悪い選択肢なんだよ。見たい番組はそれぞれ違ってるし、それにテレビを見ようという誘惑が嫌々ながらテレビの前に座ることになって、そこからずるずると嫌々ながら集まった同士がろくでもない部分で話を共有し始めるんだよ。これも少し不思議なんだけど、嫌々ながら集まった同士って、ほとんど確実にろくでもない部分でしか共有するものがないんだよな。特にテレビの前なんかではさ。テレビ自体が相当ろくでもない代物に違いないからなんだろうけど。

とにかく悪循環のスパイラルがいくつも、一歩間違えれば地雷のように用意されてるってのが薄々、というかもう肌に触れてるくらいにわかるんだよな。たぶんみんなこれがわかってるから、知らんぷりをするんだよ。けどこの地雷みたいなものって、知らんぷりをしてもダメなんだ。ミュータントタートルズの悪役みたいな顔した亀が、じりっじりって寄ってくるみたいに、甲羅が地雷みたいになっていて、そいつが寄ってくる。気づくとそいつらに囲まれてるってことだってあるんだ。踏まざるを得ない状況になっちまうことだってある。知らんぷりをしてるとね。ちょっとうとうとして、体ががくんと傾いただけで地雷に触れることだってあるんだ。そして下手すりゃ一回地雷を踏んで、ろくでもないことになって、それで一生が潰れっちまうことだって、珍しくもないいんじゃないかな。だからさ、俺としてはこの地雷がどこにあってどういう仕組みで動いてるのかを見定めたいわけだ。それになんというか、不思議なことでもあるんだけど、この地雷みたいなのは俺の中にもあってさ、ちょっとくらい爆発させると面白いんじゃないかとおもっちゃうわけだ。花火とか、一種の盛り上がるスポーツみたいにね。ちょっと近くの、ガタイのいい人なんかに、「ガタイいいね」とか「強そうだね」とか言って腕相撲を挑戦するとか、相撲を始めるとか、ちょっとしたじゃれ合い程度で、それでいてある程度マジになれることとかさ。意外とそういうことを始めれば、けっこう乗ってくる人がいるんじゃないかな、と思うわけだ。それで少しくらい羽目を外して、殴り合いなんかになっても、お互いマジになれる遊びだってわかってたり、なんていうのかな、うまく説明できないんだけど、あのぐじゃぐじゃしたような気持ちなしでやり合えれば、お互いちょっとくらいケガしたって、良い思い出になったりするような気がするんだ。こういうちょっとマジになれて熱くなれることって、不思議とお互いの色んなことを分かり合えたりすることだと思うんだよ。たしか中学校の修学旅行の電車の中で、なんとなく似たような状況だったと思う。全然違うと言えば、全然違うんだけどね。そこで俺は花札を持っていて、1点1円で賭けをしてやろうって言ったんだよ。端の方で見つからないようにしてね。四人か三人でやったんだ。二人は思い出せるけど、一人はいまいち思い出せない。でもたぶん四人だったと思う。動くお金は200円とか300円くらいだよ。全然大した額ではないのはわかってるんだけど、やっぱりちょっとは気にするわけだ。性格とか家計の状況とか、なにせまだ中学生なんだから。それでさ、最初の方は、けっこう金銭的なことを気にしてるような友達がかなり負けてて、気にしないような、なんとなく太っ腹の友達がかなり勝ってたんだよ。そりゃあ、負けてた友達はがっくり来てたな。けど不思議と流れみたいなものがあって、あと何回で終わりにしようって決めていたんだけど、それで終わりくらいには、立場は全然逆転していて、最初勝ってた人が、みんなに太っ腹に金を払うことになった。それでもちょっとは悔しそうだったね。最初負けてた友達は一番勝って、ちょっとは嬉しそうだった。俺の負け分はその太っ腹な友達から勝った分で払った。勝ち分は100円もなかったな。うん、まあなんて言うのかな、俺はそういうところの流れみたいなものが、その人の人生の流れみたいなものが影響しているような感じがしちゃうんだよ。だからさ、お互いある程度マジになれて、ぐちゃぐちゃにならない程度のことって、相手の色々なことを感じ取れることなんだよ。この人はどういう生き方をするのか、これからどうなっていくかとか、色々薄々とわかるわけだ。それでこういうのってけっこう言葉にしなくてもお互い分かり合えたりすると思うんだよ。

けど、やっぱり今の状況はその時とは全然違うと言えば全然違う。なぜだろう、特に明確な理由を見いだせるわけでもないんだけど。特に年の差は大きいのかな。親世代なんて口を開けば「静かにしてろ」くらいしか言葉を知らないんじゃないかな。でもこの現状だったら絶対言わない。なぜだろう。それも明確な理由を見いだせるわけではない。体力的なことだったら絶対若い世代に勝てないからだろうか。いや、それよりは、先に言っていたような、ろくでもないような地雷を察知してのことだと思う。うん、やっぱりこのろくでもない地雷を把握しきれていないからだ。

俺とりゅう君はリュックをおろして、部屋を見渡していた。とりあえず、入口からちょっと離れたところが空いていたので、そこに場所を取って座った。ちょっと呆気にとられていたのかもしれない。しばらくそのまま時間が過ぎたような気がした。たぶん、お互いこれからどうなるんだろう、みたいなことを考えていたと思う。俺はしょうもないテレビか映画のワンシーンで、船乗り達がばか騒ぎしているようなシーンを思い出した。あとなんかの漫画のワンシーンで、カマキリを戦わして賭けて盛り上がっているシーン。なんでこんなことを思い出したのかは、不思議だ。「ちょっとトイレ行ってくる」とりゅう君が言って、立ち上がった。「うん」と俺がこたえると「ついでに風呂も見てくるよ」と言ってこの部屋から出て行った。俺はもうこうやって眺めているだけで、地雷がうろうろしているのがわかる気がした。もちろん明瞭に見定められるわけじゃないんだけど。その影くらいなら、ほとんどはっきりわかる気がした。じっと全体を眺めていると、50代、60代くらいと、30代、40代くらいと、10代、20代くらいで行動や、なんというか反応のようなものが違っている。中高年層はほとんど動かないし、なんというか、自分の狭い世界のような中に閉じこもっているような気がする。ひきこもりってわけではなく、価値観が固まってる感じかな。その固定観念みたいな価値観の中でしか人と対応できないみたいな。ある意味落ち着いているのかもしれないけど。30代くらいの人は、なんというか、微妙な生気みたいなものが感じられる。生もので、まだ固まってない。まだって言ったら失礼だけど、それでも固まりつつある感じはしたな。それでも一人特徴ある人がいて、タヌキとコマネズミを足して割ったような顔だと思った。ふっくらしてるけど、チューチュー言ってるのが、本当に失礼だけど似合いそう。いや、それよりはコマネズミみたいにかさこそと動き回っていて、ちょっと独り言を言っている。俺の隣は2メートルくらい空いているんだけど、その空いた幅の隣に、その人は場所を取っていた。失礼なことを言ったけど、その人は今思うとかなりいい人のような気がする。最初見たときは、たぶん10人中9人くらいはこの人を怪しい人だと思ったと思うよ。目の下に隈をつくって、ぶつぶつ言って、やたら過活動で部屋の中を出たり入ったりしていた。それになんというのかな、本質的にはいい人なんだけど、なんかワルっぽい雰囲気をあえて出してるような、よくわからないんだけど、多分その人だってわかってないんだけど、何かに板挟みになってるような感じかな。しかもかなりたくさんのことで。それでちょっと精神を病みかかってるかな、って思ったね。でも意外と微妙な位置にいると思うんだよ。自分からケンカをふっかけることはしない。ふっかけられても本気で買ってやろうってことはしない。絶対ケンカで勝てるって相手、例えば小学生とか、そういうのが相手でもケンカはしない、みたいないい人のタイプなんだよ。そういう人ってやっぱり色々悩むんじゃないかな。特にね。それから20代くらいは、と言っても、たぶんあの自分たちと対照的な二人くらいだと思うんだよな。彼らは、エネルギーがかなり外に向いてるって感じがする。獣性の味をしめてきたのかもしれない。色々と味わってみたい、この力強い謎めいた快楽と、その濁流に押し流される不安が拮抗しているようにも思える。二人くらい、一人で船に乗ってるかなり若いと思われる男がいるけど、なんとなく10代っぽく見えるんだよな。20代かもしれないけど。こちらはなんというか、部屋に引きこもってる雰囲気があるんだよな。地雷を抱え込んでるみたいな。知らんぷりってわけでもなく、ただ地雷が近づいてきたら、自分もろとも一緒に吹っ飛ぶぞ、みたいな。これはこれで、結局は自分が地雷みたいになって、ろくでもないことになっちまうんじゃないかって思うんだけど、何かの縁があって話すことでもない限り、ほっぽっとくしかないね。こうやってぱっと見だとさ、上の年代と下の年代辺りは、特に上の方は地雷が見えづらいんだけど、そりゃあ短い期間で見たら活動的なのが何かやらかしそうだけど、ここには二日もいるんだ。何かしらプランがあれば1年や2年だってあっという間かもしれない。けど大抵のプランってのは不毛な議論みたいに、一時しのぎみたいなものばっかりなんだ。けどここにはプランなんてものはないから、地雷みたいなものが、あと何時間かしたら、中高年の人達だって動きだすと思うんだよな。というより誰でもね。

りゅう君が戻ってきて、「風呂ないわ。シャワーしかねぇ」と少しうんざりしたように言った。「相当ボロ船だね」と俺はりゅう君の気が少しでもやわらげば、と思って言った。「料金も高いし」りゅう君はどことなくひねくれた様子だ。いや、これはこれで素直なのかもしれない。学生証の提示だけじゃ学割が利かなかったことに、りゅう君は腹を立てているのだ。腹を立てても仕方がないのだが、こういうときは腹の虫が治まるまで、そのままにしておくしかない。でもりゅう君がこうやってひねくれた様子の時は相当珍しいと思う。不思議なんだけど、俺は今なんとなく心に余裕があって、りゅう君が少しひねくれた様子の時ってのは、俺がこういう余裕がある時なんだよ。逆もまた然りで、不思議とお互いわかるのか、調節し合ってるんだよ。たぶん。それから少し経って、船は沖へとゆっくりと動きだした。

予想通りなんだけどさ、2～3時間はやっぱりみんなおとなしかったよ。けどまあ、これも不思議なんだけど、みんながおとなしくしてると、みんなそれなりにおとなしいんだよ。それでさ、みんながおとなしくなってくると、みんなこぞって用意しておいた秘密の酒でも出すように、ごそごそとおとなしくなってくるんだよね。たぶんみんなおとなしくしてても、どこかで宴会みたいなことをやりたい気持ちがあるんじゃないかな。ただその秘密の酒は地雷みたいなもので、タチの悪いことに姿形は見えないんだよな。影くらいならうっすらとわかるんだけど。たぶん本人達だって絶対にわかってないんじゃないかな。たぶん影すらもね。俺としてはさ、この正方形の部屋では全員が全員の姿や何をしているのかを確認できるわけであって、この全員が全員の秘密の酒でも地雷でもいいんだけど、それをある程度確認し合えれば、そりゃあ楽しい宴会みたいなものが、開けるんじゃないかと思うわけさ。もちろん人によっては合わない酒や地雷があるんだろうけどさ、それでも、それがお互いわかっていれば、相手はこういうことを知っているのか、じゃあちょっと教わってみようかな、とかお互い世界を広げるきっかけになったりもすると思うんだよ。それで違った地雷同士が爆発して、まったく新しい世界が拓けたりとかさ。もちろんある程度の慎重さは必要だろうけど、それよりか楽しめる可能性がある方がいいと思うんだよ。ある程度傷つく可能性は考慮と覚悟の上でさ。だってなぜかは知らないんだけど、地雷みたいなものはどうしたって、至る所にあるし、ほっぽっといてもろくでもないことになるだけなんだからさ。けどさ、よくよく考えてみるとさ、俺だって自分の地雷みたいなのがどうなってんのかよくわかっていないんだ。これもまた不思議なんだけどさ、この地雷みたいなものって、お互いの地雷が近づいてくると、たぶんお互いの地雷みたいなものがその時になってわかるものなんだよ。だから場所取りみたいなことも、意外と意味深だったりするわけ。俺の隣のあの30代くらいの人は、黒の半袖半ズボンの格好になっていて、三、四十分くらいいびきをかいて寝ては、起きてうろうろしてを何回か繰り返していた。不思議に思う人がいるだろうけど、けどこういうのって実は誰かに害意があるわけでもないんだよ。それを見てイライラするような人がいれば、実はその人の地雷みたいなものが問題なんだ。まあ、だからこの俺の隣の人に、何かしらの地雷があるってことは認めなくちゃあならないわけだ。ただ幾分わかりやすいだけであって、俺としてはそのぶん安心できるわけでもあるんだけどね。こういうのって良し悪しじゃあないんだよな。

同じ20代くらいの人達も、落ち着かない様子の点では、似たようなものかもしれないけど、雰囲気は全然違うね。なんていうのかな、10代後半とか20代くらいって、かまってくれっていうオーラみたいなのが出てる気がする。たぶん本来誰でも持ってるようなものだと思うんだけど、中高年だったら、会社で若い社員をいびったりセクハラしたりして、立場や場所を選んでやるようなことを、若い人は常にだしてるみたいだな。俺は疲れないのかなぁ、と見ていて思った。用心深そうに、多少威嚇するように時々まわりを見渡している。こういうのって、やってる本人は何かしら頭の中ではすごいことを思い巡らしてるんだけど、実際はただ疲れるだけだけなんだよね。でも若い時ってそういうふうにしているのが普通の環境でもあるのかもしれないよね。高校とか。今思うとアホっぽいんだけど、そういうアホっぽい価値観で世界が構成されてる部分もあるんだよな。こういうのが楽しめればいいんだけど、実際はただ疲れるだけなんじゃないかな。そんな感じで見ていると、何回か目が合うんだよ。けど俺の中の地雷みたいなのはこんなんじゃ動かないわけ。相手もこっちの地雷みたいなのが動かないなってのがわかるんじゃないかな。少し経って見ると、テレビでライオンが日陰で何匹かが寝転がってるシーンを見たことがあるけど、なんとなく似たような感じで寝転がってごろごろして、携帯電話をいじってた。俺とりゅう君はどう見られてるのかはわからないけど、俺は壁を背にして半分眠ったようにだらけていて、りゅう君は寝転がって携帯電話をいじってた。りゅう君の地雷はよくわかんないな。とにかく奥に引っ込めてあるし、けど時々うまく使うんだよ。不思議だよね。40代か50代と、10代くらいの人が、いつのまにかテレビを見始めている。みんな驚くくらい等しい距離を取って座っている。ろくでもないことにならない距離だ。つまり話はしない距離。俺は賢明な人達だな、と思った。たぶんこの人達も知ってるんだよ。テレビの前に集まった者同士の会話ってのはろくでもないことしかないってことを。それでその人たちはニュースかなんかを見てた。時々20代くらいの二人が、テレビから得られたことで何か話していたけど、案の定ろくでもない話で、お互い話したくもないことを、無理に話を広げようとしているのが見え見えだった。そうかと言って、そういうものすらなくなったら、この人達を繋ぐものが、何か残っているのか疑問に思った。この人達に限らず、今の若い人達全体にも当てはまるんじゃないかと、ちょっと心配したけど、心配したところでどうしようもない。困った世の中だよ。まあでも、こうやってぼんやりと長い間見てるとさ、なんとなくみんな、うまく地雷を踏まないようにしてるってのがわかるわけ。しかもみんな、薄々とお互いの地雷を意識し合って、それでまあうまくやっていこうじゃないか、っていう雰囲気なわけだ。こうやって過不足なくある程度満たされて、二日間を過ごそうというわけだ。俺はなんとなく満足したのか、でもどこか満たされないのか、よくわからないが、とりあえず安心して、ばったりと横になった。それから考えるのをやめた。考えたからって有益になるようなことがあるとは思えなかったし、むしろこの状況で無駄に考えを巡らせるのは、有害になりかねないんじゃないかな。考えることだって行動には変わりないんだ。それを元にして動くことがほとんどなんだから。無闇に動いてもろくなことにならないし、それに大体は疲れるだけなんだよな。こうやって考えないようにして、勝手に思いつくこととか、少し聞こえてくる周りの音とか、外の音とか、完全に受身になっているだけってのもわるくない。もし誰かが襲いかかってきたって、なんとなくそういうのは察知するようにわかって、瞬時に反応できる気がする。しばらくは特に心配する必要はなさそうだ。

どのくらい時間が経ったのかはわからないが、なんとなく寝返りを打ったりして、ちょっと落ち着かなくなってきた。そりゃあ寝るような時間じゃないんだし、何しろ今日は大したことを全然してないんだからね。こういうのが俺の中の地雷なのかもしれねえなぁ、と思った。でもさ、何時間も何もしないでじっとしていろって言われて、それを簡単にできる人ってそうたくさんいるもんじゃないと思うんだ。目の前で槍を持ってお菓子でも食べて見張っている人がいるとか、監視カメラがあるとか知らされてれば、そりゃあ別だろうけどさ。自分が意識されてる、かまってもらえてる、とか、憎むべき相手がいるとか、そういう理由があれば、じっとしていることだって一つの行動として成り立つもんだろ。けどさ、今は誰かかまってくれる人がいるわけでもないし、りゅう君は別としてだけど、それに憎むべき相手みたいなのもいるわけじゃないんだ。つまり今一番問題とされることとしては、自分の存在の在り方とか人生の意味とかそういうことになるわけだ。まったく、難しい話じゃないか。でもこういう難しいことをなんとかしないとさ、かまってくれる相手を見つけるために、まあめんどくさいしろくでもないことになりかねないことをしなくちゃならないし、それか憎むべき相手でも見つけて、ろくでもないことを自分で求めてしなくちゃならないわけだ。正直、俺としては簡単だけどろくでもないことをするよりは、難しいほうを選ぶね。いっそのこと誰かがろくでもないことをしてくれた方が、自分としては楽なんだ。そこから原因を探ったり、ろくでもないことをした人の話なんかを聞いたりしてさ、こういう問題があったのかぁ、って何かしら学べるわけだ。けどやっぱりさ、それでもまだ簡単な方だよ。世の中ではこういう簡単なことをやってる人がいかにもすごいように思われたりしてるような気がするんだけどさ、実は簡単なことをいかにも人生かけるほど難しくて困難なことみたいに考えたり、実際そうだと思いこめる、まあちょっと考えが足りない人がもてはやされるわけだ。たぶんやってる本人も自分は英雄みたいだと思い込んでるんじゃないかな。けどさ、こういう人達って自分が英雄みたいだってことを崩されることには我慢がならない人達なんだよ。実際こういう人達だからやってられるんだろうけどさ。だからと言ってもね、これじゃあ世の中の問題は絶対解決しないんだよ。俺が今抱えているような問題の方が絶対もっと大きな問題で、ああいう英雄気取りの人達って、この問題から逃げちまった人達なんだよ。でもこういう逃げちまった人達が自分たちを英雄だと思い込んで、逃げちまったことを認めようともしないで、自分たちの英雄気取りを崩されることに対してそれこそすべてをかけて抵抗しているってのは、それもまた違った視点の問題だと思うんだよな。でも視点は違ってても、たぶん問題が解決するときは両方一緒に解決するんじゃないかと、よくわからないけど思うんだよな。だから両方一緒に考える必要もあると思う。まあまったく難しい話だよ。手がかりすらないし。というよりこんなことを考えてたら、間違いなく生きてく上で支障をきたすね。会う度会う度の英雄気取りの人達すべてから槍玉にあげられるよ。

　俺はなんだかうんざりした気持ちになって、部屋を出てイスのあるところに向かった。りゅう君は立ち上がる俺を生き生きとした目で眺めて見送った。俺は一瞬りゅう君のどこにこんな活力のようなものが秘められているのか、謎めいたものとして思ったが、わかるわけがなかった。言葉で聞いたり、説明してもらおうと試みたって、うまくいかないだろうということは確かだ。俺は窓から海が見えるところに座った。少しの間ぼんやりしていたか、考えてもいないのに、何かを考えているような顔をしていたのかもしれない。俺はなんだかタバコが吸いたいなって思った。別に普段吸うわけでもないんだけどね。ただ灰皿のあるところのイスに50代くらいの人がいて、タバコを吸いながら本を読んでいる。それと20代くらいの人達もいる。俺は1本吸えれば1週間くらい、まあ本当は永遠に吸わなくても大丈夫なんだよ。だから1本約20円のところ100円でもいいから、20代くらいの人達に売ってもらおうかな、なんて思った。でも、やめた。なんでだかはわからないけど。そのままそこでぼんやりしていると、少し経ってりゅう君が来た。りゅう君もちょっと暇してる様子だった。実は誰もがそうなんだってことは薄々、たぶん誰もがわかってるんだけど、俺としては、暇とか退屈って言葉を極力思い浮かべたり、使いたくなかった。「座っていい?」とりゅう君は俺に言って、俺が「もちろん、どうぞ」と言うと、お互いゆったりと座れるスペースを取って横に座った。「特にすることがないね」と俺が言うと「うん」とりゅう君が言った。俺が悩んでいることを相談してみようかと思ったが、ストレートに聞いたってわかるわけないって言われるのは、俺としては予想しちゃうから、俺がりゅう君といるときよくやるように、かするような話題から話して、何か見いだせればな、と思った。「みんな思い思いに時を過ごしているねぇ」と俺は言った。俺は大抵同意が得られるようなことから話していくんだよ。「ああ」とりゅう君は気のない返事をした。

りゅう君は適当なところは適当に受け流してくれるんだよ。それにりゅう君はちゃんと一般的な意見を押さえていて、それでいて自分の意見で応えてくれるんだよ。一時期、俺の話すことが他の人に伝わらなくて、りゅう君が通訳してくれていたこともあったね。でも俺はいまいちこの先の会話を続けられなかった。と言うよりも、俺としてはどうやって俺の考えをわかるように説明していいのかが、さっぱり見当がつかなかったからだ。「この人達は何を行動を起こさせる考えの基準にしていると思う？」なんて聞こうかと思ったけど、でもそんなの自分たちだってたぶんわかってないのに、他人のことなんてわかるわけないだろ。だから俺は個人にしぼってみることにした。

「あの自分たちの隣の人いるじゃん。うろうろして、寝て、を繰り返している人」

「ああ、うん。ちょっと変わった感じがある人だね」

「あの人はさぁ、どういう考えを持ってああいうことをしているんだろう」

「うーん、わっかんねぇ」

「俺もいまいちわかんないんだけど」

実はちょっと前にその人がうろうろと自分たちの前を歩いて行ったんだよ。それとなんだかさ、話してると流れみたいのがあって、よくわからないけど自分の中の地雷みたいなものが出てくるときがあるんだよ。それで、そういうのって何かを攻撃したくなったりするわけだ。俺としては個人を中傷するのは極力避けるんだけどね。

「こういう外界というか陸地から切り離されて、閉ざされた環境って人の精神状態に影響を及ぼすことがあると思うんだよ。なんの娯楽もなくて、一カ所に初対面の人達がいきなり寝泊まりをすることになるとか。考え方によっては牢獄とまったく同じなわけだ。風呂もないし、正直それほどきれいってわけでもないから感動みたいなものもあるわけじゃないしさ」

「料金も高いしね」

そう言ったときのりゅう君の顔は酷く疲れた別人みたいだった。これも不思議なことかもしれないんだけど、地雷みたいなのって出るときはみんな一緒に出るんだよね。俺は顔を背けて「そうそう」と言いながらもまだ根に持ってたのか、と思った。この流れで船会社へのクレームになるかもしれないと思ったけど、俺としてはそれをしてなんの意味があるのかわからなかったから、頭の片隅に入れつつ自分の話を続けようと思った。でもなんだろう、自分の話がまとまってない場合って、なんとなくまとまってるような話の流れに行っちゃうんだよね。

「これじゃ客が減るのはわかりきってるのにね。それで元を取るために料金を上げるとかさ。でもこれじゃ悪循環だよ。それとも貨物がメインで乗客はついでなのかな。最初乗ったのはきれいでサービスとかもこっちよりいいし、安いしで好循環間違いなしだ」

「なるほど、そうだね」

とりゅう君はいつもの落ち着いた様子で、考えながら言った。俺はでも地理的な要因とかでここを使う用途が限られている場合は、多少のサービスの不行き届きもカバーされるのかな、とか少し思いを巡らしたが、そんなことはデータや長年の船長の意見とかでもない限りわかるわけなかった。とりあえずこの話はここで十分だ。

「それでさ、聞いた話なんだけど、囚人は長い間牢獄にいると考える力がなくなっちゃうらしいんだ。毎日決まり切ったことをずっとやってるから。それに絶対的な力と言えるくらいの国家権力にずっと服従してるわけだからね」

「うん」

「でもここは考え方によっては牢獄っぽいかもしれないんだけど、国家権力みたいな命令するものはないわけだ」俺はアメリカに短期留学したときの、同じ寮で同じ階の部屋にいたアブデュアラを思い出した。彼は東南アジアの方の砂漠の小さな国から来ていて、もう何年かこの大学の寮にいて、故郷に帰りたいと言った。ここは牢獄みたいだって。俺としては運がよかったのかなんなのかはわからないけど、めちゃくちゃいい人達との出会いばっかりだったな。でもやっぱり何年もいると、帰りたくなるのかな。でもさ、俺はあんまり場所って関係ないんじゃないかと思うんだよ。そりゃあやっぱり自分の家、自分の国ってのはやっぱり何かしら特別なものがあると思うんだよ。けどさ、それでもやっぱり何年、何十年っていたら、やっぱりちょっと出たくもなるんじゃないかな。それが何でなのかは、まだよくわからないんだけどね。

「牢獄みたいな中で、命令するものがなくて自由にしていいよってなったのが今のここみたいな状態だと思うんだよ」

「ああ」

とりゅう君は落ち着いた様子で相づちを打った。こいつは何を言い出すんだろうって思っている様子にも見える。でもなぜかりゅう君はこういう状況に対しては全然平気なんだよ。

「それでさ、俺が思うに、こういう状況だと大抵の人は何をどうしていいのかわからなくなるんじゃないかな。食うことは別にしてね。しかも狭いところに閉じ込められてたら、共食いでもし始めるんじゃないかと俺としては心配するわけだ。ゾンビみたいに」

「あー、だからあの人ゾンビみたいになっちゃったのか」

そうりゅう君が顔を背けて言って、俺はジョークと受け取って笑った。地雷が交じったような残虐な比喩だけど、りゅう君としては話を切り上げたかったんじゃないかな。

「しかも相当ボロ船で悪条件がそろってるからね」

俺としてもきついジョークで合わせて、話を流そうと思った。りゅう君は「はは、たしかに」と笑って言った。こうやって一連の話をちゃんと聞いて反応してもらえるだけでも、ありがたいんだよ。それにしても、話の流れからしたら、どこに行っても世の中牢獄と同じか、それかゾンビみたいになるかのどっちかしかないわけだ。英雄気取りの人って結局は命令者に似たようなもんだからさ。直接的ではないにしても、もっとねちっこいやり方をするんだけどさ。もしかしたら自由よりも牢獄の方がマシなんじゃないかな。それだと矛盾してるようだけど、社会生活者よりも犯罪者の方がマシってことになるわけだけどさ。結局どっちもそんなに変わらないんだよ。でもさ、俺はこの一応筋を通した話が自分で、まありゅう君も一緒にだけど、考えて他に道はないように思えるんだけど、でも理屈じゃないんだけど、それは正しくないって、今この瞬間でも思うんだ。こうやって船に乗って海を眺めて、みんな違った服を着て、自由に話して。なんて言うのかな、物事ってのはなんでも、とり方によって牢獄になるか、自由みたいになるか、自分で決めることのような気がするんだよな。

それからお互いちょっと黙っていて、俺としてはぼんやりと海を眺めたりしていた。それからジュースでも飲まない、とりゅう君が言って、俺はいい考えだね、と言った。それで自販機で買って、また腰を下ろしてジュースを飲みながら雑談したりしていた。俺としてはぼんやりと、それでいてまったりととろけたようにリラックスしていた。と言うのも社会も牢獄も変わりないのなら、こうやって牢獄の中でジュースを飲んで好きにしていられる自分の身分を思うと、なんだか、偉い、というわけではないけど、なんだか特権階級のような気分になるわけだ。特権階級の気分がどんなだかはわかってるわけではないんだけどね。でもこういう特権階級みたいな身分ってのはさ、うまく言葉にできないんだけど、なんというか目を付けられやすいんだよ。しかも大体悪い意味においてしかないんだ。これも不思議なんだけどさ、しかもこういう気分でいる人間に周りは気づくんだよ。おや、なんか違うな、って感じでね。子どもの頃はみんな少しはそういうものがあると思うんだけど、クソったれどもはそういうのを見ると注意するか怒鳴るか暴力を振るうかのどれかなんだよな。もし今の俺が５才児くらいだったら、りゅう君以外の人達はそうすると思うな。でも微妙に酔っぱらったような感じなんだよ。トランス状態みたいな感じ。それでこうやって見てるとさ、20代くらいの人も50代くらいの人も、見るとぴくっとしてさ、こっちをチラッと見たりするわけだよ。りゅう君も俺がなんかちょっと変わった状態にあるってのを気づいてると思うな。でもりゅう君は話を聞いていた時みたいな落ち着いた感じなんだよ。こいつは何をやり出すんだろう、みたいな感じで。そうやっているとまたあのうろうろしている人が自分たちの前辺りを歩いていたりするわけだ。俺はなんか引き寄せたりするのかな、と思い、たぶん食いついてくるだろう、って思った。その人もやっぱりなんか気づいたような気がする。不思議なんだけどね。心の一部みたいなものがわかるんだよ。それでその人は何だか一瞬正気に戻ったような気がしたんだよ。俺としては。その人は部屋の方へ一瞬姿を消して、そして自分たちの方に来て、前に座った。直接来るよりは、一旦姿を消して、少しでも偶然みたいなのを装いたかったんじゃないかな。その人はちょっとの間俯いて、それから顔を上げると出し抜けに「俺今まで沖縄にいたんだよ」と言った。たぶん普通だったら、まあ普通の人だったら、って話だけど、こんな感じになると多少はびっくりするものだと思う。俺としてもなんとなくそういうふうに感じる部分がどこかにちょっとあったけど、でも俺はなんだかこういうのが普通に思えたし、こういう形になる以外に道はなかったと思う。だから俺はこれでいいんだ、って思った。俺とりゅう君はいかにも落ち着いた様子で「へえ」とこたえた。特に問題はありませんよ、って感じでね。でも俺はさっきまでの特権階級みたいなトランス状態みたいじゃなくなってた。普段の感じに戻ってた。なんでだろう。たぶんその人は好奇心と不安との両方を持っていたんだと思うんだよ。たぶんさ。それで俺が特権階級だかトランス状態だか、まあとにかく目を付けやすい状態にいて、もしかしたら王様か、20代のくせに5才児かみたいなことを試そうとしたんじゃないかと、今ならそう思う。それというのもさ、その人はまったくさっきまでとは別人のようになって話し始めたわけだ。けどそれは俺もそうなのかもしれない。やっぱり不思議なことかもしれないけど、こういうのって不思議とお互い合わせちゃうものがあるような気がするんだよね。まあなんというか、うまく表現できないんだけど、その人はまるで訪ねた家に上がり込んだ営業マンみたいな感じなんだよ。半袖半ズボンのみすぼらしいような格好なんだけどさ。でもそれはそれで、ある種の捉えがたい、万能的な感じでもあるように思えたんだよ。もし俺が王様みたいだったら、家来みたいにもなれるし、もし俺が5才児だったら、王様か暴君みたいにもなれる、みたいにね。こういうのってある種の世渡りの才能なんだろうけどさ、こんな分裂したように生きるのって、ものすごく辛いと思うんだよな。たぶんこの人はこういうことに苦しんでいて、それでなんとかしたいって思いがあるから、藁にでもすがる気持ちでこうやって話しかけてきたんじゃないかな。今思うと俺は家来みたいにはなるつもりはなかったけど、一瞬暴君みたいにはなりそうなものが、どこかの部分にあったたな。先に丸いものがついたような棒のレバーを、ガチャンと引くみたいに、車のスピードメーターが一気に時速１８０㎞くらいに跳ね上がるみたいなものがあった。地雷の導火線に火がつくみたいなものがね。それで俺が思ったことはさ、たぶんこの人もこんな感じになることがあるんじゃないかな、って思ったんだよ。けっこう年が離れている人にさ、こうやって自分から王様でも家来でもないどっちつかずでの人間関係を試してみたっていうのはさ。なんというか、自分たちはこの立場が逆転するような不安定な状況を知っていて、それをお互い調節し合いたいと思ってるんだよ。それで俺が暴君みたいなのを感じたのは、最初の方だけだった。たぶん最初の方はこの人はどちらかといえば家来みたいな方に傾いていていたんじゃないかな。それからその人の沖縄で過ごしていた話を聞きながら、お互い少しずつ丁度いいような具合になっていった。その人は沖縄で皿洗いのようなバイトをして稼いで暮らしていたらしい。それから沖縄は都会と比べて賃金が安いらしい。実家は東北の方で、実家に帰るらしい。俺は話を聞きながら考えていることはさ、ああでも、その前に俺はあんまり言葉だけを聞くってことはしていないんだよ。大体そういう言葉だけの会話ってすぐに忘れちゃうんだよな。それよりもその言葉の、なんていうのかな、途中途中の単語の一つだったりもするんだけど、その人の隠しているものを探しちゃうんだよ。だからさ、俺はその人の話を聞いてて、沖縄って単語が出るときのその人のちょっとした緊張した様子から、と言っても、たぶん普通の人なら全然気づかなくて至って普通に見えるだろうけどさ、何か怖い思いがあるんじゃないかと、俺としてはちょっと推察したわけだ。でもこれは俺の勝手なでっち上げかもしれないんだ。沖縄って観光地とかテレビでの印象で日の当たったいいところみたいな感じがあるかもしれないいんだけど、まあそれだけならいいんだけど、いざそこで毎日生活してみるとなるとさ、事情はけっこう違うんじゃないかな、と思うわけだ。なんというか、うまく言葉にはできないんだけどね。それでもこうやって話を聞いててちょっと思うのは、目を付けられやすい、みたいな感じなのかな。勝手な推察だけどさ、この人が俺に話しかけてきたのは、そういうのもあるんじゃないかと思うんだよ。俺は目を付けられやすい感じでいて、この人も目を付けられやすい感じでいて、それで怖い目にあった。それで同じような感じの人がいたから、自分がやられたのに似た感じの状況を俺に試してみようと思ったんじゃないかな。完璧同じってわけじゃないだろうけどさ。それでもし俺がその怖い思いをしたときと同じような状況で怖い思いをしなければ、その人としては、こうすればいいのか、みたいなことを学べるんじゃないかと、俺としては思ったわけだ。だからその人は話してるうちにちょっとずつ、なんというか、暴君とはちょっと違うんだけど、その怖い状況の、もしかしたら怖い思いをさせられた相手の真似なのかもしれないけど、言葉口調とか雰囲気的なもので、そんな感じのものをこっちにちらつかせてくるわけだ。俺としては直観的なものなんだけど、こういうとこに人間の一番奥深い、道を誤ったら取り返しのつかないことになりかねないものがあるんじゃないかと、思うわけだ。逆に言えばここが人間の一番大事なことかもしれないんだ。なんていうのかな、ここで俺がそのちらつかせられたものに反応して、何か言葉か態度にあらわしちまったら、必ずどっちかは何かを失わなければならない結果になるってのが、俺としてはなんとなくわかるんだよ。仮に片方に勝利という名前をつけたって、それは敗北とどこか違うところがあるとも思えないんだ。だから俺としてはさ、こういうものを理解して、ちょっと笑うくらいで話を流して聞いてたんだ。まあ世の中の大抵の人はこういうのでケンカになって、ろくでもないことになるんだろうな、って思うよ。でもりゅう君はちょっと違うな。俺よりも一際大きな笑いで、聞き流していたよ。それからその人はしばらく話して、あんまし自分たちが乗ってくるってことはないんだってことを察したんじゃないかな。俺としては沖縄で何か怖いことでもあったんですか、って聞きたいと思ったけど、こういうことって聞くもんじゃないよね。相手だってこういうことって聞かれたいとも思っていないんだよ。まあとにかく、話が始まったのと同じような感じで、と言ってもしょうがないと思う。と言うのはこれ以上いい終わり方はないんじゃないかと今でも思うから。他の選択肢だったらわるくなることはあっただろうね。その人はまた俯いて、出し抜けにその場を離れた。それからちょっと正気に戻ったような感じは、よくわからないけど顔つきから、あったような気がした。またそこら辺を歩いてたりしてたんだよ。目の片隅で自分たちを見てたと思うな。自分をばかにしたような話や態度をとってるんじゃないかと心配していたんじゃないかな。俺は人とのまともな会話ってのは、こういうところにもあると思うんだよ。つまりちょっとずれたようなことを人前で誰かがしちゃってさ、そのあと、つまりある意味弱味みたいなのを握られた相手も握った相手も、それに基づいた何かが、表情とか態度とか言動に表れるんだよな。でもそういうのって、誰でもしっかり見て聞いてわかっちゃったりするもんなんだよ。これも不思議なんだけどさ。でもこういうところの会話の方が、さっきのこの人の会話に乗っかっちまった場合のろくでもない会話よりも、百万倍は重みや価値があると思うんだよな。たぶん本当は誰だって知ってるんだよ。だから俺とりゅう君としてはさ、そんなことは気にしてませんよ、と言うのかな、なんというか、そんなことでいつもの自分を崩したりしませんよ、みたいな感じで、もうさっきの話はほとんどなかったような、雰囲気的にはそんな感じだった。まあさっきの話があったってことは忘れはしないんだけどね。でもそういうろくでもないようなネタで盛り上がろうって気は、自分たちにはさらさらないんだよ。少なくとも俺にはね。

それから俺とりゅう君は夕食前にちょっと酒を飲んだ。でも俺は全然酔った気はなかったな。なんだか考えているようでもあるんだけど、でも別に考えてるつもりは全然なかった。まあ無意識とかって言ったりするのかな。無意識を意識するみたいな、矛盾したことに思いを届かせようとしていたのかもしれない。本人の普段意識しているってことなんてのは、莫大な量の、まあ情報みたいなことや感情や想いだったりするのかもしれないけど、ほんの、ちょっとしかないんだ。だからさ、ぼーっとしてるようなことや、ゆっくり寝たりするってことは大事なんだよ。普段あくせくしてることなんかよりもね。それというのも、そのとんでもない莫大な量がある部分を調節して、普段意識できるところで意識できるようにしている働きが、そういう何もしていないようなところで為されているからなんだ。だから俺は、座るのにもなんだか疲れてきたような気がして、それから大体はずっと、横になっていた。こういうことが大事だってことは、なんとなくは、いやほとんど確信じみてわかっていることなんだけどさ、でもやっぱりちょっと意識することとしては、自分になんの意味もないような気がしてくるんだ。小説家の太宰治が、人間失格の小説の最後で、ただいっさいは過ぎていきます、って言っていて、なんだかそんな気分のような気がした。次の日の朝になっても、そんな感じは続いた。結局さ、この場面この状況じゃ、俺には何もできないってことさ。みんなで一緒で楽しくやるってことを目的としてだね。この状況をぶち壊して、例えばプロレスみたいなことをやろうぜってやる気を出して言い出せば、たぶん乗ってくる人がいるってのはなんとなくわかる。けどそうやって乗り出してきた人同士でそういうことをやるとさ、底抜けにろくでもない大騒ぎをすることが目に見えるんだよね。そういうのに乗りたくない人の神経に突き刺さるような騒ぎ方をすると思うんだよ。というよりこんな正方形の閉ざされた場所じゃ、避けようもないんだな。それで何人かはこの部屋を出て行くんだけどさ、このろくでもないばか騒ぎは自分たちを食い合うろくでもなさにはたぶんどっかでうんざりしてるんだけど、それを止めることができるとは思わないんだよ。というより、このばか騒ぎはほとんど底抜けだからさ、止めたいとも思わないんじゃないかな。それでこのばか騒ぎしている連中は、不思議と確実と言っていいほどの奇妙な、ある意味気持ち悪い連帯感みたいなもので結び付けられて、出てった人達を覚えているんだよ。ばか騒ぎの乗りのわるい人達のこともね。それで自分たちを食い合う代わりに、その逃げてった人達や乗りのわるい人達に食いかかるんだよね。自分たちと同じにしようと、とでも言うのかな、この奥底みたいなのはいまいち言葉にして説明しづらいんだ。ただゾンビみたいになって、考える力がなくなっちまっているってのは確かなんだ。でもこういうのって腕力的なことと思われがちなんだけどさ、話し合いの場でもばか騒ぎをしたがるってのは似たようなものなんだ。そして自分たちの色に染めようとする点も一緒なんだ。だからこうやって腐ったみたいにじっとしているのが、今の俺にとって最善なわけ。けどこれが最善だという考えに、俺は耐えられるのか疑問に思う。それにこれが本当に最善なのかも、俺のどこかが違うんじゃないか、と言っていた。もっと最善と言うにはマシな方法があるのではないかと。けどそれが俺にはわからなかった。今は朝日や海を見ても、前は驚くほど感動した景色と同じものを見ているというのに、ほとんど心を動かされなかった。ただ、いっさいは過ぎていきます、という感じだ。

昼頃になると、外はものすごい風が吹いているのが、音でわかる。船の振動なのか、風の振動なのかはわからない気がした。母親からのメールで、千葉県沖の北東部に暴風警報が出ている、とのことだ。最後にまた一騒動ありそうな予感だな。外に出るのは自殺行為のような気がしたが、そもそも動く気にすらならない。窓から見える空の色は青く、日が白く輝いていて、室内はあたたかく快適だ。何も心配するものはなく、心は至って平穏。もう、あと数時間で陸地に着く。室内にいる人は、どこか落ち着いて安心しきっているように、思えた。みんな誰もが、ここにいる誰かに心を奪われる、というような、心配はしていない。ただ、俺にはそれが、嬉しいような淋しいような。しかしそれすらわからない。この人達はもう思い思いの、陸地に対しての喜びのようなものを、見出しているような、そんな気さえした。今の俺の心境とは、恐ろしく違いがあるだろう。りゅう君は隣にいない。どっかに行ってる。しかしお互い、もうそんなことは気に留めていない。隣の30代くらいのあの人も、今や自分たちとは、何もなかったようだ。

そのまま数時間が過ぎた。風は一向に吹き止まず、むしろ、暴力的に、激しくなっているような気さえする。母からのメールで、こちらは突風が吹いています、電車も止まっているのがあるようです、運転気をつけてください。とのことだ。それと今日は帰ってくるのか、泊まるのか、と聞かれたので、陸地に着いてから考える、とこたえた。それから、船内放送で、理由は言われなかったのでわからないが、到着が少し遅れる、とのことだ。ちょっと、どよめきがあったが、大したことはなかった。

もう陸地が見え、お台場のにぎやかそうな感じが、少しずつ、近づいてくる。船の振動が、沖を走っていたときとは異なり、沿岸に停泊するための、小刻みにぶるぶると震えるような、何かを予感させるような振動に変わり始めた。俺はじれったい気持ちで、永遠に着くことはないんじゃないかと、なぜか心配した。

旅の回想録　２月23日㈯

帰路（途中まで）

久しぶりの再会は、暴力的とも言えるような風だ。もう以前の自分とは違ってしまっているとき、以前の場所は、今の自分にとって、決して快い場所ではないだろう。それでも、それは逃れられない運命として、立ち向かうしかないのだ。

風は荒れ狂ったように、波しぶきを立て、ゴミやビニール袋を吹き飛ばし、砂埃を巻き上げ、多少なりとも、東京の景色を変えていた。海は眠り込んでいた化け物が起き出す直前のように、何かが蠢いているようであった。何だか俺は死にかけるようなことが身に起こるんじゃないかと心配したが、何が起ころうと不安になることはないと、なぜか確信していた。チャリとともに船を降りた自分たちは、あまり話もせず、りゅう君を先頭にして走り出した。風はどちらかと言えば横風のように感じられるが、ほとんど縦横無尽に吹き荒んでいた。なぜか俺はこの荒れ狂う風とその景色をぼんやりと眺めていて、そのせいでりゅう君との距離がかなり開いてしまった。チャリをこぐ力み具合のせいだろうか。なんだか俺は一生追いつけないような気がしたし、追いつきたいと思っているのかどうかも、よくわからなくなった。走りながら、もしかしたら息を吸いながらかもしれないが、以前当たり前と思っていたことが、どんどん消えていくような気がした。道沿いに乾燥した地面に少しの植物が生えていて、風が吹き荒ぶ様子は、砂漠のようだと思った。どうにも力が入らない。と言うより入れる理由が……。車の交通量は多く、少し先のT字路で、りゅう君が止まっている。その間にぐっと距離を縮めた。俺はいっそのことこの近くで泊まるという選択肢も考えてみた。りゅう君とこのことについて、まだ話もしていなかった。それでも、別に話しかけづらい、というわけではないのだが、以前の自分とは違った何かがあって、その違和感のようなものが、異様な形をとって、自分の中に芽生え始めていた。

泊まるかどうかを聞いたのは、ある程度街中に入ってきてからだ。ビルが視界を覆うようにして立ち並び、風はごうごうびゅうびゅうと唸りを上げている。この帰路が真夜中まで続くことは明らかだし、この風と一緒に、真夜中をチャリで走る可能性は考えられた。それに何らかの危険性だってないとは限らない。信号待ちをしているとき、俺はこの状況を何気なく話して、りゅう君に泊まる考えはあるのかを聞いてみた。返事は意外と呆気なく、「いや、いいかな」とりゅう君は言った。目つきが、どこか変なものを見るような目だった。しばらくまともに話していなかったせいかな、と思ったが、よくわからない。それともりゅう君にとっては、こんな風はそよ風みたいなものなのかもしれないね。とりあえず俺は母親に泊まらないで帰ることと、着くのは明日の朝くらいだってことを伝えた。朝までかかるとは思わないが、そう言っとけば間違いないだろう。それにしても、この風はいったいなんなんだろう？

　俺は呆れるくらい途方もなく、誰も正確な答えなど持ち合わせることがないであろう質問を自分にしてみた。こんなことをまともに考えようとするなんて、頭が少しずれてしまっている証拠だ。太陽光の熱エネルギーによる海や川の水分の蒸発による上昇気流だ。と一般的な頭なら言うかもしれない。他にも色々な説明の仕方はあるだろうが、だからってさ、この状況でそんなことを言われたって、納得できるわけないだろう。例えば暗闇の中、雷鳴が轟きまくっている中、子どもたちが怖がっていて、雲の中にある水のプラス電荷とマイナス電荷がどうこう説明したって、その恐怖が消えるわけではないのと一緒のような気がする。これらはすべて偶然の産物だ。というのが次に出る答えだ。それはちょっと納得しそうな答えなんだけど、でもそれってなんか一種の諦めみたいな気がするんだよな。そもそもそれって答えなのかどうかすら疑問を持ってしまうんだよ。と言うより人間的な、とでも言うのかな。その答えって、なんだかとても、無機質的な気がするんだよな。それでその無機質的なものって、悪意や憎悪みたいなものが隠れていて、結局まあ、同じことの繰り返しみたいなことになると思うんだよな。そんなことはたぶん何万年も前から一つの答えとして存在していて、それで万事が片づいたら誰も悩みなんかしないし、人間の存在に意味なんてないと満足して、あっさり絶滅しちゃってたんじゃないかな。けどこの風への問いは、この風を掴むくらい手の付けようがない。それでも、あと何年かしたらきっとわかる。かもしれない。なぜだろう。なぜかそういう予感めいたものがあったんだ。

日が暮れて、辺りは真っ暗に闇に包まれても、風は吹き続けていた。なんていうのかな。俺はもう何一つとして、正しいことだとか、真理や真実みたいなものがわからなくなっていた。たぶん荒川に架かっている橋の上を走っているときだけど、川は真っ暗で、引きずり込まれるような気がした。俺自身、チャリを止めて、川の方におりて行きたくなったくらいだ。なんだか風に意志みたいなのがあって、いつ川の方に投げ飛ばされても、車の方に投げ飛ばされても、おかしくない気がした。自分の人生や命なんてのはなんでもなくて、どれだけ抵抗しようとしても、ほんのちょっと気を抜いたときに、いつでも消えるっていうのは、非現実的に聞こえるが、それは本当に確かなことであり、なぜかそれこそ真っ当なことだった。俺はこの橋を渡りきるまでは絶対に気を抜かないと、心に誓った。前を走っていたりゅう君だけが、見えないロープのようなもので、自分をこの世に繋いでいた。橋を渡りきったとき、俺はりゅう君に感謝の意を伝えようと思ったが、本人としては意味がわからないことだろう。それに闇が、まだこれで終わりじゃないぜ、と言ったような気がした。

自分でも、なんでこんな考えになっているのかわからない。恐ろしく狭小で矮小な考えのような気がするんだけど、これ以上ない広大無辺のような気もする。ただ広がっているのは暗黒だけ。もしりゅう君が前にいなかったら、俺は一歩たりとも前に進めなかったろう。そう思うと、もしりゅう君がいなかったら、俺はどこかの川縁か、田園地帯の草の上で、一晩中膝を抱えて、朝が来るのを待ってたはずだ。ただその場合、正気を保っていられるかは、難しいところだ。何しろやたら寒くて、動いているからいいものの、動けなくなったとき、その自分を支えてくれるものは、思いつかない。だから、考えたくなかったのか、考えることができなかったのか、一人になったときのことを。

正直、ほとんど何も考えていなかった。ただ、りゅう君と別れた後どうなるのかなぁ、と思った。お互い、家に着いたら一応メールをしたり、日が経てばたまに会って酒を飲んだりするだろう。その時少しはこの旅の話題を話し合ったりすることがあると思う。

今の俺には、小学校、中学校の友達や知り合いと連絡を取り合うことがまったくない。高校の友達とは、年に一回会うか会わないかだ。大学の友達はりゅう君だけと言ってもいいくらいだ。りゅう君の彼女と三人とでは、とても楽しく過ごせた。自分の彼女とは、ケンカが多いけど、それなりに充実している。でも女性とは、今の俺には乗り越えられない壁がある。この暗黒みたいに。女性の淋しさの奥深さは、この暗黒みたいに底がない。どんなに人や物を所有し尽くしたとしても、この暗黒を満たし尽くす術が俺にはわからない。俺は大学の女の先生達を思い浮かべてみた。天使のように思える人もいれば、鬼のように思える人もいる。どちらにしても、自分の思考を働かしている女性は素敵だ。その思考によって多数の人に影響を与えている。それでも、まだ何かが足りないのは明白だ。女性とは、常に何かが足りない生き物として生まれ落ちたのではないだろうか。そして男性は、その足りない部分によって引きずり回されながら生きるしかないのだろうか。男がみんなゲイになればいいってわけでもないだろうし、現実的にも不可能だろう。それでも、その女性に何度救われたことだろう。女性は生きる希望であり救いだ。そう思わせられることも多々ある。天国と地獄を兼ね備えている。それとも、生きることが天国と地獄なのか。俺の思索は今のところこれが限界だ。わけのわからないことでも、自分を支える思考がなければ生きていけない。りゅう君と別れた後、この思索が先に進むかもしれないな。

夜の9時半頃、彼女から〝どうして私にメールするの?〟と来たよ。彼女がずっとつんつんした様子だったから、俺は笑った顔の絵文字付きで、今から家に向かいます、とかを送っていたんだ。正直どこをどう走っているかなんて真っ暗でまったくわからなかった。ただひたすら国道6号を真っ直ぐ走っていた。けどもう茨城には帰ってきていた。りゅう君には何かが乗り移ったみたいに走り続けていたから、泣き言ばかりを言っていた最初とは進むペースが全然違った。俺はこのメールで心中、安心と不安が掻き立てられるような気がしたよ。なぜだろうね。この暗い空みたいに静かな心だったのに、今はザワザワと、何かが渦巻くような。しかしそれでいて、そこには渦巻くものが外に花開くように、歓喜と甘い蜜と香りがあり、他方では絶望と虚無の迷宮の入口に入っていく自分自身の姿が、目に見えるようだった。俺は嬉しさと失望を抱えて、りゅう君と別れるまではメールはほっておこうと思った。人間ての は嬉しさや喜びを甘受することは当然のように思い、失望はより大きく受け取るものだ、という言葉をどこかで聞いたことがある。だとしたら人間は破滅して然るべき生き物だ。明らかに負の連鎖に陥ることは明白だ。善く生きるということは、これを常にプラスにして生きることなのかもしれない。だとしたら、人生とはまさに試練そのものだ。それでもこのメールは、なぜか俺に先に進む希望のようなものを与えてくれた。なにかの変な薬物のようだ。あとで何かしらのしっぺ返しが来るだろう。10の喜びを得るために、１００の苦しみを味わわなければならない。それはもう覚悟しなければならないのだ。むしろそう思っていた方が気が楽だ。

それにしても、死刑囚は何を楽しみにして日々を生きるのだろう。日々一日と死刑に向かって、一日一日が、いや一瞬一瞬が、穴の空いたスプーンで桶に水を入れるようなものなのではないだろうか。今俺がこうやって走っていることだって、そうじゃないと誰が言い切れる？

まずいね。考えがよくない方に行っている気がする。考えてよくないことは、考えない方がいい。それから俺は、暗闇に浮かぶ景色を眺めていた。夜や暗闇を恐れる気持ちはまったくなく、森や木は濃い影をつくっていて、何かを区別する基準が影にはなく、今は一つの、生命とはまた別の一つの何かになっているように思われ、それ以外の空や空間は、どことなく白く明るく感じられ、とても親しげに思われた。長い間夜の暗闇で動いていれば、それはきっと、昼のように親しくなれるのだ。やはり人間はなんにでも慣れるのだろう。狼に育てられたにしても、死刑囚にしても、俺やホームレスにしたって、それほど違いはないのだ。

旅の回想録　２月23日・24日(日)

一人になって

途中、りゅう君が「ラーメン食べない？」と言った。俺はよく意味がつかめず「ああ、うん、いいと思うよ」とぎこちなくこたえた。こんな夜遅くにやっているのかな、と俺は疑問に思った。もう夜の11時を過ぎている。俺の考えを見越してか「少し先に、うまいラーメン屋があるんだよ。その店夜遅くまでやってる」とりゅう君が付け足した。俺は相変わらずか、まったく食欲がなく、むしろ否定的な気持ちすらあり、本当はどこかどうでもいいことはわかっているのだが、金を節約したいな、と思った。それでも俺はちょっと話をしたい気分になり、「そこで食べたことあるの？」と聞いた。りゅう君は「前に父親と行って食べたけど、うまかった」と言った。そして少し進むと、闇夜にぴかぴかと、いかにもあたたかそうな電灯が輝き、お伽噺に出てきそうなワンシーンが見えた。りゅう君は「あれだよ」と言った。小さな店で、遠くから見たら屋台のように思えた。俺は「なんとなくうまそうな雰囲気を出してる店だね」と言った。期待が膨らむように近づいていったが、しかし近づくにつれて、かなりの人だかりができているのが見えてきた。並んでいるのだろうか、ゆうに10人くらいの男の人がいて、それはきちんと並んでいるようには見えず、むしろ酔っぱらいが騒いでいる様子だ。それなりにあたたかそうではあるのだが、俺にはお伽噺の中に出てくる魑魅魍魎に思われ、何か不気味な予感を覚えた。「うーん、どうしよっか？」とりゅう君はそれを見て言った。俺は嫌な気がしたが、「まかせるよ」と言った。俺はこれで食べることになったら、たぶん後悔するような気がした。それにここで時間を食うよりは、早く帰った方が得な気がした。りゅう君はちょっと考えて「いっか」と言った。それでもどこか名残惜しい様子が、言葉にはあった。そこを通り過ぎるとき、たしかに騒いでいるのは酔っぱらいの男の人達だった。俺はそれを見て、なぜかいい気持ちはしなかった。ものすごい異なった世界に思われ、あんなにあたたかそうな明かりの中にいる人達なのに、見ていて寒気を覚えた。

それから、走って、走って、走り続けた。もうすぐ石岡駅が近づいているってのがわかる毎に、泥の中を走るように、疲れが出てくるのが感じられた。それとも、お互いの別れに対しての、何かが、あったのかもしれない。最初とは違った道を通って、石岡駅へと行った。深夜の商店街は閑散としていて、白い洒落た電球が、道に沿って長々と続いている。りゅう君は最初こっちの道を通ってきたとのことだ。俺はどうやったらこの道を通って、最初のこんがらがった様子になったのか、まったく想像できなかった。

何でもそうかもしれないけど、別れる時ってのは難しいね。お互い別れを惜しんでぐだぐだとくだらない時間を過ごすのは好きじゃないし、べたべたと粘り着くような、ある種の強迫まがいの別れの挨拶をお互い強要し合って、せっかくの大切な時間を過ごし合ってきていたのに、最後の最後にお互いを憎み合うことになりかねないんだから。しかもこれほどの旅をしてきたたった一人の友との別れなんだから。俺とりゅう君は、石岡駅を目の前にして、ぎこちなく適当なことを話した。ちょっと言葉を間違えたら、さっき言ったろくでもないことに、すぐにでもなりそうだった。「とりあえず、着いたらお互いメールするってことで」とりゅう君が言い、俺は「そうだね」と言った。それからりゅう君はなんだかひどく疲れたような顔でもあり、悲愴な様子の顔をして、「あとで連絡しよう」と言った。たぶんとても、なんというか、強い決意のようなものがこの一言には必要だったのだろうと、俺は思った。「うん、連絡するよ」と俺は言った。なんだか言葉だけからすると、俺の方が偉そうな気がしてしまったが、でもこれ以上最善の終わり方はなかったと思う。りゅう君としても、言いたくもなかったのだろうが、なんとかうまい終わり方を探してのことだったのだろう。それからりゅう君は、すごい速さで自転車をこいで、すぐに見えなくなってしまった。俺はちょっとの間ぼんやりとその後を見ながら、俺は別れの時、どんな顔をしていたのかな、と思った。自分の心情としては、たぶんいつも通りのような気がするが、実際どうだったのかは、確かめようがない。

それから俺はゆっくりとチャリを走らせ始め、暗闇に目が慣れたためか、道路や壁が濃い影として一体となり、それとは別の、薄ぼんやりと白みがかったように見える、空と雲であり、先へとつづく空間を眺めた。俺は一番最初に通った、もと来た道を戻ろうと思い、暗く佇んでいるバスステーションを見て、そこを通り過ぎた。そこからゆるい坂を上り、最初の石岡駅への目印とした、宝島の看板を薄暗がりの中で目にした。広々とした国道は、深夜という時間帯を表現するには一番わかりやすい場所のように思われた。俺はなぜだか、ちょっと身震いしたが、あまりの誰もいなさに清々しさも感じられた。しかしその清々しさは、真夏日に浮かび上がる濃い影のように、背後に潜む息苦しさのようなものも感じられた。俺はチャリを進めながら、彼女へのメールを考えた。〝どうして私にメールするの?〟と言われてもね。大体彼女は俺が話をまとめようとすると、こうやって根底を覆そうとするようなことを言い出すんだよ。だから俺はある程度はほっておいたほうがいいと思うんだ。それに俺は、今、なんだか、すべてがどうでもいいような気分になりかかっていた。だからかもしれないけど、〝メールしない方が良ければメールしないよ〟と俺は送った。それから俺はなぜか溜息をついて、チャリを進めた。それから、彼女から何かが噴出したような長々としたメールが来た。それでも俺は、これもまた俺が立ち向かう「何か」のように思って、一回ざっと読んだ。

〝岬はいつも私に選択することを求める。私の決定は私と岬の人生を左右するかもしれないのに、岬はその選択を私に任せる。そういうのが私は辛い。

岬は付き合ってようが付き合ってなかろうが、繋がってるって言ったけど、付き合ってるのと付き合ってないのはやっぱり違うと思う。例えば、10年連絡もとらなくても付き合ってるって言えるのかな？　付き合ってるのに、辛い時とか支えて欲しい時にただ一人で耐えるしかないのかな？　その人を思うだけで、いつも心と体が満たされるわけじゃないと思う。心の繋がりは、岬が作り上げた合理化だと思う。人間はそんなに強くない。心の繋がりだけじゃなくて、時には誰かに寄り掛かったりしていいんだと思う。

私は岬に踏み込めないなにかがあって、岬の踏み込めない私がある。岬はいつも私を一人にする。自分で向き合う事だけど、一緒に向き合ってくれない。岬はいつも俺は最大限に自分と向きあってるって言うけど、それは岬だけじゃない。どうしたら伝わるのかな……。

自分だけが、最大限に自分と向き合ってると思ってる岬と私は一緒に居たくないから。〟

読み終わって、それからもう一回読んでみた。まったく素晴らしい文章による表現と主張じゃないか。何より心理戦の主張というか、やり取りのための攻防みたいなのが相当強いんじゃないかな。一緒に居たい部分と居たくない部分の自分と相手ぎりぎりの葛藤のような部分が、かなりの精度でコントロールされているんだと俺は思うね。自分と付き合ってる彼女ながら天晴れですな。まあそれでも、最後の文章にはちょっと問題があるね。別に俺は自分だけが最大限に自分と向きあってるなんて思っていないし、そんなことを言った覚えもないな。自分と向きあって自殺する人や精神の病気になる人はいっぱいいて、その人たちが俺よりも向きあった結果そうなった可能性は否定できないから。ただ俺が自殺したり精神の病気にならないのは、何か運が良かっただけなのかもしれないし。かといって、今はそうだからって、後になって同じようなことにならないとも限らないから、その人たちより俺が自分と向きあってないっていうのも間違ってる可能性はあるね。結局人間みんな同じように自分と向きあってるし、みんな同じように努力して苦しんでいると俺は思うよ。だから彼女には、最後の部分以外を彼女の言うとおりだと肯定して、一緒に向き合う努力する旨を伝えて、最後の部分だけは違うとできるだけ印象に残らないように配慮してメールを送った。けど絶対この小さい部分が気に入らなくて、他に言った部分なんて気にしなくなるんだろうなぁと、俺は確信じみていて、ある意味確信犯的な要素があることは否定できないと思う。けどそこでどうしようって気が起きないんだから、そこがある意味ものごとの核心に迫るようなことなんだろうね。

でもどうしていいかわからない。前に進もうと、後ろに進もうと、そこにある違いや意味もわからず、どっちに進もうと、争いや面倒事だ。このままここに止まって、じっとしていればいいのかもしれないけど、止まった人間関係というのはわからない。何かしら、人間関係というのは動かずにはいられないと思う。俺は彼女からけっこうすぐにメールが返ってくると思ってた、けどもう何分も経ったのに返ってこない。それで彼女への意識は薄れていき、国道沿いの、24時間営業の外食店に意識が移っていた。特にお腹がすいていたというわけではないと思うのだが、なんとなく、食べてみようかな、という気になった。ちょっとした温かさには飢えていた、と思う。それで店に入り、出されたお茶を、両手で包んだ時の温かさは、生きてるって感じがした。それともそれは、自分の手の冷たさを感じたからなのかもしれない。温かさに生を感じるのか、冷たさに生を感じるのか、それすらも疑問だ。そもそも冬の深夜、24時間の全国チェーンの店で、生きてる感じを得られるなどとは、俺には想像できない。できる人間がいるとも思えない。むしろ強盗でも起こった方が、縁起でもないが生きてる感じがあるんじゃないかな。もし俺が銃でも突き付けられたら、俺は抵抗せず、両手を上げて、傍観者に徹底するだろう。犯人の怒声、緊張、店員の恐怖。俺は耳元で騒ぐ犯人をうるせえなぁと、しかめ面でもするかもしれない。レジには大した金はないだろうけど、それなりの金を俺の目の前で奪う犯人。俺はちょっとわけてくれよ、とでも冗談を言いたくなるかもしれないけど、もしそれが現実だったら、そんな冗談を受け入れる犯人の精神的な余裕なんてないだろう。黙ってろ、なんて言われて殴られるかもしれないから、そんな面倒事をわざわざする理由はないな。

こんなくだらないことを考えながら飯を食べていて、食べ終わった頃、携帯電話が震えていることに気づいた。彼女からで、電話に出ると、「岬は私と付き合ってくつもりがないんでしょ」とこっちが少し引くくらいの勢い、というか圧迫感を与えるような感じで話し始めて、俺は少し焦って、急いで店を出た。「そんなことないよ」と弁解し、男女関係のよくある光景のようだな、と客観的な視点が言った。俺としては何で急にこんな話になったのだろうと、話を聞きながら冷静に分析してみた。思うに、負けん気の強い彼女としては、俺にメールの間違いを指摘されたのが納得できなくて、何かしら自分の支配権のようなものを取り戻そうとしているのだろう。俺がりゅう君と２週間くらい彼女は自分をほっぽって行ってしまったことや、誕生日やクリスマスなどの今までの記念日に俺が大して意識していなかったことや、俺が就職のことなど考えて行動していないことなどを狡猾に指摘し、俺は同意して謝ったりしていた。そうやって俺が同意して立場が弱くなっていることがはっきりしてきた頃に、「私はもう嫌だから別れてもいいよね？」と言ってきた。俺は「任せるよ」と言おうかと思ったが、それではまた前と同じことの繰り返しだし、それに俺はなんだか、何かわけのわからないものがあるのがわかっているが、それに抵抗するのはもういいや、と思ったし、その抵抗する意味がなんなのかもわからなくなってきていたから、俺は「いいよ」と言った。彼女はどこか満足したような語気で「じゃあ別れたんだよね」と言ったので、俺は「そうだね」と言った。彼女は「あぁ、うん、じゃあ、こういうことは後でちゃんと話し合いたいんだけど」と言ったので、俺は「じゃあ、後で俺から電話するから、電話する前にメールするよ」と言うと、彼女は間をおいて、「うん、わかった」となぜか急に穏やかな声になり、電話を切った。

それから、俺はまた暗闇の中を走り始めた。それでも国道には、電灯や24時間営業の店があって、それほど暗いとは思わなかった。別れたという実感はよくわからず、どういう意味をあらわしているのか、とくに意味という意味に実感が持てない。ただ妙に溜息と、よくわからないやるせなさのようなものがあった。そうやって、ただなんとなく、しばらく走り続けた。それから、道路上に、鉾田方面を指した標識が見えてきた。正しい、というか、楽な道としては、来た時のように、このまま国道を真っ直ぐ行って、知っている辺りから、東に真っ直ぐ行くのが、楽というか安心な道だ。ここで曲がれば、北東に、まったくわからないごちゃごちゃした道を、それに文字通りどうなるかわからない真っ暗な道を、ほとんど勘で進むことになる。最後の最後で恐ろしいことになりかねない。地図上で確認したように、縦横で進むより直線の方が最短に見えるかもしれないが、実際地図上で見た直線上の道は、複雑に曲がりくねっていて、恐らく縦横で行く道より倍くらいかかる。それもわかっているのに、俺はただ国道の道に飽きたし、これからも飽きるだろうという理由だけで、俺はその道を曲がった。すぐに電灯のない真っ暗な道になり、しかもまったく見覚えのない道で、俺は不安になって戻ろうかと思い、後ろを振り返った。以前通ったことがあるだろうという、淡い期待を持って進んだ気持ちもあったからだ。この旅をスタートした時辺りにも、同じような気持ちを味わったのを思い出した。ただ今度は、どこをどう通っているのかわからない、だ。まったく知らない道に出て、一台の車が目の前を通り過ぎていった。車が進んだ方に同じように進んでいくと、道は大きくカーブしていて、その道を進むと、国道につながっていた。今ならまだ間に合うと思ったが、国道を走り去っていく何台かの車を見ると、急に嫌気のようなものを感じて、俺は道を引き返して、敢えて知らない道に入り、国道から離れるようにして、進んだ。

後悔はすぐにやってきた。自分がどこに向かっているのかも、これからどうなるかもわからない状況っていうのは、あんまり心地よい状況ではないね。冬の、風が吹く夜、一人、自転車で、真っ暗な田舎道を、進む。一面では畑の土が広がり、その他は林が広がっている。時刻は夜中の1時くらいで、朝まで5時間くらいある。ただ時間はあまり問題にならないような気がした。別に、飢えも寒さも、体力的にも問題はないのに、どうしてか、自分には問題だらけのような気がして、何をどうしていいのかすらわからなくなってくる。それに、もう一人だ。自分一人で行き先を決断しなければならない。正しい道となる標識も、情報も、りゅう君も、何もない。道が左右に分かれている。決める根拠は？ 鳥みたいに漠然とした方向感覚だ。鮭の回帰本能のようなものにも似ている。けど俺は鳥や鮭じゃない。鳥や鮭は確信と確実があるが、俺にはない。星だって見えないから、熟練の船乗りだって、この場合役立たずだ。親か誰かに連絡して、迎えに来てもらいたいと思ったが、それこそまったく理由のないことだ。説明のしようがない。足でも折ってれば話は別だろうが。そんなことのために足を折る理由もない。

どのくらいの時間が経ち、どのくらいの距離を進んだのだろう。目的地への距離は近くなったのか、それとも遠くなったのか。考えるだけ無駄なのはわかっているのに。それに考える度に、自分の選択した道は間違っているのではないか、という思いが強くなる。それにこの旅の意味、この2週間くらいの意味、けっこうな金を散財して、金を稼ぐことも勉強もせず、チャリをこいで宿泊してを繰り返した日々。俺にとってなんの意味があったのだろうか。何かを得たという実感、何かがわかったという実感。この2週間くらいの間に、本当に何か確かに意味のある実感というものが、種一粒ほどでもいいから何か得ただろうか。物質的な見返りなんぞはどうでもいいが、時と金を投資して失ったのは確かだ。ただ何かを投資して失ったからには、当然その分の何かが残ることが、法則的に理に適ったことだろう？

何かに投資して失敗したり、頑張って練習して試合に負けたとしても、それはそれで得るものはあるはずだ。失敗や負けだって、一つの報酬だ。それで俺は何を得た？　失敗や敗北ではない。じゃあ成功や勝利か？　悔しさ、喜び？

たしかに喜びはあった。それに苦しみも。じゃあこうやって喜んだり苦しんだりするのが意味なのか？　だとしたら世界はまさに完璧だ。完成されている。これ以上何も望むものはないってことか。すべての争いや悲惨な事件や戦争もまさに完璧だってわけだ。苦しみがあるから喜びがあるってわけだ、ははっ、くだらねぇ。それとも俺がまだまだガキで、物事の道理がわかってないってことだけなのかな。

とても惨めな気分で、りゅう君がいてくれればなぁ、と思った。りゅう君には鳥や鮭みたいな、ある種の本能的に、方向だけでなく、正しい選択をしてくれた。もし間違ったとしても、誰だって許すような人柄もある。俺としても、自分は正しい道を選んできたと思っているけど、俺の選択と決断は、いつも揉め事と敵をつくった。ただ敵も増えた分、味方も増えたってのはあると思う。ただ何で自分の選択と決断が、揉め事と敵をつくるのかがわからない。なぜ敢えて人が嫌な気持ちになるようなことをするのか。そういうことをする気持ちが、わからないわけではないのだが、そういうことを本気でして、謝ることもせず、お互い憎み合うことになることがわかっているのに、そんなことをしてなんの意味があるのか。くだらない声が、神がそういうふうにつくったのだ、と言った。そんなことは、俺には当てはまっても、りゅう君には当てはまらない。いや本当は俺も当てはまりたくはないんだけどね。

誰かが言わなきゃ、やらなきゃ、ってのを意識したわけでも、本当は正しいかどうかなんてのも考えたことはなかった。けどそれと同じくらいに、自分が間違ってるかどうかなんてのも考えていなかったし、間違っているとも思っていなかった。それに、行動に理由や意味を見出していたわけでもなかった。ただ、これまで自分が正しいと思って進んできた道は、本当に正しい意味や理由があるわけではなかった。それと同様に、敵対した人達が、間違っているわけでもなかった。そうなると、俺に残っているものはなんなのだ。

やれやれ、闇が液体化して、その中に浸かっているような気分だ。桜島の旅館を目指している時を思い出すな。ただ今はまったく、逃げ場一つない。少し意外かもしれないが、恐怖感といったものはまったくない。むしろ何かが襲ってきた方が、気が晴れるかもしれない。空間自体が流れているようで、それでいて、まったく静止しているようだ。なんだか変な霧の中にいるような気分でもある。そんな中、携帯電話が震えた。見ると時計は2時を過ぎていて、りゅう君からのメールだ。

〝ただいま帰宅しました　スゲー疲れた　岬はもう少しかかるかな。心折れないよう頑張って！〟

それに数分前に彼女からのメールもあった。

〝後で電話する時メールするってのは後日ってことですか？〟

それにこの文章の最後に、不思議な顔をした顔文字も付いている。俺はこれで闇に浸かっているような気分も変わるかな、と思ったが、俺の気分に変化はない。静まりかえった中、携帯電話の画面が、連続して光り続けているように見える。俺はりゅう君に、〝うん、心折れないように頑張るわ〟と送った。内心家に着いた羨ましさと、人ごとのように言いやがって、という気持ちもなきにしもあらずだが、実際石岡駅から家までは人ごとだからしょうがない。心折れないように、ってのは、いい意味でも嫌な意味でも、不思議と心に残る言葉だな。けどこの状況で、心折れたらどうなっちまうんだよ。ある意味折れようもない気もするが。けどりゅう君は、そのもしものことを、本気で心配しているような気もする。いつもながらりゅう君が、何を考えているのかはわからないんだけどね。そう思うと、りゅう君のメールは嬉しいような、この現状を予想できたのだとしたら、ひどく冷徹で情け容赦のない気もする。ただ自分たちの関係は、出会った時から、この冷徹さが暗黙のルールであったのだと思う。彼女には、〝とりあえず、後日ってことで〟と送った。もしかしたら、またメールが来るかな、と思い、胸が少し高鳴ったが、数十秒もしないうちに、また気分は静まりかえった。この景色を見ていれば、嫌でもそうなる気がした。あらゆる気力のようなものが、死に絶えている。そして死に絶えているのは俺の心だ。あらゆる希望という名の生命が、俺の中では死に絶えている。前後左右、それにあらゆる角度の斜めに進もうと、それは変わらない。俺には進むべき道など元からなかったのだ。

それでも俺は、なぜ進むのだ。進むべき道も、意味も、ないのに。それでも、俺の中のどこかに、俺の手の届かない光のようなものがある。食べ物の中のビタミンが見えないように、闇に分子のようなものがあるのなら、その分子の構成物質の小さな一つに、見えない光があるようなものだと思う。その見えない、よくわからない、俺の手の届かない何かが、俺の体を支え、目を輝かせ、一つの思考と意志として、それが自分の首を絞め、闇を呼び寄せるということもわかっていつつも、それを変化させる。死んではまた生まれ、か。

たしかに俺はもう死んでいるようなものだ。それでも生きている。死にながら生きているのか、生きながら死んでいるのか、そんなことはどうでもいいことだ。とにかく俺に思考や意志はあるが、そんなものとは関係無しに、道があって、その道を進むだけだ。そしてその道は、この道のように、どこにつながるかも、どこに向かうのかも、わからず、複雑で、冷たく、暗く、そして誰もいない、死に絶えているような道だ。このような道を進むということが、ただ一つ、俺にとって確かに、真理と言えること、だ。

そう思うと、気分は楽になった。まるで晴天の雲から太陽が顔を出したときのように、目を細める陽が射し込み、一種の緊張が胸を膨らまし、吸い込んだ空気が気分を健康的な恍惚感で一瞬を満たした。けど少し経つと、俺は後々発狂しないかな、と少し心配になった。

　どれくらい進んだのだろう、時計は３時を過ぎたが、一向に何もわからない。ただ何だか俺には、俺が手にした真理を、本当に信じ切れるまでは家に帰れないような気がしてきた。全ての出来事には何かしらの意味があり、偶然はない、全ては必然だ、という言葉を思い出した。そういえば、今の今まで一度も本気で考えようとしなかった、根本的な問いがある。この旅になんの意味があるのか？　本当は、この問いのこたえに辿り着くために、今までぐだぐだとかけずり回っていたのかもしれない。そして最後の最後になって、この旅に意味があることがわかったんだと思う。このさっき手にした真理を掴むために、この旅があったんじゃないかな。俺が生まれたことや、りゅう君との出会い、それにこの旅で出会ったり起こったりしたことは、みんな俺がこの旅の終わりに、この真理を掴むために、用意してあったんだと思う。天と地の間には、俺がどうひっくり返っても理解できないことがあるって言うけど、こういうことが、まさにそれなんだろうな。たぶん、俺はもうそろそろ、家に帰れると思うよ。

　そして本当に、少し経つと、まだ家まで距離はあるけど、俺の知っている道に出た。もうここは、死に絶えている世界じゃなかった。明るく、俺の理性によって日が差している世界だ。なんだろうね。きっと、これから俺は、この明るい世界と、死に絶えた世界、両方を生きていくんだと思うよ。それからさ、まあやっとこさ家に着いたわけだよ。うん、やっぱり何一つ変わっていなかった。それでもさ、やっぱり一つ、何かを得たって本当に思えることは、最後の最後、ほんのちょっと前に悟ったようなことだったよ。そう、なんて言うのかな、結局俺は、敢えて他の人とは違うような道を選んじまうってことだな。うん、間違いない。それは確かだと思うよ。

旅の回想録

2020年 6 月21日　初版第 1 刷発行

著　　者　田 﨑 久 也
発 行 者　中 田 典 昭
発 行 所　東京図書出版
発行発売　株式会社 リフレ出版
〒113-0021　東京都文京区本駒込 3-10-4
電話 (03)3823-9171　FAX 0120-41-8080
印　　刷　株式会社 ブレイン

ISBN978-4-86641-325-9 C0093
Printed in Japan 2020